TRILOGÍA DEL

MALAMOR 3

www.librosalfaguarajuvenil.com

TRILOGÍA DEL MALAMOR. EL ÁRBOL DE LA VIDA

Santillana Ediciones Generales, S.A. de C.V., 2013
Av. Río Mixcoac 274, Col. Acacias
03240, México, D.F.

Alfaguara es un sello editorial del **Grupo Prisa**.
Éstas son sus sedes:

Argentina, Bolivia, Chile, Colombia, Costa Rica , Ecuador, El Salvador, España, Estados Unidos, Guatemala, México, Panamá, Paraguay, Perú, Puerto Rico, República Dominicana, Uruguay y Venezuela.

Primera edición: agosto de 2013

Primera reimpresión: enero de 2014

ISBN: 978-607-11-2868-3

Impreso en México

El Árbol de la Vida

José Ignacio Valenzuela

Para Javiera, Pablo y Rosario,
por la suerte de habernos
elegido en este viaje.

MALAMOR

Sustantivo, masculino.

1. Falta de amor o amistad.
2. Falta del sentimiento y afecto que inspiran por lo general ciertas cosas.
3. Enemistad, aborrecimiento.
4. Condición de ausencia total de amor producto de un conjuro o hechizo.

PRIMERA PARTE

El laberinto es bien conocido:
sólo hemos de seguir el hilo del sendero-héroe.
Y allí donde habíamos pensado encontrar una abominación,
encontraremos un dios...
donde habíamos pensado que salíamos,
llegaremos al centro de nuestra propia existencia;
donde habíamos pensado estar solos,
estaremos con todo el mundo.

Joseph Campbell, *El héroe de las mil caras*

1

Recuerdos de luna llena

Cuenta la leyenda que las mellizas llegaron al mundo una noche donde la luna llena brillaba con la intensidad de un puñado de antorchas de plata en medio de la bóveda oscura. Apenas la madre comenzó a sentir los primeros síntomas que anunciaban el inminente parto, se compadeció de sí misma: nada bueno podía anticipar que Mercurio, el planeta que regía las comunicaciones, estuviera retrógrado. Su condición de astro rebelde presagiaba un par de semanas de caos e incertidumbre en esa tierra peligrosa e inhóspita, donde ella y sus retoños, a punto de nacer, estaban condenados a vivir el resto de sus vidas. También dice la leyenda que esa noche, esa mujer, llamada Ágata, sintió miedo por primera vez. Mucho miedo. Se aferró con fuerza a su vientre hinchado, incapaz de contener un día más los cuerpos de ambas hermanas, y se recostó sobre la tierra utilizando, como improvisada almohada, el morral donde cargaba las escasas pertenencias que alcanzó a llevar consigo. Así, con la espalda perfectamente alineada sobre una tosca esterilla de paja, comenzó a respirar cada vez más rápido y de manera entrecortada, mientras mantenía la vista fija en las estrellas que parpadeaban sobre el telón negro en que se había convertido el cielo.

No quería seguir huyendo. Era incapaz de continuar arrastrándose con su barriga de nueve meses por los laberintos sucios y oscuros de ese caserío de piedra, donde la barbarie y el fanatismo habían echado raíces. A pesar de su fatiga, Ágata no iba a permitir que la encontraran. No iba a permitir que la encerraran en la mazmorra con otros prisioneros que seguramente ya no se distinguían entre las manchas de humedad que cubrían los muros, todo por culpa de su espíritu inquieto.

Cerró los ojos. Intentó rezar, pero no recordó ninguna oración. A lo lejos, muy a lo lejos, pudo escuchar el trote de caballos y sabuesos que buscaban su rastro de mujer insurrecta en el fétido empedrado de las calles de la aldea.

¿Cuándo había comenzado toda esta pesadilla? ¿Cuándo se había convertido en una fugitiva asediada por los vasallos del señor feudal? Regresó a su mente una imagen cargada de nostalgia, donde el tufo a cera virgen de una vela se confundía con el penetrante aroma de una tizana de hierbas silvestres que hervía sobre las brasas. Y ahí, en medio de toda esa penumbra de recogimiento y sollozos, volvió a ver el rostro de una anciana a punto de exhalar su último aliento: su madre que le decía adiós al mundo, recostada en un lecho de heno y custodiada por los pocos bienes que acumuló durante su larga y sacrificada existencia. Ágata se había acurrucado junto a su progenitora, sabiendo con certeza que esa noche comenzaba su camino de huérfana. La moribunda, sin siquiera abrir los ojos, alzó con dificultad uno de sus brazos, más parecidos a las nudosas ramas de un árbol que a las extremidades de un ser humano, y apuntó hacia un rincón de la vivienda. El apremio que demostró con el insistente gesto de su esquelético dedo índice hizo que Ágata se acercara al lugar señalado. Acorralados contra la esquina de los muros de adobe, encontró varios cestos de mimbre, todos de diferentes tamaños. Por medio de señas, su madre la urgía a buscar *algo* en su interior. Dentro del primero sólo encontró brotes secos de lavanda y manzanilla, que al contacto con sus manos terminaron de convertirse en un fragante polvo. El siguiente canasto se encontraba repleto de un perfumado surtido de hojas de lúpulo, rábano y laurel, con las cuales su madre la había mantenido con vida durante los terribles años en que la peste asoló al poblado y mató a la gran mayoría de sus vecinos. La fuerza de la naturaleza y aquellas hierbas medicinales vencieron al poder de los rezos y las penitencias que desde el castillo del señor feudal, quisieron imponer como único método de prevención ante el avance de la muerte negra que irrumpía sin aviso desde las comarcas aledañas. “Las enfermedades son un escarmiento de Dios, y la curación sólo puede llegar gracias a la ayuda divina", exclamó el emisario que entró una tarde en casa de Ágata y su madre con la orden real de destruir todas las macetas con plantas que pudieran utilizarse para la preparación de algún brebaje que desafiara la voluntad del Creador.

A Ágata no le había importado que arruinaran el enorme surtido de hierbas de su madre. Sabía que muy pronto volverían a crecer. Era cosa de regar con esmero y paciencia la tierra para que el milagro de la vida repitiera el brote de raíces, tallos y hojas. Y mientras eso sucedía, ella se encargaría de repetir una y otra vez en su mente las enseñanzas que escuchaba sentada junto al caldero desde que era una niña, mientras su madre revolvía el burbujeante contenido con una enorme pala de madera.

—Repite conmigo, pequeña. Los cuatro humores del cuerpo son: la sangre, la flema, la bilis amarilla y la bilis negra —decía la mujer con la vista fija en el cocimiento que impregnaba de olor a bosque hasta el último rincón de la vivienda—. Y cada uno de estos humores se asocia con un elemento del mundo natural. La bilis negra con la tierra, la flema con el agua, la sangre con el aire, y la bilis amarilla con…

—El fuego —remataba la pequeña Ágata.

Pero ahora, años después, su madre la apresuraba desde su lecho de muerte a que encontrara rápido algo que, por lo visto, era fundamental para poder morir en paz. Ágata siguió hurgando en cada una de las cestas hasta que en una de ellas descubrió lo que a simple vista parecía un pequeño bulto envuelto en un trozo de lino viejo y sucio. Al desdoblarlo, descubrió un libro de hojas amarillentas y rústico empaste de cuero gastado por el uso. Estaba escrito en latín, por lo que Ágata supuso que se trataba de un texto destinado a hombres cultos. Nadie imaginaría que unas mujeres como ella y su madre fueran eran capaces de leer y comprender ideas abstractas, mucho menos los secretos milenarios que aquellos párrafos transmitían de generación en generación. Que tan profundamente equivocados estaban. Ella, Ágata, *tenía* el conocimiento.

"Satyricon o De Nuptiis Philologiae et Mercurii et de septem Artibus liberalibus libri novem", leyó en la portada.

—Cuando tus ojos se posen en cada una de esas páginas, ya no tendrás que seguir buscando respuestas en las estrellas —pronunció la anciana con su último aliento de vida—. Guárdalo. Guárdalo muy bien —suplicó.

Pero su madre se había equivocado: la sed de conocimiento de Ágata no disminuyó luego de devorar aquel libro. Por el contrario, su nueva sabiduría sólo le permitió descubrir lo poco que entendía sobre aquello que la rodeaba, y eso provocó que una marea de urgente erudición se apoderara de su voluntad. Pero los libros, desafortunadamente, estaban prohibidos por mandato real.

Así que cuenta la leyenda que luego de enterrar a su progenitora, Ágata comenzó a visitar el monasterio y se encerraba dentro de la única biblioteca de la aldea durante las madrugadas, convertida en sombra al amparo de sus propios ropajes; forzaba sin dificultad los candados de hierro que el Abad del convento se preocupaba de mantener siempre bajo llave. Al poco tiempo ya dominaba lo esencial de la escolástica, el derecho y la filosofía clásica, y era diestra en las reglas de cada una de las siete artes liberales, agrupadas todas en el concepto de *trivium et quadrivium*, que fue lo primero que estudió.

Ágata estaba consciente que su nueva sabiduría la ponía en profundo peligro, pues una mujer de su naturaleza y origen sólo estaba destinada a ejecutar artes serviles, propias de criadas y esclavos, y no dejarse seducir por actividades propias de hombres privilegiados y escolásticos. Sin embargo, el peligro no la detuvo. Por el contrario, con todo el entusiasmo de su espíritu, luego de estudiar cuanto pudo de asuntos terrestres, se concentró en la observación del cielo estrellado: constelaciones, planetas, estrellas fugaces y asteroides comenzaron a poblar su mente y ocuparon incluso sus sueños.

Fantaseaba con la idea de convertirse en una nueva Hipatia de Alejandría, la primera astrónoma que los libros griegos consignaban y sobre cuya vida leyó centenares de veces. No necesitaba cerrar los ojos para imaginar a aquella maestra de tiempos remotos cruzar con paso firme por los monumentales pasillos de la Escuela de Atenas, hablar con pasión y certeza sobre Geometría, Álgebra y Astronomía. A la luz de la luna, que se dividía en blanquecinos hilos diagonales al atravesar las ventanas de la estancia de aquellos libros, Ágata repasaba una y otra vez el retrato de Hipatia, dibujado con esmero por artistas del pasado, mientras acariciaba con un dedo el rostro plácido y de suaves facciones de la astrónoma griega.

Un agudo dolor forzó a Ágata a dejar atrás sus recuerdos y a acomodarse en la esterilla de paja sobre la cual se había recostado. Pegó las rodillas a su prominente vientre tratando en vano de menguar el dolor de las contracciones. Pero el destino ya estaba escrito en las estrellas: esa misma noche nacerían sus dos hijas, con el signo de Mercurio retrógrado tatuado en la frente, Tauro en la cima del Medio Cielo y la Luna en Escorpión. Hubiera deseado tener con ella su astrolabio, aquel precioso instrumento que ella misma había elaborado para determinar las posiciones de los planetas sobre la bóveda celeste, siguiendo las enseñanzas de Hipatia, pero con infinito pesar recordó que no había conseguido guardarlo en su morral cuando escuchó el galope de los hombres del señor feudal acercarse a su morada. Hubiera podido elaborar un par de cartas astrales como regalo a sus dos hijas, una suerte de ruta de navegación para que pudieran vivir su vida con plenitud de conocimientos y con la certeza de entender que estaban tomando las decisiones correctas.

Ágata sabía que no las vería creer. Lo descifró cuando, analizando su propia carta solar, descubrió que tenía a Júpiter en exilio cuadrado al regente de la octava casa, así como a Plutón en su casa natal. Aquello era un indicador de muerte temprana. No iba a poder escapar de su designio: iba a morir antes de llegar a su primer retorno de Saturno, es decir, a sus 29 años.

La leyenda concluye con el sufrido parto de aquella madre primeriza en un sucio y maloliente viaducto que unía el camino central del pueblo con el otro lado del arrollo. Haciendo fuerzas con ambas manos a la altura de su esternón, y mordiéndose los labios para no gritar, consiguió que la primera de sus hijas cayera a la medianoche, en el momento preciso que un cometa trazaba un arco de luz y fuego sobre las montañas del oriente para apagarse justo antes del alumbramiento de la segunda melliza.

Ágata levantó a su primogénita aún envuelta en sus propias membranas, y se estremeció por la placidez de sus pupilas. La pequeña le devolvió una mirada en absoluto silencio, sin pestañear, y pareció sonreírle con una madurez y ternura que sólo podía revelar un alma muy anciana contenida en un cuerpo que apenas comenzaba a respirar. Se la pegó con fuerza a su pecho, para que la niña se grabara en la memoria el olor de su estirpe, en lo que cortaba con el filo de una piedra el cordón umbilical. La segunda hija nació tres minutos más tarde, suficientes para que los grados entre los planetas hubieran variado considerablemente en el diagrama celestial y también para que cambiara la relación entre los meridianos y el horizonte. Apenas Ágata la alzó y la ubicó junto a su hermana, un estremecimiento de horror sacudió su abatido cuerpo. La menor de sus hijas entrecerró los ojos donde destellaban dos pupilas de un color tan intenso como una brasa avivada por un fuelle, y abrió la boca para tragar una bocanada de aire nocturno.

—Se llamarán Rosa y Rayén —balbuceó Ágata con la certeza de que regalarles un nombre sería lo único, y lo último, que haría por ellas.

Y así fue. En ese momento el galope desbocado de caballos y una jauría de perros salvajes olfateó su rastro y enfiló sus pasos hacia ella. El señor feudal presidía la comitiva que se detuvo sobre el puente, mientras los animales rascaban las maderas señalando lo que se escondía bajo sus monturas. Cuando el hombre descendió hacia el lecho del río, la espada en ristre y los labios apretados de odio, el corazón de Ágata ya había dejado de latir. Sobre su regazo encontró a las dos mellizas —una de mirada amable y la otra de semblante altivo—, cada una con su respectivo nombre escrito en un pequeño trozo de pergamino hecho de piel de carnero curtida, y adherido a sus toscas e improvisadas vestimentas. Ninguna de las dos emitió sollozo alguno cuando las separaron de su madre. Ni esa noche ni las que les siguieron.

El noble que las acunó con torpeza contra su reluciente armadura y se las llevó a vivir con él al castillo, era su padre.

Del cuerpo de la recién parida se encargaron las aguas del río y el fango de la ribera. Y nadie, nunca, en la comarca volvió a hablar de ella. Sólo siglos más tarde, fue Rayén quien pronunció el nombre de su madre en un desesperado ruego en el que le pedía que la socorriera de

lo que parecía iba a ser su último minuto de vida en medio de las calcinantes arenas de Lickan Muckar. El Decapitador sostenía en alto su hacha, apuntando directo hacia su cuello. Y en una inesperada sorpresa del destino, el espíritu de Ágata cumplió el deseo que su hija le acababa de suplicar. El hombre, tan grande como su furia, tan poderoso como su maldad, detuvo de golpe el movimiento de su arma. Desde el otro lado de su máscara felina se quedó observando a Rayén, cuyos pies se hundían en el fuego del desierto.

—Entonces... la quiero a ella —musitó el Gran Maestro—. A la de cabellos rojos. ¿Me oyes? ¡Vas a traerme a la *Liq'cau Musa Lari* antes de que la Luna vuelva a estar llena!

Después de todo no había de qué angustiarse: Rayén ahora estaba en un sitio seguro. El imponente hombre que se dio la media vuelta, perdonándole así la vida, era aquél que un día la encontró recién nacida bajo el miserable puente de una aldea medieval.

2

El reencuentro

—¡¿Quién está ahí?! —gritó Ángela una vez más, mientras sostenía a Azabache entre sus brazos, igual que un náufrago que se aferra a una tabla para no hundirse en medio del mar.

Le bastó un instante para volver a percibir algo, una especie de roce contra la roca de la grieta, un sonido débil que se perdía en la oscuridad que la rodeaba. Sabía que había alguien frente a ella. Y con el desbocado bombeo de su sangre que latía junto con cada golpe de su respiración, abrió la boca y exclamó con toda la certeza y convicción que pudo:

—Fabián, ¿eres tú?

Una leve brisa con olor a madera ahumada, a bosque mojado por la lluvia, a cielo cubierto de nubes, llegó hasta su rostro, le estremeció la piel y le alborotó aún más el corazón, confirmándole que no estaba equivocada.

—¡Fabián! —gritó, segura de su corazonada.

Por respuesta se escuchó el sonido quedo de alguien cayendo al suelo, sin el más mínimo esfuerzo para evitar el desplome. Inmediatamente después, Ángela escuchó el chapoteó de algo cayendo en los charcos de agua. Apurada, avanzó a tientas con los brazos por delante, palpando, buscando a manotazos a su enamorado.

—¡Fabián...! ¡Mi amor!

Lo encontró boca abajo, la cara hundida en el fango del fondo de la grieta. Se arrodilló junto a él y lo tomó por la cintura. Apretó con fuerza la mandíbula y comenzó a empujar el cuerpo hacia un lado, con la intención de girarlo. Con horror percibió que la ropa de Fabián estaba hecha girones, como si hubiera recibido profundos rasguños; los cortes se extendían a lo largo de su torso y brazos. Ángela apuró su tarea y, después de mucho esfuerzo, consiguió rotar al muchacho hasta dejarlo recostado sobre su espalda. Con delicadeza palpó el perfil de su nariz, sus mejillas magulladas, su pelo lleno de barro y sus heridas sangrantes. Se inclinó sobre él y con la voz más dulce y decidida que consiguió, musitó en su oreja:

—No voy a dejar que nada malo te pase.

Y eso era un hecho: aunque la vida se le fuera en intentar rescatarlo desde el fondo de la tierra, no iba a permitir nunca más que la desgracia o el infortunio los separara. Cada una de sus células confirmó su decisión de amar a Fabián hasta el fin de sus días. Y cada músculo de su anatomía se preparó para lo que venía.

Recorrió con sus manos el cuerpo del herido, intentando evaluar a ciegas su estado. Con espanto, descubrió que además de los cortes que ya había sentido en su torso, presentaba extensas contusiones y heridas que parecían graves y que seguramente corrían el riesgo de infectarse por el aire viciado del interior de la fosa. También supuso que debía tener varios huesos rotos por los persistentes quejidos que, con gran dificultad, lograban atravesar los labios de Fabián.

La oscuridad hacía más difíciles las cosas. Pero ella no estaba dispuesta a dejarse vencer. Nunca más. Tanto así que interpretó el categórico maullido de Azabache, pegado a sus piernas, como un clamor de apoyo para lo que estaba a punto de realizar.

Con infinito cuidado sacó del bolsillo de su pantalón el frasquito con el ungüento preparado por Rosa. Al quitarle la tapa, un fuerte olor a alcanfor pareció rebotar contra las paredes rocosas de la grieta antes de metérsele a la nariz. Se limpió las manos, tomó una pequeña porción, lo frotó sobre sus palmas y respiró profundamente.

—Rosa... ayúdame —suplicó en un murmullo—. La vida de Fabián depende de esto.

"*Todo tiene una razón de ser*". La voz de la ciega guió sus dedos hacia el cuerpo del muchacho, cuyo tórax subía y bajaba con dificultad al ritmo de una respiración que poco a poco se apagaba. "Si aún respira, es porque te está esperando. Sabe que no vas a abandonarlo. Sabe que eres la mujer más valiente que ha conocido. Está seguro que serías capaz de bajar hasta el centro de la Tierra, si fuera necesario, para ir en su ayuda". Las palabras de Rosa aún giraban como un torbellino al interior de su cabeza, al igual que un mantra que se repite una y otra vez hasta conseguir fijar para siempre una idea en la mente.

Desgarró lo que quedaba de camisa e hizo un esfuerzo por limpiar a Fabián, después aplicó el ungüento sobre su piel. En movimientos circulares, lo fue expandiendo por su vientre, pecho y cuello. El aroma del azafrán despertó cada poro que entró en contacto con aquélla crema milagrosa. Si hubiera habido algo de luz, Ángela podría haber visto el cambio de color en el rostro de Fabián: sus mejillas casi blancas recuperaron en un segundo su habitual tono rosa, producto del sol de la Patagonia. Lo mismo sucedió con sus labios y uñas, que regresaron a su color apenas un par de fracciones después. Las yemas de la muchacha notaron el cambio en la temperatura del cuerpo de Fabián, que sin previo aviso se sacudió como si despertara de una terrible pesadilla. Se sentó de golpe, ahogado por un tosido que consiguió resquebrajar todo el barro seco que tenía al interior de la boca y se llenó de aire los lastimados pulmones. El muchacho palpó sus heridas, súbitamente menos lacerantes y graves.

—¿Ángela? —musitó con una voz que sonó desafinada. Dejándose orientar por el sonido de su pregunta, la joven se inclinó aún más sobre él y buscó su boca. Un beso fue la mejor manera de decirle "aquí estoy, a tu lado".

Lo rodeó fuertemente con sus brazos y lo besó con urgencia, borrando de sus labios el sabor amargo de la tierra y la sangre. Lo besó con la satisfacción de saber que había hecho lo correcto al lanzarse al interior de la fosa. Lo besó hasta que sus alientos acompasaron sus ritmos y siguieron respirando juntos, como si fueran un solo cuerpo. —Estás aquí —dijo él.

—No iba a permitir que nada malo te sucediera —contestó ella y le secó las lágrimas que humedecían sus ojos.

—¡Me encontraste!

—Y te voy a sacar de aquí lo antes posible —agregó, sin tener claro cómo iba a cumplir esa promesa.

Fabián no pudo contenerse y comenzó una serie de preguntas: cómo había podido bajar hasta el fondo de la grieta sin hacerse daño; si sabía cómo estaba Elvira tras el violento terremoto; dónde consiguió ese ungüento milagroso que lo había curado como por arte de magia; cuánto tiempo había transcurrido desde que él cayó por la grieta. Ella respondió sin pausa las interrogantes, terminando cada oración con un beso que sólo provocó más entusiasmo en el joven y que terminó por curar todos sus malestares.

—¿Y cómo vamos a salir de este lugar? —quiso saber Fabián.

El joven levantó la vista buscando las paredes de la grieta. A lo lejos, allá arriba, alcanzó a ver algo como un delgado tajo amarillo: la boca de la fosa. Debía existir alguna manera de poder trepar esas paredes escarpadas y resbalosas. Pero le resultaba imposible imaginar por dónde comenzar la búsqueda. Sintió la necesidad de pedir que alguien —o algo— les ayudara señalándoles la mejor ruta para minimizar el peligro y así optimizar el tiempo. Estaba consciente de que gracias al ungüento preparado por Rosa, su cuerpo, fragante a alcanfor y belladona, había logrado aliviar los dolores y golpes que lo aquejaban, pero no podía negar el hecho de que el frío sepulcral al interior de aquel pozo donde se encontraban iba mermando sus fuerzas y movilidad. Con cada minuto que pasaba notaba cómo sus músculos resentían la baja temperatura del lugar. Era cosa de tiempo para que su cuerpo y el de Ángela se entumieran hasta terminar petrificados e inertes como las piedras que podía sentir bajo las suelas de sus zapatos.

No podía permitir que algo así sucediera.

—Avancemos tomados de la mano —dijo Fabián, y buscó en la oscuridad el brazo de Ángela—. Si tú pudiste bajar por la ladera sin caer al vacío, entonces podremos subir. Estaremos allá arriba antes de lo que pensamos.

La muchacha iba a contestarle, pero se calló en seco al escuchar lo que pareció ser un frenético aleteo sobre sus cabezas. En una fracción de segundo se imaginó el camino entorpecido por una bandada de murciélagos con sus alas de membranas y sus colmillos de vampiro dirigiéndose hacia ellos. Quiso gritar antes de recibir el rasguño de sus garras y el golpeteo de sus peludos cuerpos de ratones. Sin embargo, nada de eso ocurrió: al alzar la vista, descubrió en la penumbra una solitaria figura que sobrevoló con gran habilidad entre las paredes, y luego remontó hacia lo alto.

—¿Qué es eso? —exclamó Fabián, sorprendido.

—Una garza —contestó Ángela, comprendiendo súbitamente lo que estaba ocurriendo.

"Gracias, Rosa", pensó. "Muchas gracias por venir a indicarnos el camino de salida".

Despejando la penumbra, como un fantasma que rompe ingrávido las tinieblas de la noche, el ave giró, planeó unos segundos y avanzó decididamente unos metros. Su pelaje blanco resplandecía. Al igual que una certera flecha, su largo cuello se orientó con exactitud hacia uno de los puntos cardinales.

—¡Para allá! —gritó Ángela—. ¡Sígueme!

Con Fabián tomado firme de su mano y con Azabache trepado encima de sus hombros, la joven se lanzó en una carrera deshaciendo el camino que tanto trabajo le había costado avanzar. Le bastó levantar los ojos para corroborar que la garza seguía sobre ellos, señalándole el camino con enorme generosidad.

Súbitamente, el angosto corredor por el que iban transitando crujió. Un brusco vaivén del suelo lanzó a los dos muchachos hacia la derecha y, con un violento golpe, los empujó de nuevo, esta vez hacia la izquierda. Ángela se golpeó el hombro contra una roca que sobresalía del muro. El dolor le llenó de chispazos amarillos el interior de sus párpados cerrados. Al instante, ambos sintieron cómo un espeso polvo se levantaba desde abajo y los rodeaba en un claustrofóbico abrazo.

—¡Una réplica! —exclamó Fabián, preso de la angustia—. ¡Tenemos que salir de aquí antes que esta grieta se cierre!

Ángela rogó en silencio buscando a aquella ave que entre el polvo los urgía con cada aleteo a escapar desde las profundidades de la Tierra.

3
El desplome de la casa Schmied

El aplomo y sensatez con el que Carlos Ule pronunció las palabras "Tranquila, yo estoy aquí", provocó en Elvira una instantánea sensación de paz. En medio de la urgencia y la conmoción no se había percatado de cuánto necesitaba escuchar una voz para sentir que no estaba sola en medio de ese universo de desolación en que se había convertido Almahue. Sintió que podía soportar con entereza la destrucción que la rodeaba, mantener su fuerza a pesar del desplome de las casas y de las calles ahora convertidas en socavones de despojos. Sin embargo, era el silencio que cubría al poblado como una cúpula de cristal lo que la iba a volver loca. Tanto silencio sólo podía significar una cosa: que no había nadie vivo a su alrededor, y eso era algo con lo cual Elvira Caicheo no estaba dispuesta a lidiar.

Pasó su vida pensando que los suyos y sus más allegados estarían siempre protegidos por sus rezos de cada noche e inmunes a la maldición, y que gracias al rosario que ella ofrecía una vez a la semana recibiría a cambio amparo y custodia. Pero la desgracia no respetó su devoción y nunca se imaginó del todo que el fin esperado y tantas veces reiterado de Almahue sería así de espantoso y que ella quedaría viva para ver cómo le eran arrebatados sus seres queridos.

Trató de explicarle a Carlos lo que acababa de presenciar al interior de la residencia de los Schmied, pero no fue capaz de poner en palabras todo el horror que sus ojos registraron.

"¿Dónde estará Fabián?", se preguntaba. "¿Por qué no podía oír su voz cortar el silencio opresivo de Almahue para dejarle saber que había sobrevivido al terremoto?"

Las preguntas se agolpaban en su mente mientras permanecía aferrada al cuerpo del profesor, en un intento de rescatar de él un poco de calor humano ante el frío que la envolvía.

Una hora antes, justo cuando su hijo atravesaba la plaza central rumbo al cuartel custodiado por el teniente Orellana y Ángela le hacía señas a través de los barrotes de la ventana, Elvira estaba en la cocina sacando del interior del horno un fragante pan amasado con el que pensaba celebrar en familia el fin de la tormenta. Fue ahí, mientras despegaba la hogaza del molde humeante, cuando sintió la primera oscilación bajo sus pies. Pensó que el insomnio de la noche anterior le estaba jugando una mala pasada al provocarle un inesperado mareo. Después de todo, la falta de sueño solía causarle súbitos mareos, que ella apaciguaba a golpe de infusiones de manzanilla y tila. No alcanzó a cortar un par de fragantes hojas para echarlas a hervir en la tetera porque el segundo movimiento la sorprendió antes, provocando el estallido de todos los cristales de las ventanas. El frío de la mañana se precipitó hacia el interior de la cocina y barrió por completo el aroma a pan recién hecho, reemplazándolo por el inconfundible olor a tragedia que exuda la naturaleza cuando se ve amenazada. Junto con el frío, se coló un descomunal plañido de ladridos, relinchos, graznidos y piares, como si todos los animales de la Patagonia estuvieran anunciando al unísono el fin de su existencia.

Elvira supo que el movimiento no era pasajero cuando una de las vigas del techo se partió por la mitad y se desplomó sobre la estufa de leña, destrozando parte del muro y el anaquel donde ella guardaba sus canastos con dientes de ajo, legumbres, especias y arroz. Fue en ese momento cuando escuchó el grito aterrado de Silvia, quien desde el segundo piso le pedía ayuda a todo pulmón.

Sujetándose con ambas manos para evitar caer al suelo, la cocinera salió hacia el amplio recibidor, donde la lámpara del techo se sacudía como una campana de iglesia llamando a sus fieles. Con horror, vio el instante preciso cuando el primer tramo de la escalera se hacía añicos, llevándose con ella parte de los muros laterales cubiertos de un primoroso papel lavanda del que ya casi no había rastros, dejando incomunicados ambos niveles de la casa.

Silvia se aferró en lo alto a lo que quedó de barandal con los ojos convertidos en dos alaridos agónicos.

—¡Es el fin! —la oyó exclamar por encima del tremor de la tierra.

Desde su posición, Elvira pudo apreciar cuando las paredes del estudio, que había pertenecido al padre de don Ernesto Schmied, comenzaron a cuartearse de arriba abajo. Con cada sacudida, las grietas se hicieron más anchas y profundas hasta que fue posible ver a través de ellas a pájaros despavoridos que cruzaban el cielo en desordenadas desbandadas. Para ese momento ya todos los libros de la biblioteca se habían caído al suelo y habían desaparecido bajo los escombros del techo y las maderas de las propias repisas. El antiguo reloj de péndulo hizo una reverencia final antes de partirse por la mitad, y su último *gong* quedó haciendo eco a ras de tierra antes de ser tragado por la voracidad de la catástrofe.

El ruido de la lámpara de cristal del comedor al hacerse añicos sobre la mesa se unió a la quebrazón de platos y tazas que salían precipitados desde las vitrinas. El grueso tiro de la chimenea se fragmentó en varios trozos, y una oleada de hollín se esparció en una sombra de tizne sobre toda la sala, cubriéndolo todo. El enorme ventanal se descuadró desde la base, para zafarse y vencerse al peso de la construcción.

Egon apareció en el segundo piso y abrazó por detrás a su madre. En una fracción de segundo comprendió que era imposible bajar, pues la escalera que los podía llevar hacia la planta baja era sólo un montón de astillas, y la vehemencia del estremecimiento jamás les permitiría saltar y salir ilesos. Al escuchar el feroz crujido de la techumbre sobre sus cabezas, que anunció sin miramientos que estaba próxima a derrumbarse, sólo atinó a cubrir con su cuerpo a Silvia, protegiéndola como un escudo humano. Desde abajo, Elvira los vio desaparecer tras una nube de polvo que se levantó cuando el armazón del techo cayó sobre ellos. Escuchó sus gritos de auxilio y dolor surgir del centro mismo de los escombros. Y su instinto de sobrevivencia la llevó a toda velocidad a atravesar el umbral de la puerta principal y precipitarse al exterior. Un latigazo de viento gélido le azotó la cara como un cuchillo y se detuvo en seco al verse atrapada en una espesa nube que imaginó no era otra cosa más que polvo en suspensión. Desde ahí, ciega ante todo lo que ocurría a su alrededor, sólo fue capaz de escuchar la estridencia del derrumbe de todas las casas que la rodeaban, y el gruñido de la tierra al partirse en dos.

—¿Fabián? ¿Dónde estás Fabián?

Luego de lo que parecieron segundos interminables, el movimiento del suelo se detuvo. A pesar de no haber perdido nunca la conciencia, Elvira quiso imaginar que si permanecía así, los ojos cerrados, las manos sobre su cabeza, la respiración convertida apenas en un tenue hilo de oxígeno que se escapaba por entre sus labios, a lo mejor podía prolongar la sensación de estar en un limbo, suspendida en el tiempo y en el aire, y así no tener que hacerse cargo de enfrentar la realidad de lo sucedido. Lo que más llamó su atención fue la ausencia de ruidos. Por más que aguzó el oído no consiguió escuchar ni el más mínimo sonido que le permitiera adivinar qué estaba sucediendo en torno a ella.

Entonces se llenó de valor y levantó los párpados.

La cortina de polvo suspendido aún conservaba su densidad y le impedía ver más allá de un breve radio en torno a su cuerpo. Bajó la vista hacia sus zapatos llenos de barro y se estremeció al comprobar que el fangoso suelo del pueblo estaba cruzado por infinitas y delgadas grietas que, como una telaraña, se extendían hacia los cuatro puntos cardinales. Ya ni siquiera podía confiar en el camino que sus pies iban a recorrer, así de frágil y peligroso le pareció el estado del terreno sobre el cual se erguía ella.

La nube de partículas que la cercaba fue poco a poco asentándose y le permitió descubrir la magnitud del desastre: nada quedaba de la calle en la cual había vivido gran parte de su vida. Lo que antes era una sucesión de fachadas y tejas de alerce, que sombreaban la acera en verano y escurrían el agua de lluvia en invierno, era ahora un descampado en ruinas que humeaba su destrucción. Sin la fila de residencias en primer plano, la cordillera de Almahue le pareció a Elvira más cercana que nunca. Era cosa de estirar la mano hacia adelante para jugar a tocar el perfil nevado de sus picos y su monumental altura, tan plácida y ajena al infierno del fin de mundo que se estaba viviendo a sólo un par de kilómetros de distancia.

Elvira giró sobre sus pies y levantó los ojos para apreciar los daños en la claraboya de la casa de los Schmied, pero su mirada se siguió de largo, hacia el cielo cruzado de nubes, sin nada que detuviera su camino. En ese momento comprendió la gravedad de lo que había ocurrido. La residencia de vibrantes paredes amarillas, de primorosa reja blanca y techos en diferentes alturas, yacía en el suelo convertida en un montículo de palos, maderas y fierros retorcidos. Los tres pisos completos se sumieron en sí mismos, como un castillo de naipes que se desmoronan ante una pequeña brisa, y caen los unos sobre los otros formando una desordenada pila.

Y luego, el silencio. El silencio más oprimente del que Elvira haya tenido memoria.

—¡Fabián...! —exclamó y se estremeció ante el desgarro de su propia voz.

De pronto, un tenue quejido interrumpió el total sosiego de esa falsa calma en Almahue. A la cocinera le pareció que aquel lamento era tan frágil y delicado como el sonido de una campana rota, y orientó sus sentidos para seguir su rastro. Avanzó de puntitas, sabiendo que el suelo estaba tan resquebrajado que en cualquier momento podía abrirse y tragársela sin que nadie nunca se enterara. Esquivó los restos de la casa de los Schmied, subió y bajó por encima de los pocos muñones de muros que quedaron en pie, siempre prendida al eco de aquel lamento que crecía en intensidad a medida que se acercaba al centro de los escombros.

Fue entonces que la vio, atrapada bajo un enorme bloque de madera. Desde su precaria sepultura, imposibilitada de moverse a causa de los propios vestigios de lo que fue su hogar, Silvia alzó con gran dificultad la mirada e imploró con un par de parpadeos a su cocinera de toda la vida que la ayudara a escapar de ahí. Elvira sintió que el estómago se le revolvía en una náusea incontenible. Hubiera querido escapar lo más lejos posible para no tener que asumir la responsabilidad que le estaban encomendando, y borrar así de su mente la desgarradora imagen de su patrona convertida en un cuerpo doliente y lacerado, del que sólo podía ver una parte. Su angustia aumentó al divisar, a un par de metros, lo que le pareció la malherida figura de Egon, boca abajo y medio escondido debajo de un cerro de escombros, y que parecía estar viviendo sus últimos segundos de vida. ¿Cómo iba a ser capaz de socorrerlos? Estaba sola, completamente sola.

¿Y su Fabián?

—¡Ayuda! —gritó sin esperanzas que alguien le contestara.

Silvia cerró los ojos. Su rostro se convulsionó en una mueca que reveló que el dolor estaba llegando a niveles insoportables. Un hilillo de sangre se asomó por una de sus comisuras y le recordó a Elvira que debía actuar rápido. Si quería salvar a su patrona y a Egon, que al parecer no estaba respirando, necesitaba salir en busca de socorro en ese mismo instante.

Se echó a correr sin saber hacia dónde se dirigía, con la mandíbula apretada, con los ojos abiertos, sin pestañear, sin sentir el frío que se le metía por los poros y a través del delgado delantal de cocinera, y sin percibir que de pronto apareció en mitad de la nada la corpulenta figura de un hombre. Y así, sin detener el impulso de sus pasos, se lanzó sobre Carlos Ule y a tropezones intentó explicarle lo que acababa de presenciar en los despojos de lo que fue su hogar.

—Tranquila. Yo estoy aquí —sentenció el profesor con la mayor de las decisiones.

Elvira lo tomó de la mano y velozmente se dirigió hacia a las ruinas de la casa de los Schmied. Sintió la piel tibia del hombre, la fuerza de sus músculos tensos y la decisión de esos cinco dedos que se aferraron a los suyos, y por un instante volvió a creer que la esperanza no estaba del todo perdida. Si había alguien que era capaz de rescatar a Silvia y Egon desde el fondo de las ruinas, ése era Carlos Ule. Con sólo la fuerza de uno de sus brazos podía levantar las pesadas vigas y fragmentos de muros y techos que aplastaban ambos cuerpos. ¡Qué suerte había tenido de encontrarse con él en medio de la devastación reinante!

—¡Resista, señora Silvia! —exclamó eufórica desde la distancia—. ¡Mire a quién conseguí…!

Sin embargo, apenas se acercó al lugar donde se alzó durante años la residencia de los Schmied, supo que cualquier esfuerzo iba ser inútil. Una palidez mortecina se había apoderado del rostro de Silvia, y el color de sus ojos opacos le hizo saber que ya no había vida tras ellos. Por su parte, Egon permanecía también inmóvil.

Un irremediable aroma a muerte emanó de esos escombros. El profesor detuvo sus pasos y se persignó. Ya no había nada que hacer. Elvira negó con la cabeza, incapaz de asumir que había llegado tarde para asistirlos. Intentó controlar un sollozo que subió por su garganta, pero no fue capaz de doblegarlo. Los ojos se le inundaron de lágrimas y se sintió más sola que nunca.

"¡¿Dónde demonios está Fabián?!"

Avanzó a tientas hacia el cadáver de su patrona. Con una mano temblorosa le cerró los párpados y le ofreció un padrenuestro que rezó con la mayor de las devociones. Pidió para que su alma subiera hacia el cielo de la mano de su hijo Egon, que también iniciaba junto a ella su viaje al Más Allá.

Ya habría tiempo de ocuparse de sepulturas y moraciones. Ahora debía encontrar a Fabián. Con su intuición de madre como única certeza, quiso creer que su hijo no estaba en la casa de los Schmied a la hora del terremoto. Se convenció que Fabián estaría visitando a la forastera en el cuartel del teniente Orellana. Era cosa de dirigir sus pasos hacia la plaza central para encontrarse con él y poder tranquilizar así su corazón.

Sin embargo, conforme tomó conciencia del contexto, se percató que lo que no estaba reducido a escombros del pueblo había sido devorado por una grieta tan ancha como el lecho de un río. Elvira sintió que la tierra volvía a estremecerse, pero esta vez sólo para ella.

Con Fabián desaparecido, no tenía sentido sobrevivir al cataclismo. Antes de que el desmayo se apoderara de su cuerpo y le robara la fuerza a sus extremidades, Elvira alcanzó a envidiar a Silvia Poblete por dejar este mundo en compañía de su primogénito. La cocinera cayó sin sentido entre los brazos de Carlos Ule, convencida de que era una madre huérfana que ya no tenía razón alguna por la cual seguir respirando.

Y, a juzgar por los inútiles esfuerzos de Fabián por salir desde el fondo de la Tierra, la fatal pesadilla de su madre estaba a punto de hacerse realidad.

4

Regreso a la superficie

—¡No, no dejes de moverte! —la urgió Fabián al sentir que el frío comenzaba a insensibilizar hasta la punta de su lengua.

Ángela había hecho una pausa en su carrera tras la garza para intentar superar un aguijonazo de dolor que la obligó a frenar sus pasos y la dobló hacia delante, mientras con ambas manos presionaba su vientre. Sentía sus extremidades completamente congeladas, y la manta de lana que rodeaba su tórax estaba tan mojada y cubierta de lodo que no ayudaba en lo más mínimo a desentumecerla. Un violento pinchazo en la boca del estómago fue el primer síntoma que la baja temperatura del fondo de la grieta comenzaba a causar estragos en su cuerpo.

—¡No cometas el error de detenerte! —advirtió Fabián y trató de obligarla a retomar la marcha.

Incluso la garza, que giraba en círculos sobre sus cabezas, descendió unos metros y aleteó tan cerca de Ángela que pudo sentir el roce de sus plumas blancas contra su coronilla. Era su apremiante manera de obligarla a continuar.

La muchacha intentó responder algo, lo que fuera, sólo para que supieran que no pensaba renunciar a la idea de regresar a la superficie, pero sólo consiguió que una columna gélida de vapor atravesara sus labios amoratados de frío. Sus muelas no cesaban de chocar las unas contra las otras y por más que trató de frotar su lengua contra el paladar, en busca de su voz perdida, no logró entibiar el interior de su boca.

—¡Vamos, Ángela! ¡Camina! —rogó Fabián sin soltar su mano.

Azabache detuvo el avance de sus cuatro patas y regresó junto a ellos. Sus ojos amarillos era lo único que se conseguía apreciar de su cuerpo oscuro: dos enormes pupilas cargadas de preocupación y urgencia.

La garza se elevó de manera vertical hacia lo alto. Cruzó la estrechez de la grieta como dardo proyectado a toda velocidad desde una cerbatana. Y cuando iba a llegar al borde superior, ahí donde se acababa el mundo subterráneo y comenzaba el mundo exterior, giró sobre sí misma y empezó a desandar el mismo trayecto que había efectuado. Era su manera de hacerles ver que trepar hasta la superficie no era tarea imposible, que bastaba con desearlo y comenzar a remontar de nueva cuenta la misma ladera por la cual Ángela había descendido.

Fabián contó los segundos exactos que el ave tardó en subir y luego en regresar junto a ellos, aleteando con fuerza para que supieran que estaba otra vez ahí. Trece. Casi trece segundos le tomó la hazaña. Entonces, a juzgar por el breve tiempo que le llevó al pájaro hacer el recorrido de ida y vuelta, la abertura de la fosa no podía estar muy lejos. Una renovada sensación parecida a la esperanza llenó al máximo sus pulmones y redobló su insistencia para sacar a Ángela de su parálisis.

—¡Un par de pasos más! —suplicó—. Sólo un par de pasos más para que empecemos a escalar. La joven trató de doblar la rodilla para así dar el primer paso, pero la rótula parecía haberse congelado en su propio líquido. Hizo el intento, una vez más, pero tuvo miedo que su pierna se quebrara como una columna de hielo. Con espanto comprendió que no iba a poder retomar la marcha con sus propios medios. Iba a necesitar ayuda y de manera urgente.

Palpó los bolsillos de su pantalón de exploradora en busca del ungüento preparado por Rosa. Era la única alternativa que se le ocurría para sacar del letargo a sus extremidades. Si la crema fue capaz de curar a Fabián con el sólo tacto de su untuoso y fragante poder, quizá podría ayudarla a recuperar la temperatura corporal y, de esa manera, superar el embotamiento que no conseguía vencer.

Sintió el frasco a través de la tela. Sin embargo, el persistente temblor de sus dedos no la dejó abrir el botón que cerraba el bolsillo.

—Fa... Fab... Fa... —musitó con gran dificultad.

—¿Qué sucede? —el muchacho pegó su oreja a los labios de Ángela en un intento de entender lo que balbuceaba.

Incapaz de pronunciar una palabra sin sentir que sus labios se partían en dos a causa del gélido ambiente, renunció a la idea de comunicarse con Fabián. Insistió en tratar de desabrochar el bolsillo y extraer como fuera el frasco con la única solución a su problema. Con gran dificultad consiguió empujar parte del botón a través del ojal.

—¿Qué quieres, Ángela? —exclamó el joven—. ¡Dime qué te pasa!

¡Cómo poder explicarle qué su cuerpo había decidido destinar sus últimas fuerzas en mantenerse con vida, pero que la reserva de energías ya no le permitía hacer el más mínimo movimiento! Mover un dedo para intentar abrir un bolsillo se estaba convirtiendo en una tarea titánica.

—¿Ángela...? —insistió Fabián.

Un poco más. El botón ya casi terminaba de cruzar a través del ojal abierto directamente en la tela del pantalón. Un último esfuerzo, sólo era necesario un último esfuerzo para salvar su cuerpo de una muerte en vida.

Volvió a apretar los párpados para reunir las fuerzas necesarias, y hundió la mano al interior el bolsillo. Los cinco dedos consiguieron aferrarse por fin al envase. Al abrir los ojos, un negro tan intenso como el de su ceguera le recordó que seguía atrapada en los confines de la tierra, y que esa pomada olorosa a alcanfor y azafrán era su último recurso. "No voy a dejar que nada malo te pase", se repitió una vez más en su mente, sólo que en esta ocasión ya no supo si se lo decía a Fabián o a ella misma.

Cuando iba a sacar su mano del interior del bolsillo, con la crema firmemente sujeta entre sus dedos, una violenta succión del aire que la envolvía la sacudió de atrás hacia delante. Por un instante creyó que Fabián estaba empujándola por la espalda para obligarla a seguir adelante con la marcha, pero cuando sintió el asustado cuerpo del muchacho pegarse contra el de ella, entendió que había sido otra cosa. Al mismo tiempo, una fuerte vibración del suelo le estremeció cada una de las articulaciones y le abrió la mano sin que pudiera evitarlo. Con horror escuchó el frasco caer dentro de uno de los tantos charcos de agua que poblaban el estrecho sendero, junto al cuerpo de Azabache que maulló asustado.

—¡La grieta se está cerrando! —gritó Fabián y supo que a partir de ese instante cada segundo iba a marcar la diferencia entre la vida y la muerte.

Un nuevo y frenético aleteo de la garza sobre sus cabezas los trajo de regreso a la realidad. El estremecimiento de las paredes de piedra que empezaban a reducir de manera alarmante la distancia que había entre ellas, llenó la grieta de una corriente aún más helada. Ángela sintió aquel viento subterráneo alborotar sus cabellos y enfriar aún más sus ropas húmedas.

Fabián inhaló lo más profundo que pudo, llenándose de oxígeno los pulmones, y tomó a Ángela por la cintura.

La levantó del suelo con la misma dulzura que se alza a un niño pequeño que se ha caído luego de intentar dar sus primeros pasos, y la acomodó sobre uno de sus hombros.

—No voy a dejar que nada malo te pase —musitó con la mayor de las convicciones—. Fue una promesa que te hice, y pretendo cumplirla.

La garza celebró la decisión del muchacho y con el roce de una de sus alas en lo alto de su cabeza le hizo saber que aún seguía ahí, y que no iba a abandonarlos. Fabián se lanzó sobre una de las paredes de la grieta, y utilizando ambas manos consiguió asirse a ella. La punta de sus zapatos buscó con desesperación alguna piedra o accidente en la roca para apoyarse y, desde ahí, poder subir un nuevo tramo hacia la superficie. Ángela se aferró con fuerza a su espalda, intentando ser una carga liviana.

—¡Vamos, Azabache! ¡Trepa conmigo! —le ordenó Fabián al gato.

De inmediato escuchó las cuatro garras del animal asirse a la ladera que no cesaba en su trepidante movimiento. Por un instante tuvo la sensación de que el felino estaba agonizando, porque lo oyó resoplar con urgencia su lado.

—¿Estás bien? —preguntó.

Si hubiera podido ver lo que ocurría, Fabián se habría dado cuenta que Azabache estaba exhalando un aire cada vez más caliente por sus orificios nasales y hocico. No tenía otra alternativa. Era la única solución que podía ofrecer para ayudarlos a salir de ahí. Decidido, el gato inclinó la cabeza hacia atrás, extendiendo sus cuatro patas y la cola en línea recta. Sus uñas se clavaron aún más hondo en la roca, anclándolo con la solidez necesaria para afrontar lo que venía. Esperó por la convulsión de su lomo, que daría inicio al cambio. La sintió incubarse en la base de su espina dorsal: un leve parpadeo parecido a las cosquillas fue cobrando forma, solidificándose en una avalancha de lava que trepó por sus vértebras rumbo al cuello. Abrió enormes sus ojos de luna llena, y sus pupilas se dilataron hasta abarcar el globo ocular por completo. El calor del infierno se extendió ahora hacia sus orejas puntiagudas y un incontenible maullido de dolor delató al insufrible ardor que derretía sus ligamentos.

Ajeno a lo que sucedía a su lado, Fabián interrumpió de golpe el proceso.

—¡Azabache, muévete! —exclamó—. ¡Sigue subiendo...!

El animal frenó en seco su transformación. Tardó unos segundos en recuperar la energía para darse cuenta que aún seguía habitando su cuerpo de gato negro. Sus ojos de pupilas verticales se endurecieron como el filo de un cuchillo y, arqueando el lomo, desenterró sus uñas de la ladera.

Debían alcanzar la cima antes de que las dos paredes terminaran por juntarse con ellos en medio. Fabián incrustó una vez más los dedos en el barro endurecido y alzó una de sus piernas en su deseo por aumentar la velocidad del ascenso. El permanente temblor de la masa de tierra al avanzar hacia el frente, le dificultaba al máximo el mantenerse firme en la escalada. Ni siquiera sabía si estaba subiendo por el lugar correcto. No había tenido tiempo de analizar la situación ni mucho menos de ponderar posibles alternativas frente a un fracaso en su empresa. Si no quería morir junto a Ángela y el gato, no tenía más remedio que confiar en su instinto y en la garza que continuaba señalándole con el batir de sus alas la ruta a seguir. Pero ya no estaba dispuesto a permanecer un minuto más en las entrañas de la Tierra: iba a salir a la superficie junto a la mujer que amaba, así tuviera que partirse los diez dedos cada vez que los enterraba para afirmarse y no resbalar ladera abajo.

Sintió de pronto la presión de la otra ladera acercarse peligrosamente y aplastar la espalda de Ángela. La brecha a través la cual subía se hacía cada vez más angosta, a un ritmo mucho más rápido de lo que imaginó que sucedería. Azabache maulló aterrado al darse cuenta de lo que estaba ocurriendo. El ave graznó su desesperación al sentir sobre su cuerpo el remolino de aire comprimido que se elevó desde el fondo de la fosa, producto de la reducción del espacio.

De manera inesperada, el pie derecho de Fabián resbaló y se deslizó hacia abajo unos centímetros, acarreando con él el resto de su cuerpo y a Ángela, que ni tiempo tuvo de gritar al sentir que perdían espacio contra la ladera. El muchacho manoteó unos instantes y frenó la caída al abrir los brazos y apoyar las palmas de sus manos y las suelas de sus viejos zapatos en cada lado de la pared rocosa; ya estaba tan cerca que podía tocarla con sólo estirar cada una de sus extremidades. De inmediato sintió en sus piernas la presión del enorme bloque de tierra que avanzaba de manera consistente hacia adelante. Sus músculos se tensaron al máximo, suspendido casi en el aire y con Ángela aún sujeta sobre uno de sus hombros. Alzó la cabeza, a ver si conseguía que el sudor que se resbalaba por su frente siguiera de largo y no le empañara la visión. Entonces descubrió con enorme sorpresa que la boca de la fosa estaba sólo a un par de metros de distancia. Desde su posición consiguió ver la luz del sol, lejana hasta hace unos momentos, y ahora convertida en una posibilidad tan real como urgente.

El túnel se angostó un poco más, obligándolo a doblar las rodillas y los codos.

—¡Ángela, rápido, intenta alcanzar la superficie! ¡Apóyate en mi cuerpo para subir! —ordenó con el último aliento de energía.

La joven quiso rebatir su idea, pero ante el avance de los dos paredones de piedra, comprendió que no había tiempo que perder. Se soltó del cuello de Fabián y extendió ambos brazos para mantener el equilibrio. Primero apoyó una rodilla sobre el hombro derecho del muchacho, y cuando se sintió firme extendió la pierna y se catapultó hacia arriba. Sus dedos rozaron el borde de la tierra y por una fracción de segundo su mano alcanzó a percibir el cambio de temperatura al acercarse al exterior.

—¡Más fuerte, Ángela! —gritó Fabián—. ¡Tienes que saltar más fuerte!

Entonces ella concentró toda su energía en el centro de su estómago, ahí donde había comenzado el bloqueo de sus fuerzas. Imaginó que el poder de su carácter era una bola de fuego, una burbuja de lava ardiente que vencía al hielo y descongelaba todo a su paso. Con esa imagen de poderío y ardor frunció el ceño e hizo caso omiso del dolor de sus articulaciones, de la rigidez de su cuello, del frío glacial que atenazaba cada uno de sus miembros. Era ahora o nunca. No existía espacio para una segunda oportunidad. La movediza sombra de la garza pareció congelarse en el aire, lo mismo que la frenética escalada de Azabache. El mundo entero suspendió su actividad para presenciar el heroico salto de Ángela Gálvez. Con toda la fuerza de la que fue capaz, despegó sus zapatos de los hombros de Fabián y se proyectó hacia arriba, utilizando como impulso todo el calor que nacía al centro de su vientre.

Ya en el aire, alzó los brazos hacia la orilla de la grieta.

"Un poco más. Sólo unos centímetros más".

Sus dedos se asieron con fuerza al borde de la fosa. Sus uñas se enterraron en el fango del suelo de Almahue y consiguió asomar la cabeza. La luz de la superficie la deslumbró por unos instantes y durante una fracción de segundo que se le hizo eterna no vio más que una reverberante pantalla de luz blanca en torno a ella. Contra sus piernas, que aún estaban dentro del cráter, sintió la presión de ambas paredes que seguían aproximándose sin descanso.

—¡Fabián! —dijo hacia abajo.

Como pudo, saltó fuera de la fisura que a cada segundo se hacía más angosta. Azabache emergió con los dos ojos desorbitados y un maullido de alarma ante la ausencia de Fabián. Ángela se arrodilló junto a la abertura en el suelo y miró hacia abajo: sólo un ventarrón de vértigo con polvo salió a su encuentro.

—¡Fabián!

De pronto, la mano del muchacho brotó desde el fondo de la tierra, cubierta de limo y sangre. Tras la mano apareció el antebrazo, y luego la camisa hecha jirones, la cabeza, el rostro cruzado por el dolor del esfuerzo, el pelo pegoteado sobre la frente. Ángela se lanzó sobre él, tomándolo con fuerza por las axilas, ayudándolo a trepar con el último aliento de energía. El cuerpo del muchacho parecía pesar el doble a causa de la fatiga y la falta de flexibilidad. El terreno bajo ellos vibraba con la magnitud de un continente que se arrastra sobre sí mismo para recuperar su posición original, antes de haber sido roto en dos por una grieta.

Ángela lo apremió desesperadamente con sus pocas fuerzas al ver que el espacio por el que su enamorado terminaba de escalar era cada vez más pequeño.

Fabián alcanzó a sacar las piernas de la grieta justo cuando la abertura en la tierra se cerraba con un estremecimiento subterráneo. Al instante, el barro se encargó de cubrir la cicatriz del suelo y ya no quedó rastro de aquella fosa que sólo unas horas antes había devorado más de la mitad de Almahue.

Los dos jóvenes se dejaron caer al suelo, jadeantes, inmundos de sudor y lodo, sintiendo que habían vuelto a nacer. Azabache, en un acto de amor y triunfo, les lamió las heridas con su breve y áspera lengua. Sin embargo, ya no fue la sombra de la garza la que salió a su encuentro, sino la de Rosa que se dibujó nítida sobre sus cuerpos.

—Bienvenidos —dijo con una sonrisa tan plácida como la expresión de sus ojos sin color—. Qué gusto verlos aquí arriba otra vez.

5

Buen amor para la buena, mal amor a la perversa

—¡Azabache!

La voz de la niña se impuso al silencio de los siglos que reinaban al interior de la enorme fortificación. Su grito atravesó los gruesos muros de piedra de su cuarto, siempre fríos y con enormes manchas de humedad, y sobrevoló el extenso corredor donde a veces, cuando su nodriza no la veía, ella jugaba a deslizarse por el suelo imaginando que era la pulida ladera de una lejana montaña. La voz se precipitó hacia el exterior a través de una angosta ventana de amplio alfeizar y dio un par de vueltas sin éxito en torno al patio de armas donde bebían algunos caballos aún jadeantes por la actividad física y amarrados al tronco de un gigantesco cebil que hundía sus raíces en el suelo.

—¡Azabache! —volvió a exclamar.

Pero nadie acudió a su segundo llamado, y esta vez su voz llegó hasta lo alto del torreón, a las estancias principales del castillo y al almacén de víveres. Siguió su trayecto hacia la alta y gruesa muralla que cercaba el recinto, y recorrió cada uno de los torreones del adarve en busca de su destinatario.

—¡Azabache!

En esta ocasión, el imperioso llamado se precipitó al sector de la cocina. Ahí tuvo que esquivar el chorro de sangre de un cerdo degollado especialmente para las fiestas de esa jornada, y a un grupo de mujeres que rellenaban con nueces y almendras algunos faisanes . Se paseó por los canales del aljibe que, en perfecta disposición, recogían la lluvia de las techumbres y, al igual que éstos, terminó su recorrido en el pozo donde un hombre con un cubo de madera agitó la superficie del agua y la llenó de burbujas y ondulaciones.

El hombre suspendió su actividad y dejó a medio camino el balde chorreante de fresco y potable líquido. Aguzó el oído y alcanzó a rescatar las últimas sílabas de aquel grito que clamaba por su presencia. Rosa. Era la niña Rosa.

Abandonó su tarea y corrió de inmediato hacia el patio de armas, donde la luz del sol hizo brillar con intensidad su piel de ébano, tan distinta a la de los demás habitantes del castillo. Con agilidad de pantera comenzó a subir las estrechas escaleras que circundaban la torre central. Recorrió en sólo un par de zancadas el largo pasillo donde se ubicaban las habitaciones principales: la del padre al centro y las de sus dos hijas a cada costado. Al fondo del corredor se encontraba la enorme estancia donde, una vez al mes, se celebraba la ceremonia del homenaje. En ella, el señor feudal, su amo y dueño de todo aquello que lo rodeaba, le hacía entrega de un trozo de tierra a un selecto vasallo a cambio de asistencia militar y apoyo político. Él nunca había podido presenciar alguna de las ceremonias oficiales. Su condición de simple siervo, encargado de proveer agua, lo relegaba a dormir sobre un montón de heno seco, acomodado en uno de los múltiples recovecos de las mazmorras, a pasar tan inadvertido como una sombra que se confunde contra los muros de piedra, y a vivir de pie junto al depósito de ladrillos tratados con resina de lentisco para mantener la frescura del vital elemento, en espera de que alguien solicitara su servicio. Sin embargo, cada noche, antes de cerrar los ojos para soñar con la lejana tierra donde había nacido y desde la cual había sido sustraído para cumplir con labores de esclavo, se imaginaba a sí mismo de elegante traje de paño, cepillados cabellos y una amplia y agradecida sonrisa, recibiendo de manos de su señor los títulos de un feudo que él debía administrar con eficiente destreza, para así ser fiel al contrato de vasallaje que acababa de adquirir.

No pedía más que unos metros de suelo fértil para reproducir en él, aquel paraíso vegetal donde vivió hasta su juventud temprana. Pensaba sembrar árboles de mango, plátanos, un par de palmeras que dieran cocos con los cuales preparar su bebida favorita, y un flamboyán que sirviera de paraguas natural para instalar bajo él una pequeña silla donde sentarse a ver morir el sol cada atardecer. Qué lejos había quedado su isla. Tan lejos como esa niñez interrumpida a golpe de espadas, cautiverio y una larga travesía en una embarcación que lo separó para siempre de sus raíces. A bordo de esa nave fue obligado a olvidar su verdadero nombre y aprendió a obedecer ante el mote de *Azabache*, apelativo que el capitán le puso, que hacía referencia al oscuro e intenso color de su piel.

—¡Azabache! —repitió la niña cuando lo vio entrar, el rostro perlado de sudor por la carrera desde el depósito de agua hasta el cuarto en lo alto de la torre.

—Aquí estoy —masculló con esa dificultad propia de tener que combinar los sonidos originales de su idioma con la nueva lengua que debió aprender a golpes—. Buen día tenga, niña Rosa. Felices fiestas por su nacimiento.

—Gracias, Azabache —sonrió Rosa e hizo una pequeña inclinación de cabeza—. Mira, quería mostrarte algo. Avanzó hacia una esquina de su aposento, alzando el ruedo de su ropaje con ambas manos para no tropezar a causa del exceso de tela. Cruzó frente a la enorme jaula que había mandado a construir de techo a suelo, y de extremo a extremo, donde ella coleccionaba las más variadas aves que poblaban la Tierra. Incluso su padre, en cada uno de sus viajes y expediciones, ordenaba a algún vasallo atrapar pájaros para llevarle de regalo a su regreso. Azabache comprobó que el número de canarios, tórtolas, codornices, colibríes y otras especies cuyos nombres desconocía había aumentado considerablemente. "Pronto será necesario construir otra jaula", reflexionó el hombre. "O tal vez podríamos poner rejas en la ventana y en la puerta, y dejar el cuarto entero como una pajarera", sonrió en silencio.

Rosa lo llevó hacia una mesa donde un rayo de sol matutino caía con precisión sobre una maceta de barro. En ella, se alzaba un frágil tallo de un verde intenso, desde donde se balanceaban dos hojas de nervaduras marcadas y bordes ondulados. Y en lo alto, una delicada flor amarilla apenas abría sus breves pétalos dejando ver un puñado de pistilos que aún no terminaban de desenredarse.

—Mira —se emocionó Rosa—. Hoy germinó la semilla que me regalaste hace exactamente un año. ¡Se tardó doce meses en germinar!

Azabache se inclinó sobre la planta y sonrió, satisfecho. La espera había valido la pena y su regalo por fin podía ser apreciado. Aquel puñado de semillas que él le dio con todo su cariño, envueltas en un tosco trapo viejo que humedeció en el pozo para evitar que se secaran, significó horas de exhaustiva búsqueda en comarcas vecinas. Visitó diferentes mercados públicos y ferias de trueque en busca de una flor que Rosa nunca antes hubiera visto. Porque, por aquella niña de ojos bondadosos, era capaz de nadar hasta su propia isla, cortar el capullo más hermoso de todos y regresar con él a modo de ofrenda. No había un ángel más puro y generoso que ella. Era la única, en todo ese enorme y poblado castillo, que se había dado cuenta que él existía. La única que todas las mañanas lo recibía con un "buenos días" y la única que, al caer el sol, le deseaba dulces sueños.

Por eso, y a modo de agradecimiento a sus atenciones, él le había preparado una gran sorpresa. Era un regalo que estaba seguro que ella nunca olvidaría. Un regalo que mantenía oculto en los confines de su habitación y que nadie había descubierto. Un regalo que había conseguido a través de manos extranjeras y por el cual gastó gran parte de sus escasas pertenencias.

Se emocionó de manera anticipada imaginando la enorme sonrisa de triunfo de la niña al descubrir que sus doce años estarían por siempre atados al recuerdo de aquel obsequio que le costó meses conseguir, y que estaba seguro que ella iba a gozar el resto de su vida. La contempló en silencio, manteniendo la distancia propia de la servidumbre, pero cautivado por aquella sonrisa de ángel que examinaba con atención y ternura la nueva flor que asomaba en su maceta.

"Tan distinta a su hermana", alcanzó a pensar antes de que la puerta se abriera con estrépito y se recortara en el umbral la espigada figura de una niña de cabellos rizados y ojos tan brillantes como las joyas que relucían en su cuello y orejas. Endureció la mirada al descubrir a Azabache al interior del cuarto de su melliza, y avanzó en un par de pasos hacia el centro del lugar. La luz del sol que se coló por una de las ventanas laterales le dio de lleno en el cuerpo y la convirtió, durante unos segundos, en una llamarada de destellos dorados y rojos. Extendió uno de sus brazos, largo y delgado como la rama de un olivo, y señaló el cuerpo oscuro de aquel hombre que bajó de inmediato la cabeza en un sumiso acto de obediencia.

—¿Qué hace este siervo aquí? —preguntó con una voz más parecida al choque de dos piedras.

—Vino a darme sus felicitaciones por un año más de vida —contestó Rosa sin perder su sonrisa.

—También yo celebro un año más de vida —dijo Rayén, que aún refulgía bañada por el sol de la mañana.

Azabache inclinó aún más la cabeza y los hombros, y llevó una rodilla al suelo cubierto por una mullida alfombra de piel de oso.

—Felicidades, ama —musitó.

La recién llegada no dijo nada. Dio un paso hacia el frente y su cuerpo volvió a recuperar su compostura de niña de doce años vestida con ropajes demasiado elaborados para su edad y tamaño. Se quedó mirando la flor amarilla que terminaba de abrirse en un bostezo de pétalos y pistilos en la maceta, junto a la ventana.

—¿Te gusta? —le preguntó Rosa—. Por fin floreció. ¡Y lo hizo el día de nuestro nacimiento!

Rayén avanzó hacia la mesa y tomó con ambas manos el tiesto. Lo apretó con fuerza contra su pecho.

—Yo me voy a quedar con ella —sentenció.

Rosa intentó arrebatársela, pero su hermana la detuvo con un brusco movimiento de su mano.

—¡Es mía, Rayén! —reclamó.

—Lo tuyo son los pájaros. Lo mío, lo que crece en el suelo —dijo sin quitarle los ojos de encima—. Tú sigue mirando hacia el cielo, que yo seguiré hundiendo los pies en la tierra.

Acto seguido, giró su cuerpo y comenzó a caminar hacia la puerta. En sus brazos, la flor amarilla parecía pedir ayuda con cada movimiento de sus hojas. Cuando salió del cuarto, hasta las aves detuvieron su vuelo en señal de respeto. Azabache permanecía en silencio, la cabeza gacha, apretando la mandíbula para contener la molestia por el atropello del que había sido testigo. No se atrevió a mirar a Rosa, que se quedó observando la mesa ahora vacía. La niña soltó un suspiro y se dejó caer sobre su cama.

—Buenas tardes, Azabache —murmuró antes de hundir el rostro en los almohadones rellenos de pluma de ganso.

Cuando el hombre regresó al patio de armas, apoyó su cuerpo unos instantes contra el monumental tronco del cebil. Dejó que la sombra de su follaje le diera respiro al contacto directo del sol contra su piel. Muy dentro de él albergaba la ilusión que todo el mal que se hacía en este mundo se pagará con dolorosos tormentos en la otra vida. Esa era su única esperanza para poder soportar los maltratos, la esclavitud y las injusticias. Por lo mismo, creía que aquella acción de Rayén en contra de su hermana también tendría su castigo correspondiente. Recordó las largas caminatas que debió enfrentar un año antes para poder llegar hasta la aldea vecina, donde ofreció unas horas de trabajo forzado a cambio de aquellas semillas que prometían ser las flores más delicadas y fragantes de toda la región. Y todo para que aquella niña malcriada, de ojos retadores y cabello indomable, se la apropiara sin más explicación que los designios de su antojadiza voluntad.

Abatido, Azabache regresó junto al aljibe. Dejó que el interminable sonido del pequeño y refrescante chorro de agua vertiéndose lo ayudara a soportar el paso de las horas. Desde su puesto vio a los demás siervos instalar largos mesones de madera en el patio de armas, bajo el ramaje del árbol, a mujeres colocando sobre ellos canastas con granadas, naranjas, nueces, almendras y enormes racimos de uvas verdes y rojas.

Para cuando el sol traspasó los altos muros de la fortificación, y las sombras de los baluartes y torreones se dibujaron nítidas en el suelo, tres hombres ya habían traído desde la cocina un lechón asado al que como toque final le habían insertado una manzana en el hocico.

Apenas la Luna asomó su pálido rostro en la bóveda oscura que cubría al castillo, se encendieron las antorchas y se dio inicio a la celebración por un nuevo año de vida de las mellizas. Al evento se dio cita lo más selecto de la localidad, además de vasallos y señores de las comarcas vecinas, envueltos en sus mejores trajes y acompañados de sus propios sirvientes que cargaban las ofrendas y regalos. El mismísimo señor feudal salió a recibirlos y a darles la bienvenida, mientras sus dos hijas terminaban de vestirse ayudadas por sus dos ayas, que hacían sus mejores esfuerzos para dejarlas a la altura de la ocasión. Para Rosa eligieron un hermoso traje blanco, con piel de zorro alrededor del cuello y en el ruedo inferior del vestido. Rayén, en cambio, eligió un atuendo verde musgo, con una infinidad de aplicaciones de pequeños pétalos de seda a lo largo del talle y la cintura, lo que al caminar le daba el aspecto de ser un arbusto mecido por el viento.

Se cumplían doce años desde aquella noche en que las estrellas atestiguaron el nacimiento de ambas hermanas, en las afueras de la aldea. Doce años en los que nadie hablaba de la mujer que se atrevió a desafiar a la autoridad con sus conocimientos de Astronomía. Doce años de olvido para la traidora que dio su vida para traer al mundo a las dos únicas herederas de aquel señor feudal al que todos temían por su ferocidad. Su violenta fama se convirtió en leyenda cuando, para proteger sus tierras del ataque extranjero, mandó decapitar a todo aquel que osara cruzar la frontera de sus dominios. Durante semanas exhibió las cabezas clavadas en lanzas, como macabro recordatorio del poder de su espada. "El Decapitador", lo nombraban. A partir de esa ocasión nadie se atrevió a desafiar su poder.

Pero ese día el castillo estaba de fiesta. Las guerras habían quedado atrás y todos asumían como una recompensa divina la época de bonanza que vivían. Por eso, cuando las dos hermanas hicieron su ingreso en el patio de armas, cada una de la mano de su nodriza, la concurrencia estalló en estruendosos aplausos. Los rostros de ambas aún conservaban los rasgos infantiles, pero permitían ya adivinar las facciones delicadas de las mujeres hermosas que llegarían a ser. Una avanza dejando tras de sí un blanquecino rastro que complementa su hermosa sonrisa, mientras la otra parece flotar sobre el suelo, vegetal y etérea, convertida en un cuerpo hecho de follaje.

A la orden del padre, un grupo de músicos comienza a tocar sus laudes, flautas, tambores y adufes, marcando con su ritmo cada paso de las festejadas. La música se amplifica al chocar contra los muros del castillo y el eco ayuda a multiplicar las notas y la melodía. Un juglar y poeta llamado Abdul-Malik Quzmân, traído especialmente de tierras lejanas para la fiesta, y precedido por su enorme talento para recitar versos de amor y honra, hace su entrada al ruedo de invitados y comienza a improvisar un poema que canta estribillo a estribillo, inspirado en las dos hermanas que siguen avanzando por el patio interior mientras él parece leerles el alma de un solo vistazo.

Damiselas,
damiselas,
son mellizas las doncellas.
Doncellas que hoy cumplen años.
Cantarles quiero sin daño,
cortadas del mismo paño,
no sé cuál es la más bella.
Pero no os equivoquéis,
pues sólo las veis por fuera.

Azabache, siempre inmóvil junto al pozo de agua potable, sabe que muy pronto será el momento preciso para darle su regalo a la pequeña Rosa. La mira enfundada en su elegante traje de princesa albina, hermosa como un ave de blanco plumaje. Sabe que su sorpresa será bien recibida. Para la otra hermana no tiene ningún presente. Ella no se merece nada. Por el contrario, todo lo que Rayén posee pertenecía antes a Rosa, y se lo ha ido arrebatando con el paso del tiempo. Todo, excepto el cariño de la gente del castillo.

Abdul-Malik Quzmân alza la voz para que su nueva estrofa llegue íntegra a cada invitado:

Damiselas,
damiselas,
si miráis dentro de ellas
ellas os sorprenderán.
Una es noche y otra es día,
una es bondad, la otra es ira.
Están el amor y la envidia,
les veo el alma asomada
tan distinta a las hermanas.

Las dos niñas detienen su marcha para recibir a su padre, que se acerca a ellas. La luz de las antorchas flamea en su reluciente armadura cuando estira ambos brazos para tomar sus manos. Los adufes y castañuelas se hacen cargo de dar realce a cada movimiento de la familia, que inclina con solemnidad la cabeza en señal de saludo.

Al comprobar que nadie lo vigila, Azabache abandona su puesto de trabajo y se escabulle veloz hacia su miserable aposento. A diferencia de los demás, él no duerme con los otros siervos en el gran galpón habilitado sobre las caballerizas. Nadie quiso compartir su espacio con él a causa del color de su piel. Desde el primer momento en que llegó al castillo, tuvo que soportar las burlas y las cobardes fantasías que se tejieron en torno a su persona: que si era un enviado del diablo que habita en las orillas del mundo, allí donde la tierra se acaba y comienza el caos; que si su vida llena de pecados carnales le provocó una enorme mancha cutánea que lo dejó convertido en un ser humano más parecido a un carbón que a un respetable cristiano; que si ese extraño y desconocido idioma sólo debía estar compuesto de blasfemas y maldiciones. Por lo mismo, Azabache se buscó un cuarto para él, lejos de aquella gente. Sin que nadie lo supiera, eligió una antigua celda de las mazmorras, ahora vacía a causa del prolongado tiempo de paz que atravesaba la aldea, y en ella instaló su cama, una vela y una colección de pequeñas macetas que él mismo confeccionó con el lodo que extrajo del fondo del aljibe, y en las cuales sembró diferentes hierbas y plantas que le recordaban su isla perdida.

Azabache entra velozmente a su reducido aposento y en una oscura esquina encuentra el regalo cubierto por un trapo que no permite ver de qué se trata. Cargándolo entre sus brazos, regresa hacia el exterior justo para alcanzar a escuchar la última estrofa del juglar que se impone al ruido de las cigarras y el crujir del fuego en las hogueras que rodean el patio.

Damiselas,
damiselas,
en la vida dejaráis huellas,
huellas que van dibujando
según lo que hayan sembrado
y las obras que han logrado.
El destino trae sorpresas:
buen amor para la buena
mal amor a la perversa.

Rayén endurece la mirada al escuchar el verso final y sus ojos adquieren el color de una brasa que arde al centro de una fogata. "Mal amor a la perversa". Y a juzgar por la expresión del juglar, que termina de recitar y hace una reverencia sin quitarle los ojos de encima, el término *perversa* está dedicado sólo para ella.

Mal amor a la perversa.

Malamor para todos, sería su respuesta. ¡*Malamor* para todos los que aplauden las tristes rimas de ese poeta insolente que se atreve a ofenderla el día de la celebración de su nacimiento!

Suelta la mano de su padre y clava sus pupilas en el menudo cuerpo de Abdul-Malik Quzmân, cubierto por una gruesa túnica de colores intensos, que brinda y celebra el triunfo de sus palabras que él supone inspiradas y certeras. Después, sin que nadie la vea, Rayén se quita sus puntiagudos zapatos de cuero curtido, sujetos a sus tobillos gracias a un par de hebillas y cordones. Sus pies descalzos pisan el suelo que comienza a enfriarse a esa hora de la noche, y de inmediato siente un estremecimiento de alivio. El contacto con la tierra despierta sus sentidos y le permite calmar su respiración alterada luego de la insolencia del juglar. Sus orejas son capaces de escuchar, incluso, lo que sucede al otro lado de los muros del castillo. De ese modo puede oír el suave roce del viento nocturno al atravesar un campo de trigo, o el incansable chapoteo de algunas ranas en el estanque del molino de la aldea. También percibe el crujido de las raíces del cebil que crecen en el subsuelo y cómo la savia es bombeada frenéticamente hasta alcanzar la última hoja de la rama más alta que corona el follaje. Cierra los ojos y se entrega a la maravillosa sensación de formar parte de todo aquello que la rodea. Qué importa que hablen así de ella. Qué más da que todos desvíen la mirada cuando ella cruza el patio central del casillo. Ellos no entienden. Ellos no saben. Pero ella no olvida. Recuerda cada desprecio y cada gesto de rechazo que se adhiere a su piel y la va engrosando, al igual que un tronco que suma una nueva capa de corteza junto con cada año de vida.

Al abrir los ojos ve que Rosa se dirige hacia uno de los patios traseros. Y descubre, además, que lo hace sola, ya que su aya se ha quedado celebrando junto a Abdul-Malik Quzmân, del que ya tendrá tiempo de ocuparse. Decide seguir a su hermana, que camina hacia el aljibe, donde la espera Azabache. La ve acercarse al siervo que, con una amplia sonrisa, le extiende un bulto cubierto con un trozo de tela.

—¿Qué es esto? —pregunta Rosa, sorprendida.

—Su regalo —responde Azabache, impaciente—. Espero que le agrade.

De un certero tirón, Rosa retira el paño dejando al descubierto una hermosa jaula dorada que contiene una impresionante ave de blanco plumaje, forma estilizada y cuello largo. La garza observa a la niña con sus enormes ojos negros que brillan con magnitud e inteligencia. Rosa se lleva una mano a la boca, ahogando una exclamación de triunfo.

—Es toda suya —dice Azabache al tiempo que abre la puerta de la jaula y permite que el pájaro salga al exterior y extienda sus alas.

Desde su escondite, Rayén es testigo de cómo la garza se eleva en el cielo oscuro, convertida en una flecha de nieve que sube y sube. Luego planea tan silenciosa como un cometa, girando sobre sus cabezas. Cuando ya ha hecho un amplio recorrido que deja en claro el perfecto control que tiene sobre cada uno de sus músculos y tendones, decide regresar junto a su nueva dueña y con toda la delicadeza del mundo se posa sobre el hombro de Rosa que no da crédito a tanta belleza y perfección.

Rayén aprieta los puños. Siente un fuego de odio que nace en sus entrañas. Un río de incontenible lava le inunda el estómago y le sube hasta la garganta. Incapaz de soportar la sonrisa que llena el rostro de su hermana y que convierte sus ojos en dos estrellas, regresa hacia el patio de armas donde el vino ha comenzado a correr, desordenando a la muchedumbre y nublando las miradas de los presentes. El laúd ya empieza a desafinar sus primeras notas y los tambores pierden el compás entre tanta bebida. La muchacha, cuyo cabello se ha soltado de la trenza que su nodriza le hizo y que ahora se sacude al viento igual que la insurrecta fronda de un árbol, irrumpe en el patio de armas como una mala noticia en medio de la festividad. Alza la mano y grita a todo pulmón, silenciando risotadas y brindis:

—¡Socorro! ¡Están atacando a Rosa...! —exclama.

Su padre suspende su brindis y empuña la espada. Los aterrados músicos sueltan los instrumentos, que caen al suelo, y echan a correr con muchos otros mientras van dejando los zapatos por doquier. Todos ven al señor feudal erguir la postura bajo su armadura, enderezar los hombros, estirar el cuello y recuperar en una fracción de segundo ese brillo de asesino que le dio la fama de el Decapitador.

—¡Junto al pozo del agua...! ¡El siervo negro! ¡Hay que ayudarla...! —exclama fingiendo una urgente desesperación.

Mientras la fiesta se desmorona y todos se precipitan en tropel hacia el patio del aljibe para cobrar venganza por la terrible afrenta cometida por el esclavo, Rayén sonríe sabiendo que parte de su venganza se ha llevado a cabo. Si ella no tiene a nadie que le regale algo tan hermoso como una garza, entonces su hermana tampoco lo tendrá. Antes de cerrar una vez más los ojos, y entregarse al contacto con la tierra que le calma los latidos del corazón, alza la vista hacia el cielo que parece aún más oscuro por el inesperado desenlace de la noche. Desde su lugar, alcanza a ver la estilizada y blanca figura del ave que eleva el vuelo y, desde lo alto, le clava sus pupilas llenas de resentimiento y desprecio por lo que acaba de hacer.

Malamor para ti también, pájaro de mal agüero.

Y entonces Rayén cierra los ojos, pintando de negro absoluto el abrupto término de su cumpleaños número doce.

6

Dónde está Mauricio

Ángela y Fabián permanecieron largos minutos en el suelo, abrazados el uno contra el otro, tumbados sobre el barro fresco y húmedo, con los ojos cerrados, concentrados cada uno en sentir la respiración mutua. Estaban vivos. Habían cumplido su promesa de no permitir que nada malo le sucediera al otro, poniendo en riesgo su propio bienestar.

Estaban seguros que no había ya poder humano que pudiera separarlos.

Azabache continuó lamiéndoles las mejillas de manera alternada, en un intento por quitarles el lodo de la piel y para recordarles que debían levantarse pronto para seguir adelante. Si pudieran siquiera imaginar todo lo que se les venía encima, no se hubieran demorado. Sin embargo, ninguno de los dos tenía intenciones de soltarse de ese nudo de brazos y piernas que formaban, por nada del mundo deseaban separar sus miradas, la cara del ser amado a escasos centímetros de distancia.

—Me salvaste la vida —susurró Fabián y le insufló su aliento tibio dentro de la boca.

—No hice nada que tú no hubieras hecho por mí —respondió Ángela y hundió aún más su cabeza en el espacio tibio que se formaba entre el cuello y el hombro de su enamorado.

—Sabes que no voy a dejarte ir nunca de mi lado, ¿verdad?

—No tengo intenciones de irme. Y mucho menos sin ti —sentenció.

Fabián buscó sus labios con urgencia y apretó aún más su cuerpo contra ella. Ángela advirtió las manos del joven subir tibias y decididas por su espalda, y hacer nido a la altura de su nuca. Él las dejó ahí, acariciando aquella piel con sus dedos mientras la besaba con fuerza y entusiasmo infinitos. Ángela sintió que se despegaba del suelo frío y resbaloso en el que habían caído luego de emerger de la grieta, y que una corriente de aire fragante a madera ahumada, a bosque mojado por la lluvia, a cielo cubierto de nubes la rodeaba de pies a cabeza. Por un instante perdió la noción del tiempo, incluso del espacio. No sabía dónde estaba ni qué ocurría a su alrededor. Sólo tenía la capacidad de percibir que seguía viva a causa del enorme y frenético latido de su corazón, y del tacto de aquellas dos manos que continuaban aferradas a su cuello y que ahora se sumergían en su desordenado y rojo cabello. La boca de Fabián arremetió con más fuerza, derrochándose en su entusiasmo. Cuando Ángela aún no se reponía de esa fugaz visita al paraíso, él le regaló un nuevo beso que le habló del mundo secreto que ambos compartían y que ninguno de los dos pensaba abandonar. Tanta pasión le confirmó que para su mutuo amor el cielo era apenas el límite.

Cuando abrieron los ojos, tardaron unos segundos en recordar dónde estaban. Poco a poco, el espacio en torno a ellos fue cobrando sentido. De ese modo, surgieron los escombros aún humeantes de un Almahue en ruinas, y la desoladora realidad se les vino encima como una ola marina cargada de malas noticias. En una fracción de segundo, se descubrieron a sí mismos rodeados de destrucción y caos. Comprendieron que habían salido a la superficie justo en lo que antes era una de las esquina de la plaza central del pueblo. Ahora, lo único que quedaba era una enorme hondonada que se había tragado la mayor parte del cebil, y una pared de hormigón ladeada que correspondía a lo que sobrevivió del cuartel de policía del teniente Orellana. También cobraron conciencia del frío reinante y que se incrementaba cuando el viento azotaba su ropa mojada. Una bandada de gaviotas avanzaba en línea recta partió en dos el cielo, y comprobaron como aun en la superficie la luz del sol no alcanzaba a entibiarlos.

¡El árbol! El símbolo del *malamor* había desaparecido y sólo quedaba parte de un cadáver de ramas y raíces tan secas como las arenas de un desierto. Y pensar que en algún momento, hacía ya más de medio siglo, que de aquel follaje colgaron fragantes racimos de manzanas, peras y ciruelas que espantaron a todo un pueblo. Y todo gracias al injerto que Karl Wilhelm, o como quiera que se haya llamado aquel hombre de misteriosas pupilas ocultas tras un par de anteojos redondos, realizó armado de un filoso bisturí.

Ángela sacudió la cabeza, borrando el recuerdo del botánico. Ya habría tiempo para detenerse a repasar una vez más toda la historia que la había llevado hasta el fin del mundo. Ahora era imprescindible que destinara todos sus sentidos a entender y sobrevivir al infierno que los rodeaba. Fue entonces que divisó ahí, al centro de aquel escenario de muerte y silencio, a Rosa. Parecía una imagen sobrepuesta y extraída desde otra y lejana realidad, ya que su sonrisa y placidez no correspondían en lo más mínimo al ambiente que la circundaba.

"Llegó el tiempo de las explicaciones", pensó Ángela mientras se ponía de pie. "Rosa va a tener que comenzar a hablar, aunque no quiera".

Sin decir una sola palabra, Ángela se echó a correr hacia ella, la abrazó con fuerza para agradecerle la larga lista de favores que le adeudaba. La ciega asintió despacio, asumiendo con gratitud su responsabilidad en el hecho que ambos jóvenes estuvieran sanos y salvos frente a ella.

—Tu hermano... —le musitó en la oreja.

Ángela sintió que el corazón se le transformaba de golpe en un bloque de piedra y que un zumbido comenzaba a repetir un único e insufrible tono que se extendió más allá de lo tolerable. Mauricio. ¿Dónde estaba Mauricio? ¿Acaso debajo de las ruinas de alguna casa de Almahue?

—Está vivo —la calmó Rosa—. Pero hay que encontrarlo. Y rápido.

Ángela volteó espantada hacia Fabián, al tiempo que sus ojos se inundaban de lágrimas de angustia. Iba a abrir la boca para exigirle que la ayudara a iniciar la búsqueda de su hermano mayor, pero un estridente grito de Elvira Caicheo esremeció el ambiente.

—¡Fabián! —exclamó la cocinera desde la lejanía.

La mujer venía acompañada de Carlos Ule, que se llevó una mano a la boca ahogando una profunda exclamación de alivio al ver a los dos jóvenes junto a Rosa. El profesor tuvo que detenerse unos momentos, se arrodilló en el suelo e inclinó su cuerpo hacia delante, en una suerte de improvisada reverencia ante la felicidad de saberlos vivos.

—¡Es un milagro! —agradeció la cocinera mientras apretaba con fuerza a su hijo y le humedecía el rostro con su llanto de alegría.

Con voz entrecortada, el profesor les narró la situación que él y Elvira acababan de vivir en torno a los escombros de la residencia de la familia Schmied. La mujer lo interrumpió para contarles cómo la casa se había desplomado y su milagrosa escapatoria unos segundos antes de que el techo se le viniera encima.

—¿Egon y la señora Silvia están muertos? —exclamó Fabián sin dar crédito a lo que oía.

Su madre asintió en silencio y se persignó. El muchacho se quedó unos instantes sin saber qué hacer y ni qué decir. Por más que volteó hacia los cuatro puntos cardinales en un intento por encontrar consuelo en el paisaje de la Patagonia, tal como lo hacía cuando se hallaba en una situación dolorosa, lo que pudo apreciar lo desoló y entristeció aún más. Nada se parecía al Almahue donde había nacido y en el cual se hizo hombre. Nada. Y desde el fondo de su alma tuvo que reconocer que, de alguna manera, se alegraba que don Ernesto los hubiera abandonado antes de todo ese cataclismo. La sola imagen del anciano encerrado en su ático, mientras la casa entera sucumbía bajo sus pies, le bastó para agradecer que su alma ya descansara en paz en el cementerio de la zona. Al menos Egon y su madre tendrían a alguien conocido esperando por ellos, dispuesto a guiarlos en su tránsito de la tierra al Cielo.

"¡Y para que conozcan todo el odio que les tengo, el día que este árbol se seque por completo el pueblo entero desaparecerá tragado por la tierra y barrido por el viento!" Las palabras de Rayén regresaron como un doloroso disparo hasta sus tímpanos. Aquella mujer había cumplido su promesa. Y, por alguna razón, sólo unos pocos habían sobrevivido para ser testigos de las consecuencias de su maldición.

—Debemos buscar refugio —aconsejó Carlos Ule al comprobar que la temperatura comenzaba a bajar—. Y ustedes dos tienen que cambiarse de ropa antes de que se vayan a enfermar —puntualizó al señalar a Ángela y Fabián.

La casa de Rosa recibió al grupo justo a tiempo, evitando así que la oscuridad de la noche los sorprendiera a la intemperie. El sol desapareció tragado por el brillo de acero del agua de la bahía. Ahora, sin el resto de las casas ni construcciones que bloquearan la vista, el brazo de mar que se adentraba en el continente se apreciaba con total nitidez desde el umbral de la residencia de Rosa, y permitía distinguir la línea exacta que dividía el horizonte del cielo.

Apenas puso un pie en el pasillo, Carlos se detuvo y se inclinó a revisar los tablones del suelo. Palpó algunas huellas negruzcas tatuadas en la madera. Frunció el ceño.

—¿Qué es eso? —preguntó Fabián—. ¿Las pisadas de un animal?

Pero el profesor negó con la cabeza.

—Parece ser la huella de un pie humano que quedó impresa por el calor que emitió —explicó.

El muchacho se arrodilló junto a Carlos y pasó los dedos por la marca. Sus yemas advirtieron que el peso de la persona que las había ocasionado había hundido la madera y el calor que emanaba de su piel había quemado los bordes.

—No entiendo... ¿Quién fue capaz de hacer esto? —murmuró Fabián.

"Fue ella. Es obvio. Una de sus maneras de manifestarse es oscureciendo el cielo a su paso para evitar que el

Sol entibie la tierra y que los entendidos descubran los restos de azufre que dejan sus pisadas". Ángela no pudo evitar recordar parte de un párrafo que había leído en las primeras páginas del diario de Benedicto Mohr: "Los restos de azufre que dejan sus pisadas".

—¡Rayén estuvo aquí, en este mismo pasillo! —gritó, atando los cabos sueltos.

Acto seguido, palideció de horror al recordar que su propio hermano se estaba alojando en esa misma casa y que hasta ese momento desconocía su paradero. No necesitó darle demasiadas vueltas a un par de ideas para exclamar, llena de desesperación y premura:

—¡¿Rayén se llevó a Mauricio?! ¿A dónde? ¿Y por qué?

Pero, para su desgracia, ésas eran preguntas que nadie podía responder.

7

Conversaciones de medianoche

La noche trajo consigo un oscuro manto que cubrió los escombros del pueblo y permitió a los sobrevivientes olvidar, al menos por un par de horas, la magnitud de la destrucción que los rodeaba. Eso los ayudó a dejar de comparar una y otra vez los recuerdos que conservaban de las calles de Almahue con la dura realidad que estaban viviendo. Rosa calentó agua en la estufa de leña y les facilitó un par de toallas a Ángela y Fabián para que se lavaran el cuerpo, así como ropa limpia para que estuvieran más cómodos. También ayudó a Elvira a curar las heridas de sus brazos y piernas con una pomada cicatrizante, y en menos de diez minutos preparó una enorme olla de arroz que acompañó con un delicioso y aromático guiso de cordero que rescató de un platón de barro que tenía dentro del horno.

Fabián, Carlos y Elvira se instalaron en la sala en torno a un par de velas que la dueña de la casa consiguió en un estante de la alacena. De inmediato, la estancia se llenó con un inconfundible olor a vainilla y cera virgen que les calmó los ánimos y les permitió relajarse por primera vez en lo que parecía una eternidad. Tenían la intención de hablar la noche entera, de compartir sus tristezas y sentimientos, y exorcizar de ese modo cada una de las desgracias que presenciaron. Iban a planear el rescate de los cadáveres de Egon y Silvia, para darles cristiana sepultura antes que la descomposición fuera insalvable; sin embargo, el cansancio extremo por el largo e intenso día vivido, pronto les pasó la cuenta. El sueño, poco a poco, fue venciéndolos sin piedad, y finalmente los dejó reducidos a tres ovillos en el enorme sofá. La ciega los cubrió con una manta tejida por ella misma en el rústico telar de su taller y, de un certero soplido, apagó las velas. La oscuridad entonces salió de su escondite y se lanzó en picada sobre la sala.

Rosa regresó a la cocina. Apenas entró, supo de inmediato que alguien más estaba ahí. No sólo se lo susurró una voz al interior de su cabeza, sino que también lo percibió en el aire que había adquirido una densidad distinta con la presencia de aquel otro cuerpo que compartía su espacio. Como si nada, y sabiéndose observada, retomó su labor, levantando y acomodando en la larga repisa todas las macetas, tarros y frascos donde crecían sus plantas y hierbas medicinales, que se habían caído debido al terremoto.

Desde la esquina opuesta, Ángela, aunque con sueño, no podía quitarle los ojos al delgado y frágil cuerpo de la dueña de la casa. No dejaba de impresionarle la precisión de sus movimientos, como si alguien la fuera guiando con milimétrica exactitud. Eran tantas las preguntas que se agolpaban al interior de su cabeza que no supo por cuál comenzar. La más evidente de todas era, no obstante, qué misteriosas razones existían para que esa casa siguiera entera luego del feroz cataclismo que destruyó gran parte de la zona. Pero a la par de que deseaba con urgencia una explicación al enigmático fenómeno, tenía la certeza de que no iba a ser capaz de comprender los verdaderos motivos que se escondían tras esa aparente buena fortuna que rodeaba a la residencia y a su dueña.

"*Todo tiene una razón de ser*", recordó. ¿Todo? ¿Incluso lo que parece imposible?

—¿Qué hora será...? —fue lo único que consiguió articular, lo cual le sirvió, también, para advertirle a Rosa que era ella quien estaba ahí.

—Asómate y mira la luna —le respondió la mujer sin interrumpir su actividad—. Si está en la parte más alta del cielo, entonces ya es medianoche.

Ángela se acercó a la ventana y dejó que sus ojos atravesaran el negro más absoluto que confundían suelo y cielo en una gran mancha oscura. Y en medio de esa total oscuridad, una enorme y redonda luna era el único signo real de que aún existía algo allá afuera.

—Pues sí —confirmó Ángela—. Ya es medianoche.

Rosa asintió satisfecha y siguió trabajando. La forastera se separó de la pared sobre la cual se había recargado y se acercó a la ciega. Respiró profundamente, armándose de valor, y la detuvo tomándola con decisión por el brazo. Rosa volteó hacia ella y le clavó los ojos tan blancos y transparentes como el color de su piel.

—Necesito explicaciones —balbuceó Ángela—. Por favor...

—¿Qué quieres saber...?

—Todo. ¡Todo! Rosa... Benedicto Mohr habla de ti en su diario, que está fechado en 1953. Ahí dice que cuando llegó a Almahue se alojó en casa de una joven minusválida que tejía alfombras para sobrevivir. ¡¿Cómo es posible que sigas siendo joven más de medio siglo después?!

—Una de las virtudes que se me dio, junto a mi hermana, fue la de poder controlar el paso del tiempo en mi cuerpo —contestó con el mismo aplomo y mesura que había anunciado, un par de horas antes, que la cena estaba lista.

—¿Qué hermana? ¿El poder de...? Quiero decir, ¿quién, cómo te lo dieron o se los...? No entiendo, ¿qué estás diciendo, que...? —Ángela esbozó algunas preguntas, pero no logró terminarlas ni expresar lo que su atribulada mente quería saber.

—Es una historia muy larga. Y triste, además. Lo único que tienes que saber es que a veces, para poder seguir viviendo, hay que morir y dejar atrás lo que uno fue —dijo sin perder su sonrisa.

Ángela de inmediato soltó el brazo de Rosa.

—¡¿Entonces estás muerta?!

—¿Acaso parezco una muerta? —se rio, divertida del pánico que impregnaba cada una de las palabras de la joven.

Ángela negó con la cabeza y se pasó la mano en repetidas ocasiones por la cara, en un intento por despejar la confusión que fruncía su ceño y la hacía pestañear más de la cuenta.

—Déjame ver si entiendo —murmuró y trató de ordenar sus ideas—. Tú eres hermana de Rayén.

—Así es.

—¿Quiénes son tus padres?

—A mi madre nunca la conocí. Y mi padre... Prefiero no invocar su nombre.

—Rosa, por favor. Ayúdame a entender. ¿Quién fue tu padre?

—No voy a decir su nombre, Ángela —dijo con vehemencia—. Y créeme que lo hago por tu seguridad.

Un estremecimiento sobresaltó a Ángela y erizó todos sus poros. De manera inconsciente se alejó de la ventana. La ponía nerviosa su impenetrable telón negro, donde no se podía adivinar ni la más mínima silueta. ¿Quién era ese hombre cuya sola mención podía poner en riesgo su integridad? A juzgar por el tono de voz con el cual Rosa contestó a su petición, más valía no seguir insistiendo en el tema. Entonces, continuó su interrogatorio por otro lado:

—La garza en la que tú te conviertes —empezó a enunciar, sin saber cómo terminar la frase—: ¿Cómo lo haces?

—Es un proceso natural para mí. Lo he hecho desde siempre —contestó—, desde que se me dio la posibilidad de cambiar mi apariencia.

—¿Y quién te dio ese don?

—Un amigo muy querido —respondió—, que llegó a mi vida proveniente de tierras lejanas y misteriosas.

—Y Rayén... también lo puede hacer, ¿verdad?

—Claro. Ella y todos los que tengan esta facultad. ¿Quieres un té de valeriana? —ofreció.

Como Ángela no respondió, Rosa suspendió su intención de llenar de agua la tetera y canceló su propuesta. Un sentimiento de compasión se apoderó de ella. No necesitaba hacer mucho esfuerzo para ponerse en los zapatos de aquella forastera que se estaba enfrentando de golpe a un vendaval de revelaciones. Y si a ella misma le había tomado tantos años —tal vez demasiados— aceptar su condición, podía imaginar la confusión de ideas, temores y angustias que debían haberse adueñado del alma de su amiga. Quiso hacer un gesto que tranquilizara a la muchacha, pero Ángela se le adelantó, con renovados bríos, y en un tono que demostraban su molestia acometió:

—Cuando Patricia encontró a Rayén en la calle justo afuera de tu casa, nosotros la trajimos aquí, a esta misma cocina. ¡Estuviste cara a cara con tu hermana y no nos dijiste nada! —exclamó.

—Eso es falso. Les dije que estaban cometiendo un grave error.

—¿Un grave error? ¡Rosa, esa mujer es la responsable de la destrucción de Almahue! —se alteró—. ¡Permitir que la dejáramos entrar fue mucho más que un grave error! ¡Tendrías que habernos dicho la verdad! ¡Tendrías que haber impedido que esa mujer pusiera un pie en tu casa!

Rosa tardó unos segundos en contestar y, cuando lo hizo, le otorgó a cada una de sus palabras tal intensidad que erizó los cabellos de Ángela:

—¿No entiendes que lo único que he hecho es salvarte la vida desde que llegaste a este pueblo?

Después de eso, el silencio se apoderó de la cocina. Sólo se escuchó el goteo incesante de la llave del fregadero, que nunca conseguía cerrarse del todo, y el sonido del viento al colarse por todas las rendijas y grietas que se habían abierto en la construcción. Durante unos segundos, le pareció a Ángela que el olor a musgo y bosque húmedo que siempre flotaba sobre Almahue tomaba por asalto el interior de la estancia y se quedaba ahí con ellas, acompañándolas en su charla.

—¿Salvarme a mí? ¿Y por qué? —se atrevió a preguntar la joven, aunque algo le decía que lo mejor que podía hacer era suspender de inmediato aquella conversación de medianoche.

—Si yo les decía que estaban rescatando de la lluvia a la mismísima Rayén, la hubieran enfrentado. ¿Me equivoco? Y de haber sido así, en este momento ya estarían todos dos metros bajo tierra. ¿Es tan difícil de entender?

—Eso lo entiendo, sí. Pero quiero saber por qué mi vida ha estado en peligro desde que llegué a Almahue. ¡Explícame!

—Es culpa del color de tu pelo —sentenció Rosa.

Y, una vez más, el giro de los acontecimientos dejó sin palabras a Ángela.

—Estoy segura que nunca has escuchado hablar de la leyenda de *Baltchar Kejepe*, que será derrotada por la *Liq'cau Musa Lari* —dijo—. Bueno, ahí tienes algo más para investigar.

—¿En qué lengua me estás hablando? —balbuceó, intentando fijar en su memoria aquellas palabras que sonaban como una rama de madera seca que se rompe luego de un violento empellón.

—Es idioma Kunza —aclaró—. El idioma que hablan los que son como yo. Como Rayén.

—¿Los transmutadores? —se aventuró a preguntar.

—Si quieres llamarlos así...

El primer instinto de Ángela fue correr hacia su mochila y buscar su *iPhone*, para escribir "Kunza" en el buscador de Google, pero después recordó que su teléfono yacía al fondo de una grieta desde el primer momento que puso un pie en el pueblo y que tampoco había señal que le permitiera conectarse a la red. Y, como si eso no fuera poco, su mochila ahora yacía al fondo de los escombros de lo que fuera el único cuartel de policía de Almahue.

—¿Qué tiene de especial el color de mi pelo?

—Es rojo. Eso basta y sobra para que te conviertas en su enemiga. Y si a eso le sumamos que no has tenido nunca miedo de enfrentarlos... —Rosa dejó su oración inconclusa. Ya había hablado más de la cuenta, y por el bien de todos los que se refugiaban bajo su techo, era mejor dejar las cosas hasta ahí.

Ella lo escucha todo. Su hermana siempre pudo escucharlo todo. Y ésa había sido su mayor condena.

Ya era tiempo de callar.

Rosa avanzó hacia la puerta de la cocina. Aunque no podía verla, era capaz de adivinar con total exactitud la expresión de profundo impacto y miedo dibujada en el rostro de Ángela. Podía haber apostado que Ángela se llevó la mano a su cabello y acarició un mechón sintiendo que tenía entre sus dedos una bomba de tiempo. Por eso, y con toda la conciencia y humanidad que pudo esgrimir, se volteó hacia ella tratando de cambiar de tema antes de salir rumbo al corredor:

—Hay que encontrar a Mauricio lo antes posible. Sé por qué te lo digo.

Ya no fue necesario observar el cielo para descubrir cuándo había avanzado la luna en su recorrido nocturno. Para Ángela, a partir de ese momento, el tiempo dejó de existir. Su presente se congeló en un instante que de tan inmóvil se confundió con su pasado y anuló cualquier posibilidad de futuro. No pensaba moverse de ahí hasta conseguir una pista, por más mínima que fuera, que le revelara el paradero de su hermano.

"El día que se acabe el mundo, yo puedo sobrevivir con estos aparatos", recordó las palabras de su hermano al hacer alusión a todo el enjambre de cables, teclados, *iPads* y conectores que cargaba dentro de su mochila llena de insignias de superhéroes y naves espaciales.

—¡La mochila! —exclamó Ángela triunfal.

Rosa dio un suspiro de alivio. Más tranquila por haber escuchado lo que quería oír, supo en ese momento que ya podía irse a dormir.

8

Arenas calcinadas

El amanecer la sorprende con los pies aún sumergidos en la arena. Advierte la presencia del sol, que avanza por la duna como agua naranja, despertando a su paso piedras y arbustos que crujen y se quejan por el brusco cambio de temperatura. Los primeros rayos le tocan la piel, primero con infinito respeto y luego, al reconocerla, dejan aflorar todo su ardiente entusiasmo. Entonces su cuerpo se estremece. Abre los brazos y un repentino ventarrón causa estragos frente a ella y barre el olor de ese lugar, donde sólo un par de gotas de agua son suficientes para que florezca la vida. El viento sopla hacia lo alto y disipa cualquier intento de formación de nubes que empañen el cielo más azul del que se tenga memoria. Bate los párpados y el estremecimiento de sus pestañas, resuena en el desierto entero y ahuyenta a las aves de rapiña que sólo quieren comprobar que ella, la mujer que todos llaman Rayén, ha regresado.

"¡Vas a traerme a la *Liq'cau Musa Lari* antes de que la Luna vuelva a estar llena!", resuena en su cabeza.

No olvida. No puede olvidar cada una de sus palabras. Sabe que la mejor carnada para traer a esa maldita *Liq'cau Musa Lari* lo antes posible a Lickan Muckar es el muchacho. Pobre infeliz. Había sido tan fácil de conquistar con su mirada. Le bastó fijar sus dos pupilas en las suyas, dilatadas de miedo, para atravesar de un certero zarpazo la primera capa de su epidermis. En una fracción de segundo observó el interior de su cabeza y pudo apropiarse de sus pensamientos, incluso, de los más remotos. Controlar el recorrido eléctrico de sus neuronas fue aún más sencillo. Y mientras ella lo desee, Mauricio Gálvez hará todo lo que se le ordene.

Rayén retira los pies de la arena. Sus dedos, largos como raíces sedientas de minerales, comienzan a contraerse hasta recuperar sus dimensiones humanas. Le gusta experimentar la sensación de su cuerpo en movimiento, siempre en cambio. Cada vez que una articulación se tuerce, o que un ligamento se estira, o que un hueso abandona su diseño original para aventurarse a modificar su forma, un incontenible estremecimiento de placer se apodera de sus sentidos. Así fue desde el primer momento desde la primera vez que experimentó el cambio, aún temblando por el vértigo de estar a punto de abandonar su cuerpo de tan sólo doce años.

Todavía podía percibir el olor del miedo. Los gritos de su padre. El bramido incesante de los rebeldes al otro lado de los altos muros del castillo.

La oferta de una nueva vida fue la única manera de salir de la emboscada. Siempre le agradeció a ese esclavo oscuro como el carbón el regalo de eternidad que les había hecho.

Rayén avanza sobre el desierto que hierve bajo el sol del mediodía. La reverberación la convierte en un espejismo que amenaza con evaporarse junto con cada paso. Sus huellas quedan tatuadas en la duna el tiempo justo antes de que la arena se las trague, una a una, borrando así su recorrido.

"¡Vas a traerme a la *Liq'cau Musa Lari* antes de que la luna vuelva a estar llena!"

Rayén detiene su camino. Baja la vista y se queda observando a la gata de albo pelaje, esfinge de alabastro, que desde el suelo desértico le devuelve una mirada con ojos retadores y cómplices. Se ha convertido en su amiga inseparable. La mejor amiga a la que puede aspirar: silenciosa, fiel y, sobre todo, dispuesta a todo por defenderla. Y junto al animal ve a aquel muchacho que se ha convertido en su esclavo. Lo ve atado y abierto de brazos y piernas formando una estrella con sus extremidades sobre el terreno calcinado, expuesto al sol, con la piel enrojecida de deshidratación. Aún sonríe. Al parecer sólo sabe sonreír, fijar la vista en ella y parpadear más rápido de lo normal. Rayén medita.

"Si Ángela no se apura, es posible que sólo encuentre su pellejo reseco atado por cuerdas a cuatro estacas clavadas en la arena. Pero tengo otros planes para él, es mejor mantenerlo con vida hasta que ella consiga dar con su paradero. Y una vez que Ángela ponga sus pies en Lickan Muckar, por fin terminará la amenaza de la *Liq'cau Musa Lari*. La forastera es inteligente, como todas las de su especie. Habrá sabido leer las señales. Además, ha contado con la permanente ayuda de Rosa. Maldita Rosa". Su hermana siempre estuvo del lado equivocado de la historia.

Cierra los ojos y se queda inmóvil, entregada al sonido cósmico que provoca la Tierra al rotar sobre su propio eje. Se pierde en el rítmico ronroneo de la gata que se frota contra sus piernas. Pero por más que intenta esquivar las palabras "el Decapitador", éstas vuelven a sus tímpanos como dardos envenenados que se niegan a renunciar a dar en el blanco: "Vas a traerme a la *Liq'cau Musa Lari* antes de que la luna vuelva a estar llena". Sabe que tiene que obedecer a su padre, como siempre lo ha hecho. Debe tener éxito. No puede fallar.

Al menos, por ahora el sol brilla en el cielo. Y para su tranquilidad, aún falta un día entero para que la luna se prenda del firmamento.

9

Rastrear una señal

La mochila de Mauricio Gálvez era enorme y vieja, pesada como un saco de cemento, cubierta de insignias de superhéroes y diferentes modelos de naves espaciales que él mismo cosió a lo largo de los últimos años. Había sido abandonada en el suelo de la casa de Rosa a la espera de que alguien abriera de un certero tirón el cierre, para dejar al descubierto su desordenado tesoro tecnológico. "El día que se acabe el mundo, yo puedo sobrevivir con estos aparatos", repetía siempre el muchacho, a quien quisiera escuchar. Y bastó que Ángela recordara aquellas palabras para que supiera que existía alguna posibilidad de encontrar a su hermano mayor. La solución debía encontrarse en el contenido de aquel morral que ella nunca antes se había atrevido a examinar, por miedo a las represalias y castigos.

Pero ahora, las circunstancias eran otras: de alguna manera el mundo se había acabado, al menos para los habitantes de Almahue, y eso la autorizaba a infringir todas las prohibiciones que Mauricio le había impuesto a lo largo de su vida. Rosa había sido muy clara al urgirla a salir en búsqueda de su hermano. Y no estaba dispuesta a dejar pasar más tiempo.

Por eso, apenas el sol volvió a brillar en el cielo invadido de nubes gordas y pesadas como grumos de merengue recién batido, Ángela corrió hacia la mochila y la abrió. Al instante, su mirada se estrelló en un nudo de cables, enchufes, adaptadores, un *iPad*, un teclado inalámbrico y un bote de papas fritas aún sellado que su hermano no se había alcanzado a comer. Con un nudo en la garganta se quedó mirando el fondo de la mochila, incapaz de unir todos esos elementos para conseguir una solución a su problema.

Así la sorprendió Fabián, sentada en el suelo, con el morral sobre las piernas. Se le acercó por la espalda y la rodeó con sus brazos. Ángela sintió erizarse cada poro de su cuerpo al escuchar la voz suave de Fabián en su oreja.

—¿En qué puedo ayudarte? —preguntó.

Cómo podía explicarle en una breve oración que ya la había ayudado más que nadie en toda su vida. Gracias a él, Ángela sentía que su existencia por fin cobraba sentido. Todo lo que había tenido que recorrer, desde el día de su nacimiento hasta el momento preciso en que puso un pie en Almahue, adquirió un significado distinto: cada paso dado por ella era una pieza que, en su conjunto, armaban un rompecabezas donde se podía apreciar el rostro de

Fabián Caicheo. Si no hubiera sido por ese muchacho de profundos ojos negros, cabello desordenado y mejillas enrojecidas por el viento gélido de la Patagonia, ella seguiría siendo una simple estudiante universitaria encerrada en sí misma y oculta tras una torre de libros. Fabián le había enseñado a vivir, a sentir las emociones sobre la superficie de su piel, y no a través de la lógica de su cerebro. Y no tenía cómo agradecerle eso.

—Necesito encontrar a Mauricio —respondió quedamente y se pegó a él en busca de ese calor que la tranquilizaba.

—Tal vez lo mejor que podemos hacer es salir a recorrer los alrededores —repuso Fabián—. Cada quien puede cubrir un área distinta de Almahue.

—Vamos a perder demasiado tiempo —se lamentó la joven—. Tiene que existir alguna posibilidad de conseguir su ubicación exacta. ¡Qué ganas de tener un GPS que nos señalara el lugar exacto donde está!

Iba a seguir quejándose, pero una idea se abrió paso por su mente y se instaló en primera fila al interior de su cabeza. ¿Un GPS? "El día que se acabe el mundo, yo puedo sobrevivir con estos aparatos". ¡Claro! ¡Ahora lo entendía todo!

—¡Ayúdame! —exclamó a Fabián, presa de un renovado entusiasmo.

Con rapidez se apartó de Fabián y sacó del interior de la mochila el *iPad* de su hermano. Al encenderlo, comprobó que aún tenía suficiente batería para permanecer encendido un par de horas más. Cuando llegara el momento de que se apagara por falta de carga, ya pretendía haber descubierto en Google Maps el paradero preciso de Mauricio.

Fabián la miró, sin entender nada.

—Si tenemos suerte, Mauricio debe tener en uno de sus bolsillos su *iPhone*. ¿Por qué estoy tan segura de eso? Porque nunca salía a la calle sin su celular. Nunca —explicó Ángela—. Mi mamá siempre lo regañaba porque se pasaba el día entero mirando ese aparato, y no lo compartía con nadie...

—¿Y eso qué tiene que ver? —inquirió el muchacho, sin entender hacia dónde se dirigía toda esa explicación.

—Lo único bueno de eso, es que el *iPhone* tiene un dispositivo que permite rastrearlo desde cualquier otro teléfono o computadora que tenga instalada esa aplicación —dijo—. Una vez lo hicimos mi mamá y yo para asegurarnos de que mi hermano seguía encerrado en su dormitorio... ¡Y créeme, sí funciona!

Un brillo de entusiasmo encendió los ojos de Fabián, y su sincera emoción le dio a Ángela aún más ánimos para poner en práctica su plan. Con su dedo índice encendió la pantalla del *iPad* y accedió a la ventana de *Ajustes*. Ahí buscó la opción de *iCloud*. Al activarla, apareció un mensaje en la pantalla: "Permitir que *iCloud* busque la ubicación de su *iPhone*". Su dedo seleccionó *Ok* y apretó la mandíbula, dispuesta a esperar los segundos necesarios para que ambos aparatos electrónicos entraran en comunicación. Una pequeña rueda en movimiento le indicó que el aparato estaba intentando ejecutar sin éxito la orden indicada. "Error de conexión", fueron las tres palabras que echaron por tierra todo su ánimo.

—¡No funciona! —se lamentó llena de frustración.

—¿No será un problema con la antena? —se aventuró Fabián.

Ángela comprobó que las barras que indicaban la potencia de recepción de la señal no tenían ninguna. No había posibilidad de poner en contacto dicho *iPad* con ninguna red en Almahue. Ya lo había vivido antes, apenas llegó al pueblo y vio que su teléfono quedaba reducido a un objeto inútil e inservible a causa de la falta de conexión, o cuando trató de navegar en internet en la vieja y primitiva computadora de Egon Schmied y terminó desarmando un teléfono público para poder enlazar el navegador a una red de comunicación.

—¡Va a ser imposible que podamos rastrear el celular de Mauricio! —exclamó furiosa—. En este pueblo no llega la señal y por eso...

Sin embargo, a pesar de lo segura que se vio al anunciar de antemano su fracaso, decidió suspender a mitad de camino su queja. Recordó que su hermano le dijo, meses atrás, que si por alguna razón climatológica la potencia de una señal era muy débil, él era capaz de fabricar una antena direccional que amplificaba la capacidad de recepción de su *iPad*, usando sólo un bote de papas fritas o incluso un tubo metálico para guardar pelotas de tenis.

¿Un bote de papas fritas?

¿Encontraría todo lo necesario para poder elaborar dicha antena direccional en la mochila?

Con un rápido movimiento y ante la desconcertada mirada de Fabián, vació el contenido sobre los tablones y comenzó a separar todos los elementos que fue encontrando. Dejó a un costado lo que parecía ser un larguísimo rollo de cable USB. "Esto me puede servir", pensó al encontrar una memoria con Wi-Fi, que se podía conectar a un adaptador del *iPad*.

Fabián, en silencio, la observaba elegir con ojo crítico cada artículo de entre un montón, selección que fue creciendo con el paso de los minutos. Decidió que no haría preguntas: desde que la vio desarmar en dos segundos una computadora gracias al filo de un cuchillo, para conectar en sus conectores un viejo cable telefónico que mantuvo unido con un simple chicle, había tomado la determinación de no cuestionar nada de lo que Ángela hiciera. Por lo visto, la muchacha tomaba sus decisiones con una rapidez que a veces a él le costaba seguir. Y en otros casos, como ahora, a esa velocidad se le sumaba un total desconocimiento sobre la materia en la que ella estaba navegando.

—¿Carlos y tu mamá siguen durmiendo? —inquirió de pronto.

—Sí. En la sala.

—Mejor. Salgamos de la casa, para no molestarlos. Ven, ayúdame con esto —pidió la joven, y le pasó una gran cantidad de artículos.

El exterior los recibió con una helada brisa de madrugada que les enfrió hasta el último hueso. El sonido del viento se repetía ahora con mayor intensidad al desplazarse libre por encima de escombros y basura, y sin muros o techumbres que limitaran y entorpecieran su camino. La luz del sol que caía diáfana y vertical sobre el paisaje no alcanzaba a entibiar la tierra, pero hacía vibrar las diferentes tonalidades de verde que se superponían unas sobre otras, y convertía a Almahue y sus alrededores en una reverberante mancha vegetal.

A lo lejos distinguieron las siluetas imprecisas de algunos sobrevivientes al cataclismo, que se paseaban entre el estropicio buscando familiares todavía vivos sepultados bajo los restos de las construcciones. Ángela quiso desviar la mirada para no ver aquella terrible escena cargada de dolor, pero su propio cuerpo la traicionó. Durante unos largos segundos se quedó inmóvil, atenta a la imagen de un grupo de personas que, vestidas de manera muy precaria y aún con rastros de sangre y heridas en sus cuerpos, levantaban casi sin fuerzas tablas y trozos de techos. De vez en cuando lanzaban un hondo grito lleno de dolor y tristeza, se abrazaban entre ellos para contener sus emociones y proseguían con una nueva búsqueda.

Ya ni siquiera pedían ayuda: tantas horas después del desastre, no quedaba espacio para conservar la esperanza.

Ángela sacudió la cabeza y contuvo las lágrimas que amenazaban con mojar sus mejillas. Respiró hondo y trató de devolverle a su cuerpo la energía perdida luego de contemplar la imagen de aquellas personas que no cesaban en su esfuerzo de recuperar los cuerpos de sus familiares. La muchacha avanzó hacia un claro en medio del desastre y fijó su mirada en Fabián.

—Vamos a hacer una antena para conseguir algún tipo de señal que le permita al *iPad* poder rastrear la señal del *iPhone* de mi hermano —explicó.

—¿Y cómo vamos a hacer eso? —preguntó Fabián, dispuesto a colaborar en lo que fuera.

Por respuesta obtuvo las acciones de Ángela, quien tomó el bote de papas fritas y lo abrió. El ruido de la tapa plástica al desprenderse provocó un eco que quedó resonando en los cuatro puntos cardinales, y que se esfumó arrastrado por la ventisca helada que venía del mar. Cuando el joven imaginó que iban a compartir el contenido del envase, la muchacha volteó el bote y derramó todo su salado cargamento al suelo.

—Haz un hoyo a la parte inferior del cilindro —requirió mientras ella empezaba a desenredar el enorme cable USB.

Obediente, Fabián recogió de entre los escombros un puntiagudo trozo de madera. Con un seco movimiento de su mano, lo enterró al centro del redondel de lata que estaba en el extremo opuesto de la abertura, y lo fue girando hasta conseguir agrandar el agujero.

—¿Así está bien? —preguntó.

—¡Perfecto! —dijo Ángela y tomó la memoria de internet portátil.

El muchacho la vio encajar el dispositivo en el orificio recién abierto en el bote. Luego, lo conectó a un extremo del cable USB.

—El metal del bote hará que la señal de esta antena Wi-Fi se amplifique, y eso es exactamente lo que tenemos que conseguir —explicó Ángela—. Ahora, necesito conectar el *iPad.*

La joven tomó la punta libre del cable y lo insertó en un adaptador que su hermano transportaba también dentro de la mochila. Una vez que tuvo todo el circuito ensamblado, introdujo el adaptador en el puerto correspondiente. Encendió el *iPad* con la mirada fija en el indicador de la señal: de las cinco barritas que marcaban la potencia, una se iluminó.

—¡Vamos por buen camino! —gritó llena de alegría—. Déjame probar si con esa mínima señal alcanza a rastrear el teléfono de mi hermano.

"Permitir que *iCloud* busque la ubicación de su *iPhone*" se abrió una vez más en la pantalla del aparato. Sin embargo, un nuevo "Error de conexión" demostró que aún no era suficiente la potencia de la improvisada antena.

—Hay que darle más altura —aconsejó Fabián, y buscó con la mirada dónde treparse.

Luego de comprobar que estaba lo suficientemente firme como para sostener el peso de su cuerpo, el muchacho se subió en la rama de un roble que crecía a un costado de la casa de Rosa. Protegido por el follaje cargado de hojas redondeadas con su borde aserrado, consiguió despegarse casi dos metros del suelo y alzó los brazos hacia el cielo, encumbrando lo más posible el bote metálico con la antena Wi-Fi en su interior. Abajo, Ángela comprobó con alegría que una nueva barra en el indicador de la señal se encendió.

"Error de conexión", volvió a arrojar la búsqueda del *iPhone*.

—¡No funciona, necesitamos más altura! —gritó frustrada al comprobar que luego del terremoto casi no había ninguna construcción de suficiente altura a la cual trepar. Ni siquiera el cebil, al centro de lo que había sido la plaza central de Almahue, podía ofrecerles ya su porte de gigante.

De pronto Fabián, que aún hacía equilibrio en la rama del árbol, sintió que le arrebataban de entre las manos el bote de papas fritas. Al levantar la vista alcanzó a ver un elegante aleteo de plumas blancas y dos patas que aferraban con total decisión el cilindro. La sombra de la garza se dibujó con gran nitidez en el suelo, y Ángela vio su silueta girar en círculos en torno a ella, para luego elevarse un par de metros más en el aire. "*Todo tiene una razón de ser*", repitió la muchacha al interior de su cabeza. Y Rosa, la mejor y más generosa de sus amigas, una vez más le estaba demostrando que así era.

La tercera barra del indicador se iluminó en la pantalla del *iPad*, y luego de un breve segundo, fue el turno de la cuarta.

Con rapidez, Ángela volvió a oprimir Ok cuando el programa le consultó si permitía buscar la ubicación del *iPhone* de Mauricio Gálvez. Esta vez, el programa consiguió ejecutarse, lo que provocó que la respiración de la joven se congelara de ansiedad. Fabián bajó de un salto del roble y corrió a ubicarse junto a ella. Llegó a tiempo para ver cómo se formaba el contorno de Chile en una ventana de Google Maps. Luego de un *zoom in*, que fue dejando atrás el continente sudamericano hasta afinar su precisión, un punto azul señaló el lugar exacto en el que se encontraban: abajo, muy abajo, en la precisa zona donde el país comienza a desmembrarse y la tierra firme se convierte en archipiélagos, fiordos y canales australes.

—¿Dónde está...? ¿Dónde está...? —murmuró Ángela, los ojos fijos en el plano que empezó a buscar el emplazamiento del otro dispositivo electrónico.

De pronto, un punto rojo comenzó a titilar de manera intermitente en medio de esa geografía simulada que ofrecía la pantalla del *iPad*. Por lo visto, los dos aparatos ya habían entrado en diálogo.

"Unidad encontrada. Ubicación: 3,400 kilómetros hacia el norte", fue el preciso resultado de la búsqueda.

—¿3,400 kilómetros? —exclamó Fabián sin dar crédito a lo que leía—. ¿Tu hermano está a 3,400 kilómetros de aquí? Es imposible, no puede haber recorrido esa distancia en tan poco tiempo. ¡Ese aparato no funciona! —sentenció.

—No, no se equivoca —murmuró Ángela en plena lucha con un miedo visceral que intentaba apoderarse de ella—. Rayén se lo llevó al desierto de Atacama. ¿No te das cuenta? ¡Mauricio está en Lickan Muckar!

Incluso la garza, que todavía sostenía entre sus patas el cilindro conectado al largo cable USB y daba vueltas en círculos sobre sus cabezas, supo lo que eso significaba: estaban corriendo contra el tiempo. Para Ángela, era obvio que Rayén, en su infinita maldad, eligió a su hermano para ofrecerlo en sacrificio, tal como sucedía de manera recurrente en aquel lejano poblado del cual Benedicto Mohr dejó constancia en las páginas de su diario.

La muchacha recordó con total exactitud el párrafo escrito por el propio explorador europeo, y que había leído sólo un par de días antes arropada bajo un grueso cobertor de lana en casa de Rosa:

> *Si lo que Stephen Boyle plantea en su libro Transmutación es correcto, en Lickan Muckar están sucediendo cosas muy, muy peligrosas, como los sacrificios humanos ofrecidos para aplacar la ira destructora del Gran Maestro, o también llamado Decapitador.*

En un violento ramalazo de memoria, volvió a ver aquella terrible silueta masculina, de feroz tamaño y tosca máscara de gato, que cargaba un hacha ensangrentada en una mano y una cabeza humana en la otra. Estaba segura que era cosa de tiempo para que los rasgos de esa nueva víctima fueran los de Mauricio. ¡Debía salvar a su hermano lo antes posible, o iba a terminar degollado en pleno desierto!

—Nos vamos al norte, Fabián —señaló ella sorprendida de su propia determinación y valentía—. Y partimos ahora mismo.

10
Todo tiene una razón de ser

Rosa asomó la cabeza por la ventana de su aposento y comprobó con cierta urgencia que la luna ya había alcanzado su punto más alto en el cielo nocturno. Según lo que había aprendido en el libro, eso quería decir que ya era medianoche y, por lo tanto, su padre había cerrado la puerta de su cuarto para entregarse a un recogedor sueño que nadie debía interrumpir. Una vez que los dos vasallos bloqueaban el paso para entrar o salir de la habitación principal, ningún habitante del castillo debía circular por el corredor del torreón.

Pero Rosa no estaba dispuesta a obedecer esa orden. Al menos no por esa noche.

La niña volvió a observar el mapa de estrellas en el firmamento y corroboró que Venus titilaba con inusual fuerza sobre el perfil de las montañas de occidente. "Venus, al ser un planeta de agua, rige sobre la imaginación y

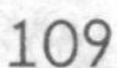

el trabajo creativo", repitió en su mente la lección aprendida en aquel libro prohibido que mantenía oculto en un agujero del muro, tras la cabecera de su cama. "El Sol y la Luna son los reyes de la bóveda celeste. Marte es el líder del batallón. Mercurio es el príncipe. Venus es la princesa. Júpiter es el ministro y Saturno es el sirviente", enunció en su mente cada palabra para evitar un posible olvido.

Sonrió al pensar que ella era como Venus: una princesa con imaginación y amor por el trabajo creativo.

Sin hacer ruido, saltó fuera de las sábanas y avanzó a tientas hacia uno de los arcones donde su nodriza guardaba parte de su ajuar. Debía moverse con cuidado, ya que la lamparilla de aceite que iluminaba su cuarto ya se había consumido, y no tenía más remedio que avanzar en la más absoluta de las penumbras.

No podía hacer ruido. Nadie debía saber que aún estaba despierta.

Imaginó a sus pájaros acurrucados los unos contra los otros al interior de la jaula, ansiosos por la llegada de un nuevo día que recibir en medio de gorjeos y piares. No necesitaba verlos para saber que estaban ahí, acompañando su desvelo. Incluso, a pesar de la oscuridad, le pareció percibir el altivo perfil de su garza, equilibrada sobre sus delgadísimas y largas patas, vigilándola con ojos inteligentes.

Mientras se quitaba la gruesa camisola y envolvía su cuerpo en ropa oscura que la ayudara a camuflarse aún más en las sombras de la fortificación, siguió recitando todas las enseñanzas que había leído esa misma tarde, para fijarlas en su mente. "Los cuatro humores del cuerpo son la sangre, la flema, la bilis amarilla y la bilis negra. Cada uno de estos humores se asocia con un elemento del mundo natural. La bilis negra con la tierra, la flema con el agua, la sangre con el aire y la bilis amarilla con el fuego".

Como tenía imaginación de sobra, no le fue difícil evocar a su propia madre inclinada sobre las páginas de ese libro tan viejo como gastado, que su propia nodriza le confió al cumplir los diez años de vida. Apenas lo tuvo en sus manos, su intuición le aconsejó que nadie supiera que ella era la nueva poseedora de ese antiguo empaste que los vasallos de su padre encontraron entre las ropas del cadáver de su progenitora, el día que ella y su hermana Rayén llegaron al mundo.

—Tu padre mandó que lo quemaran —le explicó una noche su aya mientras le cepillaba el largo cabello negro con un hermoso peine de marfil—, pero yo lo robé y lo escondí bajo mi mantilla. Siempre pensé que tú debías ser su dueña.

"Satyricon o De Nuptiis Philologiae et Mercurii et de septem Artibus liberalibus libri novem", leyó Rosa en la cubierta y en la primera y amarillenta página.

Apenas su nodriza se despidió de ella y la dejó a solas en su aposento, hundió la nariz en el libro para intentar rescatar el lejano aroma de su madre atrapado en aquellas cuartillas de aspecto algodonoso. Pero sólo pudo recuperar un fuerte olor a tinta mezclado con lo que le pareció perfume de lavanda.

Después, sin que nadie la viera, consiguió retirar una de las piedras del muro de un costado de su cama, en el cual metió a presión el libro, y volvió a ubicar la roca en su sitio. Sonrió satisfecha: era imposible distinguir algún rastro del tesoro que se escondía tras ella. Durante los dos últimos años se había dedicado, cada vez que el sol era una bola de fuego suspendida sobre la lejana línea del horizonte, a leer capítulo tras capítulo. Así, a escondidas de todos, incluso de su hermana, había aprendido acerca de la posición de los astros en el cielo, las diversas enfermedades del cuerpo y la mente, y la manera más eficaz de superarlas, hierbas medicinales e incluso los principios básicos de la dialéctica, entre otras artes liberales.

Desde la noche de la detención de Azabache estaba segura de que iba a necesitar toda aquella instrucción para salvarle la vida.

Así que con decisión giró el enorme picaporte de bronce de la puerta de su habitación. Las bisagras rechinaron como un animal herido y tuvo que suspender de inmediato el empujón que le había dado a la pesada hoja de madera. Con el corazón latiéndole en cada sien y la respiración convertida en un imperceptible soplido, asomó la cabeza hacia el corredor. Vio cómo los dos vasallos de su padre terminaban de hacer su ronda nocturna para comprobar que todo estuviera en orden, y daban un último vistazo que asegurara la protección de su señor feudal. Y desde ahí, convertida en sombra, Rosa los vio alejarse hasta que el último destello de sus armaduras relampagueó en el quiebre del pasillo.

Entonces salió de su cuarto. Se pegó a uno de los muros y avanzó en línea recta rumbo a la estrecha escalera que la llevaría hasta el patio de armas. Firmemente aferrada del pasamanos, fue bajando de dos en dos los peldaños. "La bilis negra se asocia con la tierra, la flema con el agua, la sangre con el aire y la bilis amarilla con el fuego", repasó en su mente una vez más.

¿Cómo encontraría a Azabache? Si había sido brutalmente azotado, ¿sería ella capaz de curar sus heridas y de regresarle la energía para que continuara viviendo? Lo último que recordaba de su amigo era su expresión de alegría al ver la garza posada sobre su hombro y la enorme felicidad que le había dado con su nueva mascota. De pronto irrumpieron en el patio del aljibe un tropel de invitados, guardias y vasallos encabezados por su padre, que llevaba en alto su espada que dejó caer con furia sobre el cuerpo oscuro del siervo, y un chorro de sangre salpicó el suelo, su vestido blanco y las níveas plumas del ave. Alcanzó a gritar el nombre de Azabache antes de que su niñera la tomara por un brazo y la sacara de ahí, a pesar de su inútil resistencia. Mientras la subían a toda prisa a su cuarto, pudo escuchar los quejidos del esclavo y el frenético clamor de la muchedumbre ante el dolor ajeno. Cuando la encerraron en su aposento, con la prohibición absoluta de salir de ahí, golpeó y gritó hasta que la abandonaron las fuerzas. Fue en ese momento que la garza entró a través de la ventana y se quedó observándola desde el alfeizar, como si quisiera decirle algo importante con la mirada. No sabía exactamente qué, pero era *algo.*

—¿Azabache está vivo? —preguntó la niña secándose las lágrimas del rostro.

El ave alargó y encogió el cuello y se ovilló a un costado de la enorme jaula donde los demás pájaros la observaban con respeto y admiración. A Rosa le pareció que había asentido. ¿La garza le contestó afirmativamente, o era su potente imaginación la responsable de ese nuevo sentimiento de esperanza que le llenaba el pecho?

—Azabache está vivo, ¿verdad? —afirmó, incrédula.

La garza se enderezó sobre sus patas, fijó la vista en su nueva dueña, y movió una vez más de arriba abajo la cabeza. Ya no había dudas: estaba respondiendo a su interrogante.

—¡Gracias! ¡Gracias! —exclamó y corrió para abrazarla.

Rosa terminó de bajar la escalera y dejó atrás la solemne y opresiva oscuridad de la torre principal del castillo. Salió hacia el patio de armas, donde aún había restos de la malograda fiesta. Los siervos aún no terminaban de recoger los mesones que quedaron tumbados junto a los restos del lechón asado y a algunos instrumentos musicales, luego de que los invitados se dispersaran y huyeran ante el arrebato de furia del señor feudal. Un par de antorchas iluminaban únicamente el breve espacio en torno a ellos y llenaban de sombras movedizas los muros y el tronco del enorme cebil que ocultaba parte del cielo estrellado.

La niña corrió sin hacer el menor ruido hacia la puerta que comunicaba con las mazmorras. Sabía que ahí se encontraba el cuarto de Azabache, lejos de los demás siervos que dormían en los altos de las caballerizas. Confiaba que su amigo se hubiera arrastrado hasta su lecho, moribundo tras la paliza, y que eso le permitiera encontrarlo con facilidad. Tal vez su padre lo había hecho encerrar en una de las celdas y había dispuesto vigilancia especial para el esclavo. Ésa era una posibilidad que se le revelaba mientras se escabullía y que no había considerado a la hora de elaborar su plan. A pesar del temor que le provocó tener que enfrentarse a un soldado, decidió que ya había llegado demasiado lejos como para dar marcha atrás.

Antes de ingresar y bajar un nuevo tramo de escaleras, tuvo la precaución de tomar una vela de cera, que gracias a su pequeño pabilo encendido le permitió encontrar el camino en el laberinto de pasadizos y galerías que poblaban el subsuelo de la fortificación. Sus pasos resonaron en los charcos de agua maloliente, y se confundieron con lejanas goteras que agujeraban la piedra con su eterno repiqueteo.

—¿Azabache? —susurró, y su voz se perdió en el túnel sin fin que se abría frente a ella.

Escuchó el incesante sonido de las minúsculas uñas de las ratas contra las piedras pulidas del suelo y contuvo una náusea de asco. Su amigo necesitaba ayuda, y un roedor no iba a impedir que ella cumpliera su objetivo. Además, debía darse prisa: la Luna ya había alcanzado su cénit en el cielo y era sólo cuestión de horas para que su nodriza llegara a levantarla para peinarle el cabello y frotarle el cuerpo con compresas húmedas y perfumadas. Avanzó un par de pasos, la vela por delante. La llama hacía esfuerzos por rasgar el color negro que le cerraba el paso obstinadamente.

Suspiró aliviada al darse cuenta de que no había rastros de guardias ni soldados vigilando la zona de los calabozos.

De pronto, escuchó un gemido a su izquierda. Identificó que no correspondía a un ruido de filtración ni tampoco al avance de un ratón por la galería. Era un débil y triste lamento humano.

—¡Azabache! —exclamó.

Orientándose por el sonido, giró sobre sus propios pasos y enfrentó un nuevo trecho de pasillo. Esquivó un par de gruesas cadenas abandonadas en una esquina, algunos grilletes con feroces y afiladas puntas, y un par de ganchos oxidados que colgaban del techo, que a juzgar por su grosor debían ser capaces de soportar el peso de varios hombres. Se preguntó para qué servirían esos objetos, pero algo en su interior le advirtió que era mejor no averiguar más de la cuenta. Al terminar su recorrido, se encontró con una puerta entornada. La madera estaba carcomida por la humedad y mostraba varios agujeros por donde se colaba, desde el interior, un intenso y ácido olor a sangre.

Rosa ingresó apurada, con el corazón apremiado de tristeza. Y ahí lo encontró: sobre un montículo de heno apilado en una esquina, intentando retener su alma al interior de su magullado y lacerado cuerpo. Azabache temblaba recostado sobre su espalda, con la boca y los ojos abiertos, mientras su pecho subía y bajaba casi sin fuerzas. Gracias a la luz de la vela, la niña comprobó la magnitud de las heridas. Un grueso tajo partía el tórax de Azabache de arriba abajo, que permitía apreciar lo blancuzco de algunas costillas expuestas. El ojo derecho se había perdido entre la hinchazón que presentaba luego de los golpes recibidos. Un costurón de sangre seca que descendía hacia una mejilla delataba una profunda lesión a mitad de la frente. Le pareció que era un milagro que ese enorme y bondadoso hombre tan oscuro como la noche aún estuviera con vida.

El siervo apenas pudo mover la cabeza hacia la recién llegada y esbozar una sonrisa sin dientes. Rosa quiso soplar la vela y quedarse ciega en mitad de ese cuarto maloliente, para evitarse así el dolor de tener que presenciar los despojos de hombre más bueno del mundo luego del escarmiento público y de la furia vengativa de su propio padre. Sin embargo, y a pesar de ella misma, se acercó hacia el improvisado lecho y acarició la mano de Azabache. Alcanzó a percibir que el rigor de la muerte comenzaba a apoderarse de los dedos del esclavo, tal como había leído que sucedía en el libro herencia de su madre. Si quería salvarle la vida, tenía que apurarse.

Dejó la vela a un costado y buscó con la vista algún cuenco en el cual realizar su procedimiento. De entre sus ropas extrajo un largo trozo de sábila, que partió con precisión sobre la frente de Azabache. La fibrosa piel verde de la sábila se humedeció cuando del corazón gelatinoso de la planta comenzó a escurrir su balsámica baba transparente. Para curar el impresionante corte del pecho iba a tener que recurrir a algo más severo y drástico, como un torniquete o un emplasto. Los dos años de rigurosa lectura y memorización del texto, que por alguna razón su padre había mandado quemar, le permitían tomar ahora las decisiones con las cuales estaba dispuesta a salvar al herido.

Sin embargo, detuvo sus movimientos cuando la mano de Azabache se despegó del lecho y, con gran dificultad, señaló hacia uno de los muros del cuarto. Rosa levantó la vista y quedó extasiada ante lo que sus ojos vieron. Por la prisa de entrar y comenzar de inmediato su proceso de curación, no había prestado atención a las escasas pertenencias del hombre. Y ahí, arrinconadas contra una de las paredes de piedras, encontró una infinidad de recipientes que contenían hojas, tallos y flores de diferentes tonalidades de verde que se apretaban en un concurrido y fragante abrazo. Se preguntó cómo haría Azabache para mantenerlas tan saludables y frescas, ya que todas lucían recién abonadas y podadas, en un lugar tan poco luminoso y ventilado como ése.

—Árnica —murmuró el hombre en un susurro agónico.

"Árnica", escuchó al interior de su cabeza.

"¡Claro, las flores de árnica sirven para tratar el dolor, los golpes y los problemas de la piel!", recordó Rosa. Cuando se lanzó a cortar un par de pétalos amarillos, vio también algunas largas hojas secas de belladona que parecían estar esperando por ella. Volteó a mirar a Azabache. A la luz de la vela pudo comprobar que el hombre hizo un gesto con la cara un par de veces, asintiendo y corroborando su intuición.

"Todos tenemos un mundo secreto que escondemos del resto", pensó al darse cuenta que desconocía por completo que aquel hombre tan alto y robusto como el cebil del patio de armas, era por lo visto un experto conocedor de hierbas. Lo imaginó con sus enormes y ásperas manos acariciando delicados tallos, midiendo con sus dedos la humedad de la tierra o exponiendo a la escasa luz del ventanuco alguna de sus macetas cuando una planta enferma requería de más brisa o rayos solares. ¿Habrá aprendido esos conocimientos en su lejano lugar de origen?

"¿Y eso qué importa? Concéntrate en las respuestas, no en las preguntas".

Rosa tomó las hojas y fue triturándolas una a una. Luego hizo lo mismo con las flores, de forma acampanada y de intenso color púrpura con reflejos verdes, que desprendió del tallo que casi no podía ver a causa de la penumbra reinante. Tuvo la sensación de que una voz femenina, que atravesaba el tiempo y su propia conciencia, iba guiando sus pasos. ¿Quién trataba de comunicarse con ella? De pronto no necesitó cerrar los ojos para ver formarse frente a sus pupilas la imagen de una mujer que revolvía un enorme caldero burbujeante, cuyo cocimiento impregnaba de olor a bosque el interior de la vivienda. Junto a ella había una niña que seguía con atención las enseñanzas de su madre.

—Repite conmigo, pequeña. Los cuatro humores del cuerpo son: la sangre, la flema, la bilis amarilla y la bilis negra. Y cada uno de estos humores se asocia con un elemento del mundo natural. La bilis negra con la tierra, la flema con el agua, la sangre con el aire y la bilis amarilla con...

—El fuego —remataba la pequeña.

Rosa se estremeció ante aquel recuerdo que no le pertenecía, pero que sin embargo su mente rescataba con total nitidez, como si lo hubiera vivido. *Todo tiene una razón de ser,* se dijo. Todo. Su imaginación desbordante, las hierbas que Azabache cultivaba en su cuarto, el libro que sobrevivió a la cólera ignorante de su padre, sus lecturas a escondidas, incluso, el misterio que rodeaba a su madre. Todo tiene una razón de ser.

Así es, hija. Así es.

Entonces, con plena conciencia de lo que hacía, agregó un par de gotas de agua a la pasta, que estaba empezando a conseguir con las hojas machacadas de belladona, y se dedicó unos minutos a amasarla hasta que adquirió una consistencia espesa y algo viscosa.

Lo estás haciendo muy bien, Rosa.

Ni siquiera se detuvo a agradecer el apoyo de la voz. Ya habría tiempo para conversar con los que abandonaron este mundo y buscarle una explicación lógica a aquellas voces que llegaban hasta sus tímpanos. Con satisfacción comprobó que la cataplasma estaba lista luego de agregarle una pizca de azafrán que encontró al interior de un tosco canastillo de mimbre. Con el emplaste goteando en la palma de su mano, se inclinó sobre el hombre dejando caer el primer grumo sobre la oscura incisión que partía sus pectorales. Azabache se estremeció sobre la cama de heno, gruñó desde el fondo de su garganta y apretó los puños al tiempo que un intenso y amargo aroma compuesto de tonalidades metálicas invadía cada esquina del cuarto. Casi al instante, vio cómo los labios de la herida comenzaron a bullir del mismo modo que un chorro de agua cae en un caldero de manteca hirviente, creando burbujas. Se asustó, temiendo estar causándole aún más daño. Pero, ante sus propios ojos y con un enorme suspiro de alivio, Rosa fue testigo de la restauración y regeneración de su piel herida que recuperó su tono habitual hasta convertir la abertura en una gruesa y abultada cicatriz que tatuó para siempre el pecho de Azabache.

Con premura, siguió aplicando el emplaste en el resto del cuerpo de su amigo.

Muy bien hecho, Rosa. Heredaste mi interés por la vida, las hierbas y sus propiedades curativas.

La niña tampoco prestó atención al halago que resonó al interior de su cabeza, y continuó untando con la misma decisión. Sin embargo, una inquebrantable paz se hizo cargo de sus cinco sentidos y de su corazón. Gracias a la voz de su madre, que dirigió y celebró cada uno de sus actos esa noche, supo que nunca más estaría sola en este mundo, que incluso podía quedar en la oscuridad más absoluta y no le importaría: dentro de su mente, y desde más allá del tiempo, había alguien dispuesto a dirigir sus movimientos. Alguien que no iba a abandonarla. Alguien que acababa de regalarle la confianza más absoluta con el simple hecho de asegurarle que no se necesitan ojos para ver lo que de verdad importa.

Y con esa certeza tatuada con fuego en su alma, bajó los párpados y dejó que su instinto siguiera guiando la incansable labor de sus delicadas manos de blancos y larguísimos dedos.

11

El primer paso

El dedo de Carlos Ule señaló un punto preciso en el mapa.

—Aquí está Almahue, a 44º 19´ latitud Sur y 72º 34´ longitud Oeste —explicó haciendo bailar su bigote sobre el labio superior—. Y tenemos que viajar hasta acá...

Su dedo comenzó a recorrer en sentido ascendente la geografía impresa en ese atlas que consiguió en la parte trasera de su biblioteca móvil. La yema atravesó extensas regiones contenidas en el papel: valles y poblados, y continuó subiendo en dirección a la línea del Ecuador, señalada por una roja franja que partía en dos el continente.

Ángela tragó saliva. ¿Cómo iban a hacer para viajar todos esos kilómetros en el menor tiempo posible?

La mano del profesor siguió reptando por el territorio: luego de dejar atrás la zona central del país ingresó

al árido desierto, señalado con un vibrante color amarillo. Y fue ahí, en medio de ese arenal que se adivinaba enorme y despoblado que se detuvo para apuntar hacia un sitio.

—Y Lickan Muckar está por aquí, aproximadamente 22° 54´ latitud Sur y 68° 12´ longitud Oeste —dijo—. Claro que su ubicación exacta es un misterio, porque nunca se ha indicado en los mapas.

—Y según la escala de medición, la distancia exacta entre ambos poblados es de 3,400 kilómetros —precisó Fabián.

—¡Es una locura! —exclamó Ángela—. ¿Cómo podremos llegar a ahí en poco tiempo? Eso es imposible.

—Todo viaje, por más largo que sea, comienza siempre con un primer paso —afirmó Carlos con la vista fija en el mapa que había desplegado sobre la mesa del comedor—. Y debemos dar ese primer paso lo antes posible.

Ángela levantó la vista y observó con sorpresa el rostro de Carlos Ule, de permanentes mejillas coloradas y un pronunciado bigote negro.

—¿"Debemos"? ¿Acaso vas a viajar con nosotros? —se sorprendió la joven.

—Sí. No voy a dejarlos solos en esto —afirmó—. Además, ¿cómo piensan llegar a Lickan Muckar sin la velocidad de la intrépida biblioteca móvil? —se burló.

La muchacha abrazó con fuerza y agradecimiento al profesor, apretándose contra su camisa de cuadros rojos y negros. No fue capaz de esconder la emoción que le provocaba darse cuenta que todas esas personas que hasta hace tan poco eran completos desconocidos en su vida, habían modificado para siempre su existencia y estaban dispuestos a aventurarse hacia lo desconocido, y todo por ayudarla a encontrar a su hermano. Se secó las lágrimas con el dorso de la mano.

—Si recorremos un promedio de 500 kilómetros al día, tardaremos casi una semana en llegar a ese pueblo —calculó Fabián.

—¡¿Una semana?! —reaccionó Ángela con desaliento—. Eso es demasiado…

—Es imposible realizar ese viaje en menos tiempo. El motor de mi vehículo es viejo y eso no nos va a permitir forzarlo por más de seis horas seguidas sin tener que tomar un descanso. De hecho, ni siquiera sé si alcancemos a llegar a nuestro destino sin que se funda antes el radiador.

—Pero dentro de una semana Mauricio puede estar muerto ya —se lamentó la joven—. ¡Rayén no va a tener compasión de él!

—Tranquila —se oyó de pronto en el umbral de la puerta del comedor—. Tu hermano sigue y seguirá vivo.

Todos voltearon al mismo tiempo para ver entrar a Rosa a la estancia. Su delgado cuerpo avanzó en silencio hasta que quedó frente al mapa, desplegado sobre la mesa, como si pudiera apreciar la geografía impresa en sus páginas.

—Rayén no va a hacerle nada a Mauricio —explicó—, ya que lo necesita vivo, pues es su señuelo.

—Pero... ¿y las ofrendas al Decapitador? —se angustió Ángela—. En su diario, Benedicto Mohr explica que en Lickan Muckar hacen sacrificios humanos para calmar la furia del Gran Maestro.

—Tu hermano sigue y seguirá vivo —repitió la ciega—. A la que quieren es a ti.

Un estremecimiento de horror recorrió la espalda de Ángela y le erizó la piel de la nuca. Por más que lo intentó, no consiguió alejar de su mente la brutal imagen de aquel colosal hombre, de gruesa musculatura y tosca máscara de gato, amenazando con su enorme y oxidada hacha el cuello de Mauricio.

Fabián abrió los brazos, como si buscara proteger el cuerpo de la muchacha.

—¿Por qué dices que quieren a Ángela? —preguntó a Rosa.

—Por el color de mi cabello —contestó ella—. Y no hagas preguntas, Fabián... Tenemos que ir a ese pueblo para encontrar las respuestas.

—Entonces no voy a dejar que te expongas de esa manera —sentenció el joven—. Iremos sólo Carlos y yo. Tú nos vas a esperar aquí.

—Eso es condenar a muerte a Mauricio —dijo Rosa sin perder la calma—. Ángela debe ir a Lickan Muckar.

Fabián iba a replicarle, pero supo que era un ejercicio inútil. Lo adivinó apenas descubrió el brillo de su decisión centellando en las pupilas de su enamorada. Sabía que cuando ella tomaba una determinación, no había poder humano que la hiciera cambiar de idea. Como cuando se lanzó hacia la profundidad de la grieta, sólo para poder salvarlo de la muerte, o cuando se internó en el bosque en busca del rastro de la cueva de Rayén.

—Vamos a regresar pronto —prometió Ángela a Rosa, tomándola por ambas manos—. Y lo haremos con mi hermano sano y salvo.

—Eso espero —musitó la dueña de casa.

—¿Acaso tienes alguna duda? —inquirió la joven, ya no tan segura del triunfo de su aventura.

—No te estás enfrentando sólo a una mujer, Ángela. No te olvides nunca de eso.

La reunión terminó cuando Carlos Ule cerró de un golpe el atlas y regresó hasta su vehículo para acomodarlo en los anaqueles que ocupaban la parte trasera. Aprovechó para revisar cuánta gasolina le quedaba al tanque, y examinó el aceite, el agua y la presión de los neumáticos. Por su parte, Fabián acompañó a Elvira Caicheo hasta los escombros de la casa Schmied, para ayudarla a rescatar los cuerpos de Silvia y Egon. Con infinita delicadeza y cuidado, los acomodaron sobre la tierra y los cubrieron con mantas de lana confeccionadas por la propia Rosa y que ella misma les ofreció.

—Vete tranquilo —dijo Elvira y acarició la mejilla de su hijo—. Yo me hago cargo de ellos. Van a tener la sepultura que merecen.

Ángela, en cambio, permaneció gran parte del día en la cocina llenando de víveres una enorme canasta que encontró en una de las alacenas. El camino hasta Lickan Muckar iba a ser largo y difícil, por lo que debían alimentarse e hidratarse bien. Preparó sándwiches con todo lo que pudo encontrar: queso, jamón, tomate y lechuga. Incluso cortó en pequeños trozos de lo que sobró del cordero que cenaron la noche anterior y los acomodó entre las dos lonjas de pan amasado, que luego envolvió en servilletas. También llenó varias botellas con agua y vertió café caliente al interior de un termo. Ya tendrían oportunidad de ir rellenándolo en las gasolineras de las carreteras o en restaurantes de paso.

Ángela detuvo su acelerada carrera y se afirmó contra el mesón. Tuvo la impresión de que el suelo se inclinaba de súbito hacia un costado, convirtiendo las baldosas blanquinegras de la cocina en la empinada ladera de un tobogán. Comprendió que un ataque de vértigo se había apoderado de sus sentidos, quizá activado por ese miedo a lo desconocido que había tratado de mantener a raya desde el instante mismo en que tomó la decisión de partir hacia Lickan Muckar. Respiró hondo e hizo el esfuerzo por calmar el desbocado latido de su corazón, pero fue inútil: mientras no volviera a estar frente a Mauricio, sabía que sería imposible cualquier intento por tranquilizarse. Acomodó el canasto en la parte trasera de la biblioteca móvil, entre los libros y la poca ropa que tanto ella como Fabián consiguieron rescatar de entre los escombros. Cerca del mediodía todos terminaron de realizar sus diferentes actividades y se reunieron en torno al vehículo del profesor.

Nadie supo qué decir, tal vez porque en efecto no había palabras que pudieran describir las emociones que anidaban en los corazones de cada uno de ellos. Elvira se limitó a abrazar con fuerza a su hijo. Era la primera vez que el muchacho abandonaba la zona, aventurándose más allá de las fronteras de la provincia. La cocinera se quedó largos instantes aferrada a Fabián, murmurando entre dientes una plegaria de protección. Cuando acabó, dio un paso hacia atrás y le hizo la señal de la cruz sobre la frente, rogándole a quien quisiera oírla que cuidara de todo mal a su único hijo y el mayor tesoro de su existencia.

Ángela, por su parte, tampoco necesitó decir algo para despedirse de Rosa. Bastó que cruzara sus brazos en torno a aquel frágil y menudo cuerpo, para que de inmediato su mente se llenara con la voz de la mujer, que no abrió la boca para comunicarse con ella. "No olvides que en la leyenda, *Baltchar Kejepe* será derrotada por la *Liq'cau Musa Lari*", escuchó con toda claridad al interior de su cabeza. "No entiendo, Rosa, por favor explícame". "Ya entenderás. Confía en mí, Ángela. Confía en mí".

Carlos Ule acomodó firmemente las manos al volante. Fabián ocupó el asiento del copiloto, el atlas abierto sobre las piernas, dispuesto a hacerse cargo de contar los kilómetros del recorrido y ayudar ante cualquier eventualidad que surgiera en el trayecto. Ángela se instaló atrás, entre el canasto con alimentos y un par de mantas que cargaron a última hora, con los ojos muy abiertos y el corazón tamborileando sin control.

“Bueno, aquí vamos”, se dijo. A pesar de su forzada determinación, no fue capaz de esconder un persistente temblor de manos y rodillas.

Justo antes de cerrar la puerta, una elástica sombra negra ingresó al vehículo de un salto a través del breve espacio. Azabache cayó sobre las piernas de Ángela, que de inmediato se aferró al gato como si alguien intentara quitárselo. Por alguna extraña razón, la presencia del felino contribuía a calmarla.

—Él va con nosotros —sentenció. Y nadie estuvo dispuesto a contradecirla.

Azabache agradeció la muestra de confianza lamiéndole el dorso de ambas manos, con su rugosa lengua.

—¡Vámonos! —exclamó Carlos Ule, y metió la primera velocidad.

El ruido del motor y el temblor de las latas de la Van disimularon el sollozo de Elvira Caicheo, que se tomó de la mano de Rosa para poder soportar la tristeza, mientras observaban de pie en el umbral de la casa. Desde ahí la cocinera alzó un brazo, a modo de despedida final. La sombra del sol se encargó de extender la imagen de su figura en el suelo durante varios metros hacia el frente, como si su cuerpo se negara a separarse del grupo de viajeros. Sin embargo, fue la silueta de una garza, que hizo un par de acrobacias en el cielo y que se dibujó con gran precisión sobre la tierra mojada del camino, lo último que los tripulantes del coche vieron antes de cruzar en sentido contrario el cartel de "Bienvenido a Almahue", enmarcado por enormes matorrales de chilcos y fucsias.

Ángela cerró los ojos y se entregó al tedioso ronroneo del vehículo.

Para ella, *Liq'cau Musa Lari*, la suerte estaba echada.

SEGUNDA PARTE

Ni siquiera tenemos que arriesgarnos a la aventura solos,
puesto que los héroes de todos los tiempos
se han aventurado antes que nosotros.

Joseph Campbell, *El héroe de las mil caras*

1

Frente a la chimenea

—¡Esta sí que es una sorpresa! —exclamó Viviana desde el marco de la puerta—. Adelante, no se queden allá afuera.

La esposa de Carlos Ule hizo un amplio movimiento con su brazo derecho, invitándolos a entrar. La mujer olía a pan recién hecho, tal como Ángela la recordaba desde su primera visita a la residencia, con el mismo delantal amarrado en torno a la cintura con el que la recibió la lluviosa noche que desembarcó por primera vez en Puerto Chacabuco.

Los recién llegados ingresaron apurados, acarreando con ellos el frío de la noche, el canto de grillos y el susurro de las largas hojas de los helechos que enmarcaban el empinado sendero hasta la residencia de los Ule.

Ángela entró abrazada a Azabache, quien buscó refugio bajo su abrigo y desde donde sólo se animó a asomar

su pequeña y oscura cabeza. Una vez dentro, la muchacha reconoció los acogedores sillones de tela a cuadros, algo pasados de moda, la crepitante y siempre encendida chimenea en una esquina de la sala y las gruesas cortinas que bloqueaban el paso de las bajas temperaturas a través de los vidrios del ventanal, y se regodeó al inhalar con agrado una honda bocanada con aroma a especias, leña fragante y café que se coló desde la cocina.

—Recuerdas a Ángela Gálvez —comentó Carlos a su esposa, luego de cerrar la puerta y comenzar a quitarse su gruesa chaqueta impermeable forrada de lana en su interior.

—¡Claro que sí! —asintió la aludida—. Si mi memoria no me traiciona, ibas rumbo a Almahue.

La joven asintió al tiempo que se acomodaba frente a la chimenea para desentumecer sus huesos. Ángela sintió cómo poco a poco el fuego fue reavivando sus extremidades algo entumidas a causa de la poca calefacción al interior de la Van y la poca inmovilidad por más de 200 kilómetros de trayecto entre Almahue y Puerto Chacabuco, lugar donde Carlos Ule tenía su hogar.

—Y él es Fabián Caicheo —lo presentó el profesor—. Un gran amigo.

En un acto reflejo de educación y buenos modales, el muchacho se quitó el gorro de lana y avanzó un par de pasos hasta poder estrecharle la mano a la dueña de la casa. Ángela notó que su enamorado no miró directamente a los ojos a Viviana, tal vez intimidado por el hecho de estar en una casa ajena o quizá producto de un exceso de timidez que no le conocía. Pero fue entonces que cayó en cuenta que era la primera vez que veía a Fabián fuera de su mundo, en un territorio extraño y frente a personas que no conocía. Era la primera vez que él abandonaba Almahue. Y si se había atrevido a salir más allá del territorio donde nació y creció, era sólo para ayudarla.

Ángela quiso besarlo ahí mismo, frente a Carlos y Viviana, pero se contuvo. Algo le dijo que la esposa del profesor no iba a mirar con buenos ojos un arrebato pasional bajo su techo, y mucho menos llevado a cabo por dos desconocidos.

El exceso de figuritas de porcelana de payasos, bailarinas, gatos y pájaros en diferentes posiciones, más el evidente gusto por el color rosado y carpetitas tejidas a gancho distribuidas por todas las mesas y respaldos de los muebles, le indicó a Ángela que Viviana Ule vivía al interior de su casa como en una suerte de cuento de hadas donde nadie podía salirse de lo establecido por las normas de la buena conducta y el decoro.

"Tal vez por eso Carlos pasa tanto tiempo en la carretera, repartiendo libros y gozando del mundo real", reflexionó la joven. "A lo mejor extraña una vida más espontánea y llena de aventuras. Quizá por eso no dudó un segundo en ofrecernos su auto y acompañarnos hasta Lickan Muckar".

—Tengo un par de noticias que darte —le dijo Carlos a su esposa, al tiempo que la tomaba por un brazo y la llevaba discretamente hacia la cocina—. ¿Habrá algo que podamos comer antes de irnos a dormir?

Fabián y Ángela no escucharon el resto de la conversación matrimonial, porque la puerta se cerró tras la pareja y la casa entera quedó sumida en un abrupto silencio. El muchacho aprovechó la ausencia para acercarse a la joven, rodearle la cintura con uno de sus brazos, y besarla con una tibieza que de inmediato les hizo recordar las razones por las cuales se habían elegido el uno al otro.

A los pocos minutos, Viviana regresó al comedor cargando un humeante plato de papas asadas que rodeaban un enorme trozo de carne de cerdo recubierto con hojas de romero y laurel. Con un rictus de profunda seriedad y molestia, producto de enterarse que su marido se iría de viaje hasta el norte del país en busca de un muchacho del que ella no había oído hablar en toda su vida, puso la mesa, distribuyó los lugares y obligó a que todos se fueran a lavar las manos.

Durante largos minutos, al interior de la casa de los Ule sólo se escuchó el chasquido de la leña seca en la chimenea y el silbido del viento al otro lado de las ventanas. Incluso Azabache, ovillado sobre la alfombra, permaneció en total mudez y se dedicó a dormir con la cabeza sobre sus patas delanteras. El silencio se cortó de pronto cuando Viviana dejó a un lado el tenedor y cuchillo, se limpió los labios con la servilleta y paseó la mirada entre Ángela y Fabián.

—No sé cómo lo van a hacer para dormir aquí esta noche —dijo con un tono que sólo evidenció que no estaba de acuerdo con la invasión a su casa—. Sólo hay un cuarto de huéspedes.

"Por lo visto a esta señora no le ha pasado por la cabeza la idea de que Fabián y yo podríamos compartir una cama", pensó Ángela, y de inmediato se sorprendió de su propia idea. ¿Sería capaz de proponerle a Fabián dormir juntos a falta de más lechos en ese hogar?

—No se preocupe, señora —se apuró en responder Fabián—. Yo puedo acomodarme en el sofá.

—No sé si quepas —insistió ella, tamborileando los dedos sobre la mesa.

—De verdad no se preocupe. Lo que menos quiero es molestar.

Viviana hizo un gesto con la boca, que ninguno de los presentes supo interpretar. Por lo mismo, los invitados decidieron continuar comiendo en total silencio, y se negaron cuando ella ofreció postre y alguna infusión como postre. Era un hecho que podía estar molesta por la decisión de su marido de abandonarla durante algo más que una semana, pero jamás iba a perder su toque de perfecta ama de casa anfitriona.

Luego de dejarle a Fabián una almohada, un par de sábanas y una gruesa manta de lana virgen para que improvisara una cama en el sillón de la sala, Viviana escoltó a Ángela y Azabache hasta la misma recámara donde ella había dormido a su llegada a Puerto Chacabuco. La recibió la cama de inmaculadas sábanas blancas, cubiertas por un mullido edredón de plumas y cuatro cojines que parecían invitarla a reposar su cabeza cuanto antes.

—¿Es tu novio? —preguntó de improviso la mujer.

—Sí —contestó Ángela, presintiendo que iba a tener que defender su respuesta.

Sin embargo, Viviana sólo volvió a hacer un gesto con la boca que la muchacha tampoco supo descifrar. ¿Acaso quiso decir que no le parecían el uno para el otro? ¿O que formaban una hermosa pareja? ¿O que acaso ella era demasiado joven para ser la novia de un muchacho claramente algunos años mayor?

Viviana avanzó hacia la ventana y se aseguró de cerrar bien la cortina.

—Gracias —dijo Ángela, y recordó una conversación muy similar la noche que durmió ahí. Por lo mismo, no se contuvo a jugarle la misma broma—. No queremos que el *Coo* se venga a asomar a la ventana, ¿verdad?

De inmediato, y al igual que en aquella ocasión, el rostro de la mujer se congeló en un rictus de piedra. Volteó hacia la joven y también le clavó una mirada llena de reproche.

—En esta casa no se habla de... *eso* —dijo, al igual que la última vez.

Y salió, cerrando con un brusco portazo.

Ángela se quitó los zapatos, subió al gato sobre la cama y se recostó a su lado. Luego de haber dormido tantas noches en precarias condiciones, que incluyeron la húmeda celda del teniente Orellana y una silla en casa de Rosa, el hecho de poder desperezarse a sus anchas sobre un mullido colchón fragante a detergente floral, le provocó una sonrisa de oreja a oreja. Descubrió que era la primera vez que sonreía en muchos días. Tal vez demasiados, de hecho. Pero de inmediato imaginó a su hermano Mauricio entre las garras de Rayén, y una nube negra oscureció como una tormenta inesperada el panorama de su alegría.

Apagó la lámpara de madera coronada por una antigua pantalla de encajes que estaba sobre el buró, y comenzó a desvestirse para poder meterse bajo las sábanas. Pero suspendió sus movimientos a mitad de camino. Pensó en Fabián y en las acrobacias que debía estar haciendo para poder recostarse en un sillón que evidentemente iba a quedarle demasiado estrecho a su alta y corpulenta humanidad. Tal vez lo más aconsejable era ofrecerle que él durmiera en la cama, ya que ella, mucho más menuda y delgada, podía acomodarse en los cojines del sofá.

Luego de indicarle a Azabache que se quedara ovillado sobre la almohada, y que no se le se ocurriera seguirla fuera de la habitación, abrió despacio la puerta y se asomó hacia el exterior. El pasillo estaba en penumbras, iluminado sólo por la luz que se colaba desde la recámara principal donde dormían Carlos y su mujer. Ángela apretó los puños y la mandíbula en un intento de controlar hasta el último músculo de su cuerpo, y se lanzó sigilosa corredor abajo, procurando no hacer ruido con sus pies al pisar los tablones del suelo.

Cuando entró a la sala, se quedó contemplando en silencio la imagen que descubrió frente a ella: a contraluz divisó la silueta de Fabián que, vestido sólo con una camiseta y un par de pantaloncillos cortos, se estaba recostando bajo la manta. La luz anaranjada que provenía de la chimenea dibujó con precisión su perfil de nariz recta y sus labios carnosos, el desorden de su pelo oscuro cayéndole sobre la frente, su cuello ancho, sus brazos torneados y músculos definidos que se adivinaban bajo las mangas de su camiseta.

No pudo evitar un suspiro de ternura al notar que había dejado perfectamente doblados el suéter y sus pantalones sobre una silla: así de meticuloso y ordenado era. También contempló sus viejos zapatos acomodados cerca de la puerta principal, como si no quisiera importunar el excesivo orden de la estancia con ellos.

De pronto, el muchacho, acaso presintiendo la mirada de Ángela sobre su cuerpo, giró la cabeza y la descubrió a escasos metros de él. Ninguno de los dos dijo nada, pero a pesar de la distancia fueron capaces de descubrir el reflejo de las llamas de la chimenea reflejadas en las pupilas del otro. Fabián se incorporó en el sofá y extendió un brazo hacia ella, invitándola a acercarse. La joven no dudó ni un instante en responder a su llamado.

Patinando sobre sus calcetines, para no hacer ruido, Ángela llegó junto a Fabián. Pudo sentir el calor del fuego ya sin abrigo ni tanta ropa, y presintió que la bocanada de ardor que parecía envolver su cuerpo poco tenía que ver con la chimenea. Seguía anclada a aquellos ojos oscuros como dos aceitunas, que tampoco se desprendían de los suyos. Sorpresivamente, Fabián la tomó por la mano y, con toda la suavidad del mundo, la atrajo hacia él hasta que no tuvo más remedio que recostarse a su lado, sobre la manta que cubría los cojines del sillón.

Ángela supo que había cruzado una línea que ya no tenía marcha atrás. Esta vez no sintió miedo, por el contrario, sintió que un inesperado sentimiento de valentía se abría camino dentro de su pecho y comenzaba a apoderarse de ella. Tal vez por eso fue la primera en dar el primer paso. Luego de ubicarse junto a Fabián, pegando su cuerpo al de él, buscó su boca y lo besó sin urgencias ni pausas. Se quedó ahí, devolviéndole con mimos y cariño todo lo que él había hecho por ella, agradeciéndole lo mucho que le cambió la vida con su sola presencia. Como respuesta a su atrevimiento, sintió las manos de Fabián avanzar por su cintura, para luego deslizarse bajo la tela de su ropa y entrar en contacto directo con la piel de su vientre.

Ángela cerró los ojos y permitió que sus cinco sentidos se sumergieran en la marea tibia en que se había convertido el mundo a su alrededor. Aquellos dedos dejaban un camino de fuego y despertaban cada uno de sus poros al aventurarse por primera vez hacia terrenos desconocidos para ambos.

De pronto, el crujido de uno de los tablones del suelo cortó como un hachazo el silencio de la sala y reventó de golpe la burbuja que los mantenía aislados del resto del mundo.

"Le pedí a Azabache que no saliera del cuarto", se lamentó Ángela en la brevísima fracción de segundo que tardó en estirar el cuello para asomar su cabeza por encima del respaldo del sofá y enfrentarse al gato.

Pero sus ojos no se encontraron con el felino negro sobre la alfombra: enfundada en una gruesa y rosada bata, con orillas de encaje del mismo tono, Viviana los observaba con los ojos muy abiertos, mientras entre sus labios estaba congelado un inminente grito. Bajó los párpados y se llevó una mano al pecho, como si la impresión de haberlos sorprendido juntos y trenzados en un apasionado abrazo sobre el sofá de su sala fuera demasiado para su sensible corazón.

"Oh, no, espero que esto no tenga consecuencias", alcanzó a pensar la joven mientras se bajaba de un salto hacia la alfombra.

Pero el escandalizado alarido que la dueña de la casa por fin consiguió emitir no sólo despertó a Carlos, que roncaba ya en su cama, sino también a toda la fauna que rodeaba la residencia de los Ule, y le advirtió a Ángela que estaba profundamente equivocada.

2

Abrupta partida

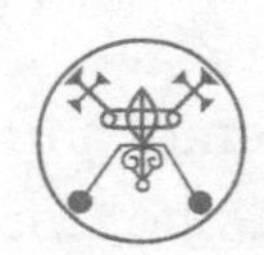

Con un simple movimiento de ambas manos por parte del operador del ferri *Evangelistas*, que señalaba a los conductores que ya era hora de embarcar, provocó un pequeño caos vehicular sobre la rampa de acceso. Todos querían ingresar primero a la cubierta de la pesada nave, para así quedar de frente a la puerta de salida y descender antes que los demás una vez en Puerto Montt. Carlos Ule esperó con infinita paciencia a que el nudo de congestión se disolviera, tamborileando los dedos sobre el volante, para poner la primera velocidad y trepar en el ferri su biblioteca móvil, que quedó estacionada entre dos enormes camiones de carga y un autobús de excursiones lleno de lo que parecían ser unos eufóricos estudiantes en pleno paseo escolar.

Desde su incómoda posición en la parte trasera de la Van, Ángela vio a la tripulación del ferri dar la larga lista de instrucciones antes de zarpar: los que habían comprado su boleto con admisión a las cabinas podían abandonar sus vehículos en ese momento y subir hasta la tercera cubierta, que era donde estaban ubicadas las habitaciones; los demás, debían dormir al interior de sus autos y utilizar los baños comunes, que se encontraban en la cubierta del puente. El viaje duraría veinticuatro horas según precisó uno de los marinos.

—Primero navegaremos por el fiordo Aysén, hacia el Canal Moraleda y el Golfo Corcovado, pasando por el sector de las Islas Guaitecas —explicó sin mucho entusiasmo, quizá hastiado de repetir una y otra vez la misma información—. El día de mañana podremos contemplar desde el ferri la localidad de Calbuco, mientras navegamos por el Golfo de Ancud y el Estuario de Reloncaví, para finalmente arribar a la ciudad de Puerto Montt hacia el final de la tarde.

Ángela se hizo una almohada con uno de sus suéteres, lo acomodó bajo su cabeza y se ovilló en el suelo del vehículo junto a Azabache, que no se movió de su lado desde que tuvieron que irse abruptamente de la casa de Carlos Ule en mitad de la noche. La joven cerró los ojos y relajó los músculos de cuerpo, intentando acompasar su propia respiración al ligero bamboleo de la nave sobre las gélidas aguas del fiordo. Quería dejar atrás, aunque fuera por un par de horas, sus preocupaciones y angustias. Flotar en el silencio más absoluto. Pero por más que trató, no consiguió olvidar los gritos de Viviana luego de sorprenderla con Fabián en el sofá de su propia sala. Sus ofendidos chillidos aún rebotaban atrapados al interior de su cabeza.

—¡Sucios! ¡Inmorales! —clamó la mujer retrocediendo un par de pasos al mismo tiempo que se cubría los ojos con ambas manos.

—¡¿Qué pasa?! —preguntó asustado Carlos al entrar a la sala, envuelto en una manta de lana y con un puño en alto, dispuesto a enfrentarse al peligro.

—¡Míralos! ¡Los encontré besándose desnudos frente a la chimenea! —los delató Viviana en un grito agudo.

El profesor observó a Ángela y Fabián, de pie junto al sillón, cada uno con un profundo sentimiento de vergüenza reflejado en el rostro y con la certeza de que la situación había llegado demasiado lejos sin una verdadera razón.

—Nadie está desnudo, Viviana —protestó Carlos y la dureza de su voz dio cuenta de lo molesto que estaba con su esposa.

—¡Esto es una ofensa que no estoy dispuesta a perdonar! —imprecó la mujer frunciendo el ceño—. Ni siquiera nosotros, que estamos casados, cometimos una desvergüenza como, como ésta... ¡Fuera! ¡No los quiero bajo mi techo! —sentenció Viviana.

El pájaro de madera del reloj cucú, ubicado sobre la chimenea, abrió los postigos de su pequeña casa estilo alemán para cantar las tres de la mañana. Los dos muchachos se miraron con angustia. ¿Adónde iban a ir a esa hora de la madrugada? Se tomaron con fuerza de la mano, sintiendo cada uno el calor y la tibieza del otro. "No voy a dejar que nada malo te pase", pareció decir ese apretón.

—¿No me oyeron? ¡Fuera de aquí! —los enfrentó la dueña de la casa.

— Basta, Viviana —clamó el profesor.

—Estoy hablando en serio, Carlos. Quiero que se vayan.

—Entonces, nos vamos todos —sentenció el hombre con determinación.

Para Ángela, los minutos posteriores a la pelea transcurrieron como en una película en cámara rápida. No había terminado de ponerse sus gruesos zapatos cuando ya estaba echándose encima su abrigo y cruzando el recibidor rumbo a la Van, donde la esperaban el profesor y Fabián con el motor encendido. Lo último que la joven escuchó fue el enfurecido portazo de Viviana como punto final a su breve visita.

Cuando Carlos Ule puso en marcha la Biblioteca Móvil y comenzó a descender por el empinado sendero que los conducía hasta la carretera, el reloj marcó las tres y media de la madrugada. Las luces delanteras a duras penas conseguían rasgar la oscuridad que se había echado sobre Puerto Chacabuco, y que pensaba quedarse ahí hasta que la madrugada se hiciera cargo de pintar de colores una vez más el paisaje. Los dos haces de luz saltaban al compás de los baches del camino de tierra y paseaban su aureola amarilla por sobre los guijarros, los troncos musgosos de los árboles y los arbustos que bordeaban la ruta.

Fabián quiso cortar el incómodo silencio que reinaba al interior del vehículo, pero frenó su impulso al observar la tensión reflejada en los nudillos de Carlos, aferrados al volante, y la rigidez de su mandíbula, apretada más fuerte de lo necesario; lo cual le hizo comprender que no era un buen momento para interrumpir las cavilaciones del profesor. La discusión entre los dos esposos no había terminado de buena manera, y él no iba a seguir metiendo el dedo en la llaga con preguntas o comentarios. Ya habría tiempo de disculparse y dar todas las explicaciones que fueran necesarias.

El auto recorrió el breve trayecto entre la casa de los Ule y el lugar de embarque donde estaba atracado el ferri que los llevaría hasta Puerto Montt. Al llegar, un letrero que decía "Cerrado" les impidió seguir avanzando hacia la plataforma que terminaba abruptamente en el agua, a esa hora tan negra e insondable como la bóveda celestial. Carlos bajó de la Van y se alejó unos pasos para consultar el horario de cada uno de los embarques.

Fabián aprovechó el momento y volteó hacia Ángela, que seguía muda en la parte trasera del vehículo.

—¿Estás bien? —preguntó.

Ella asintió con la cabeza, aunque realmente no supo qué contestar. Tenía la sensación de que todo lo que estaban viviendo era su culpa: desde el hecho de estar obligados a atravesar medio país para ir en busca de Mauricio hasta que Viviana los corriera a gritos de su casa y que por ello tuvieran una crisis matrimonial. Si en lugar de salir hacia la sala en busca de Fabián ella se hubiera quedado encerrada en su cuarto, intentando dormir como una buena y obediente muchacha, no estarían ahora todos encerrados en la Van, en plena madrugada, sin tener un lugar donde descansar.

Pero al parecer, hacía ya un tiempo que no era ni buena ni obediente.

Carlos regresó al auto. Al abrir la puerta para sentarse al volante, el frío de la noche se coló en un segundo hacia el interior, provocó un remolino que alborotó los libros mal colocados en los estantes y desempañó por dentro los cristales.

—El siguiente ferri parte a las 7 de la mañana —dijo, y se frotó ambas manos en un inútil intento por entibiarlas—. Tenemos tres horas para descansar.

Sin esperar respuesta, encendió la radio del auto y sintonizó una emisora con música que los ayudara a conciliar el sueño. Entonces, sin nada más que decir, los dos hombres reclinaron los respaldos de sus asientos, cruzaron los brazos sobre sus pechos, y cerraron los ojos. Ángela, sin embargo, no fue capaz de dormir. "Y cada noche vendrá una estrella a hacerme compañía, que te cuente cómo estoy y sepas lo que hay... Dime amor, amor, amor, estoy aquí, ¿no ves?, si no vuelves no habrá vida, no sé lo que haré...", susurraba la voz de Miguel Bosé en las bocinas mientras ella paseaba su vista, al otro lado de las ventanas, tratando de descubrir ese paisaje hecho de oscuridad y plata lunar.

Y ahora, después de varias horas, ya en el ferri *Evangelistas* que avanzaba a velocidad crucero como un islote de latas multicolores rumbo a Puerto Montt, Ángela seguía sin abrir la boca y repasaba, una y otra vez, el minuto exacto en que Viviana Ule había entrado a la sala de su hogar y los había sorprendido en el sofá frente a la chimenea. De pronto, la joven escuchó que una de las puertas de la Van se abría y volvía a cerrar. Se levantó, despegándose de Azabache, que seguía aferrado a ella, y vio que Fabián se alejaba por la cubierta rumbo a la proa. A pesar de que no habían hablado ni una sola palabra luego del incidente, ella sabía que su enamorado luchaba contra un poderoso sentimiento de culpa y vergüenza ajena. No era necesario que dijera nada para poder leer en su rostro el pudor herido por haber causado ese escándalo en casa de los Ule.

—No te preocupes por mi esposa —oyó de pronto la voz de Carlos, a quien imaginaba dormido frente al volante—. Los enojos le duran sólo un día.

—Yo no quería provocar un problema —al fin pudo sincerarse Ángela después de tanto silencio—. Y te juro que jamás pensé que...

—No hace falta que me des ninguna explicación —la interrumpió—. No pierdas tu tiempo. No ha pasado nada.

Y de ese modo, Ángela lo vio poner punto final a la discusión después de que se volviera y le guiñara un ojo, lleno de complicidad, por el espejo retrovisor.

—No te imaginas lo emocionado que estoy de hacer este viaje hasta Lickan Muckar —cambió de tema sin poder ocultar un temblor de ansiedad que hizo bailar su bigote—. Toda mi vida he esperado esto: un momento así... que lo sacuda todo... que le dé emoción a mis días. A veces no basta con vivir a través de los libros —reflexionó—. Llega un momento en la vida de todo hombre en que es necesario lanzarse a lo desconocido y poner en práctica lo que se ha leído.

Ángela asintió, con la certeza de que el camino que se extendía frente a ellos encerraba muchos más misterios e incertidumbres que respuestas tranquilizadoras. Ni siquiera sabía cómo lograrían recorrer casi cuatro mil kilómetros en un vehículo que amenazaba con desarmarse cada vez que Carlos aceleraba a fondo. Sin embargo, decidió que no continuaría llenándose la cabeza de preguntas. "Todo tiene una razón de ser", se dijo. Y por algún motivo, que esperaba descubrir muy pronto, ella debía realizar ese viaje.

—¿Sabes algo de un idioma llamado kunza? —preguntó la muchacha.

—Sí. Es una lengua muerta que hasta el siglo XIX era hablada por el pueblo atacameño en el altiplano de Chile, Bolivia y Argentina —respondió el profesor, asumiendo de inmediato un tono pedagógico.

—Eso quiere decir que ya nadie lo habla, ¿verdad?

—No. Sólo se conservan algunos cantos ceremoniales, pero se recitan de memoria, sin que se conozca su significado —continuó—. Sin embargo, estoy seguro que deben existir personas de edad avanzada que puedan recordar el significado de algunas palabras.

—¿Y no existe un diccionario de esa lengua?

—Tal vez. Sería cosa de buscar uno. ¿Por qué? —se interesó en saber.

—Necesito traducir unas palabras que están en kunza. ¿Has oído algo sobre la leyenda en la que *Baltchar Kejepe* será derrotado por la *Liq'cau Musa Lari*? —inquirió e hizo su mayor esfuerzo por recordar a cabalidad cada uno de los complicados términos que le había dicho Rosa.

—No. Nunca...

—Bueno, creo que cuando descifremos qué quieren decir esas palabras vamos a poder entender muchas cosas sobre la transmutación —afirmó—. Estoy segura que esconden un secreto importante... ¡y quiero descubrirlo lo antes posible!

Carlos se acomodó en el asiento del piloto, entusiasmado por el nuevo desafío que la vida le ponía enfrente.

—Ya sé lo que vamos a hacer —exclamó—. Cuando lleguemos mañana a Puerto Montt, iremos a una librería de textos de segunda mano. Estoy seguro de que ahí debe haber un diccionario kunza.

Ángela celebró la idea del profesor. Con la certeza que había dado un paso en la dirección correcta, decidió entonces bajarse de la Van. El viento que se levantaba desde el fiordo le congeló en un instante las orejas y los orificios de la nariz, y debió alzar al máximo el cuello de su abrigo para poder avanzar por la cubierta sin morir de hipotermia. La luz de las diez de la mañana convertía al agua en un reluciente espejo en el que se reflejaba el cristalino azul del cielo, invertía las siluetas de las montañas y llenaba de nubes el plácido oleaje.

Una larga hilera de bandurrias alborotó con su vuelo la tranquilidad del paisaje. Luego de seguir durante varios metros la misma dirección del navío, torcieron el rumbo para perderse en los impenetrables bosques de coigües y canelos que se alzaban en el litoral.

Ángela llegó hasta la proa, donde el casco del ferri cortaba con su filo de acero la burbujeante espuma que partía las aguas. Sin decir una sola palabra, avanzó hacia Fabián, que observaba el horizonte con mirada soñadora y el cabello revuelto a causa de la brisa que le hacía frente. Lo rodeó por detrás, aferrándose contra su espalda de anchos hombros y estrecha cintura. Él se giró hacia ella, protegiéndola con su cuerpo del aire helado que azotaba la cubierta y que convertía a su desordenado cabello en una roja y desafiante bandera.

—No me arrepiento de nada —le confesó al oído con un tono que estaba más próximo al regocijo que al disgusto—. En lo más mínimo.

"Por eso lo amo. Porque no le tiene miedo a nada ni a nadie", pensó la muchacha, y se aferró con más fuerza a su torso. Al hacerlo, sintió la incómoda presión contra su cuerpo de un objeto al interior de su bolsillo. Durante una fracción de segundo pensó que se trataba de su celular, pero acto seguido recordó que eso era imposible, ya que el suyo yacía al fondo de alguna grieta bajo el suelo de Almahue. Entonces metió la mano y, aún más desconcertada, palpó lo que parecían ser un par de cilindros de corteza corrugada. Al extraer el primero, no supo reconocer qué era. Su mente hizo el esfuerzo de retroceder en el tiempo, repasando cada uno de los últimos acontecimientos, tratando de identificar a qué correspondía esa especie de vaina marrón que sostenía sobre su palma.

> *No hay registro escrito de qué efectos producen dichas semillas, que se forman dentro de unas vainas de forma alargada, de color castaño rojizo y de textura leñosa.*

Las palabras de Benedicto Mohr, escritas con perfecta caligrafía en su diario de explorador, y que tanto le impresionaron al leerlas por primera vez, regresaron a su mente.

> *La leyenda cuenta que sus semillas más especiales, las que sólo algunos han podido moler e inhalar, crecen en las raíces del árbol y no precisamente en las ramas.*

¡Las semillas del cebil de la plaza de Almahue!

Volvió a verse, ciega y moribunda al fondo de la grieta, luego del devastador terremoto, avanzando a tientas por las entrañas de la Tierra en busca de Fabián. Sintió una vez más el tacto de aquellos muros fríos y pedregosos que encajonaban sus pasos, y a través de los cuales sobresalían las enormes raíces del árbol desde donde desprendió las vainas que se echó al bolsillo del pantalón.

Levantó la mano hasta la altura del rostro del muchacho y le enseñó la semilla. Fabián frunció el ceño, sin entender lo que ella le exhibía con una expresión de profunda seriedad.

—Esto es lo que le permite a Rayén cambiar de cuerpo —dijo la muchacha—. Te presento el origen de la transmutación.

Fabián se quedó unos instantes en silencio, procesando la información que acaba de recibir. Estiró un dedo con cierto resquemor y palpó la superficie de la vaina. Al tocarlas, percibió el tamaño de las semillas que se alineaban al interior de aquella vaina, e inventó algunas explicaciones posibles para justificar que algo de apariencia tan inocente pudiera provocar un resultado tan brutal y contundente como la modificación de un cuerpo humano.

Sin embargo, lo que nunca imaginó ni en sus más desorbitadas fantasías, fue que sólo en unos cuantos días estaría soplando sobre el rostro de su amada, lleno de desesperación y tristeza, el polvo de esas mismas semillas, para luego ser testigo de la experiencia más aterradora de toda su existencia.

El destino y Rayén ya lo habían elegido para ser el responsable de la primera transmutación de Ángela.

3

Regalo de eternidad

Cuando la pequeña Rosa escuchó el destemplado grito de su nodriza, que alborotó a todas las aves de su pajarera y provocó un brusco revuelo de alas, plumas y golpeteos contra los dorados barrotes, supo de inmediato que la desgracia que había llegado al castillo aumentaría. Lo adivinó además en la desbocada y frenética carrera de los vasallos a lo largo de la galería del torreón, en el relincho de los caballos nerviosos por entrar en acción, por el silbido de las espadas que se alzaban rabiosas por encima de las cabezas de los soldados de su padre, y en las órdenes que se repetían en una interminable cadena de sonidos que se anteponían a un ataque.

Rosa suspendió las caricias a su garza, que recibía los mimos con el cuello plegado sobre sí mismo y los ojos cerrados de fascinación, y se acercó a la ventana. Se empinó al tiempo que se sostenía del alfeizar de piedra y miró hacia

el exterior. Su breve estatura le permitió observar sólo una parte de la monumental polvareda que se acercaba a la fortificación, proveniente de los caminos del norte. A pesar de su corta edad, comprendió que bajo esa nube de tierra que parecía flotar por encima del suelo se escondía un tropel de invasores dispuestos a arrasar con todo a su paso. Hasta sus oídos llegó el clamor de muerte y destrucción que los bárbaros, como le gustaba llamar a su aya a todos aquellos que vivían fuera del reino, proferían a coro para darse ánimos y así preparar sus espíritus para la batalla.

Lo que sucedía en esos momentos no le era extraño. En las últimas semanas había alcanzado a escuchar, oculta tras la puerta del cuarto principal, un par de conversaciones de su padre con algunos caballeros feudales sobre los peligros de un inesperado asalto de las tribus que habitaban más allá de la comarca. A juzgar por las noticias que llegaban de boca en boca hasta el castillo, eran seres que no conocían el miedo ni el respeto por la vida humana. Algunos juglares narraban sus hazañas, raptos, sus matanzas sin sentido que enviaban a sus víctimas directamente al Infierno, sin siquiera permitirles el paso por el Purgatorio. Rosa, aferrada al umbral del cuarto de su padre, se estremecía sólo de imaginar a esos invasores derribar el enorme portón de madera del alcázar e ingresar como una marea incontenible hacia el patio de armas, para desde ahí saquear cada rincón de su hogar.

El estruendo de los asaltantes creció intensamente al otro lado de su ventana, pero esta vez la niña ya no se atrevió a mirar otra vez. Corrió hacia la garza que esperaba por ella al centro de la recámara, y la abrazó con fuerza, dejando que la suavidad de su plumaje blanco le acariciara la piel de sus mejillas. El ave torció su largo cuello en torno a Rosa y se quedó ahí, como una estatua alabastrina, protegiendo con su cuerpo la vida de su dueña.

Resguardada tras su escudo, Rosa cerró los ojos en un intento por abstraerse de lo que estaba a punto de suceder, pero la falta de imágenes sólo consiguió agudizar el poder de la audición. Sus oídos se estremecieron con los primeros golpes del ariete contras las dos gruesas hojas de madera que impedían el ingreso al castillo, e imaginó a los soldados de su padre avanzando en descarriadas hileras para entorpecer el avance de los bárbaros. A juzgar por los sonidos de cadenas y metales cayendo con estrépito una y otra vez, los defensores de la fortaleza ya comenzaban a lanzar todo tipo de obstáculos desde lo alto de la gruesa muralla que cercaba el recinto, escondidos tras los torreones de la fortaleza.

Rosa alcanzó a escuchar un bramido de alerta, quizá proferido por el centinela mayor desde su garita, un segundo previo a que un infernal zumbido se apoderada por completo de sus tímpanos.

Con los párpados aún cerrados, comprendió que aquel persistente sonido que cortaba como un puñal el aire era la suma de cientos de flechas que se dirigían al unísono por encima del muro protector. Al parecer al interior de la fortaleza no estaban del todo preparados para recibir aquel enjambre mortal proveniente de las alturas, ya que los gritos de agonía se multiplicaron en un doloroso eco que ya nada pudo detener.

¿Ella también iba a morir? ¿Acaso no llegaría a cumplir sus trece años por culpa de un imprevisto ataque que no le permitiría convertirse en mujer?

¿Eso era *todo*?

De improviso, el cuerpo de la garza que aún mantenía entre sus brazos se estremeció, y sus músculos perdieron toda la fuerza que la mantenía sobre sus dos largas y delgadísimas patas. Rosa abrió de inmediato los ojos y se encontró de frente con la mirada acuosa del ave, cuyas pupilas parecían despedirse a causa de una flecha que se le había incrustado en un costado. Con horror, la niña sintió la tibieza de la sangre mancharle las manos, y vio los rojos goterones caer como monedas rojas sobre el suelo. Fue en ese momento cuando una nueva flecha entró por la ventana y se clavó sobre el alto respaldo de la cama, a escasos centímetros de ella.

Por lo visto, sí era el fin.

Los golpes cada vez más impetuosos del ariete contra la puerta principal sólo presagiaban más malas noticias. Era cosa de minutos para que la horda de bárbaros ingresara con toda su fuerza al castillo y terminara con toda su plácida existencia.

El ave comenzó lentamente a desplomarse en los brazos de Rosa, como una tela blanca que pierde su almidón y escurre sin que pueda contenerse entre los dedos. Sin embargo, la niña no la soltó en ningún momento. No iba a permitir que la separaran de su mascota favorita, el mejor regalo que nadie nunca le había hecho y que, por desgracia, tan poco le había durado.

Cada uno de los humores del cuerpo se asocia con un elemento del mundo natural. La bilis negra con la tierra, la flema con el agua, la sangre con el aire y la bilis amarilla con el fuego. Nunca lo olvides, hija. Nunca.

Una feroz punzada le atravesó el vientre cuando percibió los pasos que se acercaban por el corredor de la torre rumbo a su aposento.

Imaginó al extraño avanzando directo hasta su puerta, el rostro cubierto, el puño en alto, la espada desenvainada brillante de sangre fresca por encima de su cabeza, el odio encendiendo sus pupilas. Intentó pronunciar alguna de las oraciones que sus nodrizas se esforzaban por enseñarle con infinita paciencia cada noche antes de dejarse vencer por el sueño, pero no recordó ninguna. Sólo fue capaz de repetir con total claridad: "El Sol y la Luna son los reyes de la bóveda celeste. Marte es el líder del batallón. Mercurio es el príncipe. Venus es la princesa. Júpiter es el ministro y Saturno es el sirviente".

No había terminado de evocar las lecciones del libro cuando una silueta humana se precipitó al interior de su cuarto. Su sombra oscura se le vino encima antes de que tuviera tiempo siquiera de darse cuenta de quién se trataba.

El recién llegado la alzó del suelo sin el menor esfuerzo de su colosal brazo y la sacó hacia el pasillo, con el cuerpo flácido de la garza aún contra su pecho. Segundos después comprendió que se trataba de Azabache que, con un brillo de urgencia y temor en la mirada, la llevó en brazos hasta la puerta cerrada del cuarto de Rayén.

La abrió de una violenta patada. Al ingresar, encontraron a su hermana escondida tras una mesa donde tenía una larga sucesión de macetas con plantas que Azabache nunca antes había visto, ni siquiera en su lejana isla perdida en medio de un mar de aguas cálidas: enormes corolas velludas que se abrían y cerraban en busca de insectos, tallos robustos que se inflaban al compás de una verde respiración, hojas dentadas que podían cortar un trozo de carne, pistilos que se orientaban en el aire en busca de cuerpos en movimiento.

El esclavo se paralizó unos instantes al ver tamañas criaturas, con sus colores formidables y sus insólitas proporciones, todas sembradas en recipientes pequeños de barro. Por unos segundos eternos olvidó la masacre que estaba próxima a estallar al interior del castillo y la misión que se pretendía llevar a cabo para salvar la vida de sus amos. Pero un nuevo crujido del ariete contra el portón principal lo trajo de regreso al apremiante instante que estaban atravesando.

Sostuvo en vilo a Rosa con uno de sus brazos, y estiró el otro hacia Rayén, que lo observaba hecha un ovillo en el suelo.

—¡Ven conmigo! —la urgió.

La niña, con sus grandes ojos como lechuza, dudó unos instantes. Sus pupilas volaban con fiereza desde el rostro oscuro como un carbón del esclavo a la mirada aterrorizada de su hermana, que sostenía un ave muerta. En ese momento, un profundo estremecimiento sacudió las bases del castillo y provocó un brusco y breve temblor que hizo saltar de su sitio el mobiliario del cuarto. Rosa, una vez más, no necesitó ver para comprender qué ocurría: una voz al interior de su cabeza le dijo que los invasores acababan de utilizar el temido trabuquete contra los gruesos muros del castillo. Imaginó que el proyectil lanzado por la viga articulada de madera, sujeta a un armazón que varios hombres sostenían desde la base, había abierto un agujero profundo en la pared, por el cual pensaban ingresar sin que nadie pudiera detenerlos.

Confía, hija. Estás en buenas manos.

No había tiempo que perder.

—¡Vamos, Rayén! —suplicó—. Haz lo que Azabache te está pidiendo.

Entonces Rayén salió de su escondite y se echó a correr hacia el monumental hombre que la aguardaba con su brazo aún extendido. Sin embargo, a mitad de camino la niña se detuvo, regresó unos pasos, y tomó una de las macetas que tenía sobre la mesa. Eligió la más pequeña de todas: en ella se alzaba un frágil tallo de intenso color verde, de hojas de nervaduras muy marcadas y ondulados bordes en cuyo centro, lucía una flor amarilla con sus pétalos y pistilos de aterciopelada apariencia. Rosa reconoció de inmediato aquel capullo: era el fruto de la semilla que Azabache le había regalado hacía un año.

Con la planta en las manos, Rayén se dejó levantar por Azabache, que salió una vez más al pasillo, cargando a las dos hermanas que sintieron la fortaleza y premura de sus músculos en alerta. Descendió los peldaños de la escalera de la torre de dos en dos y emergió hacia el patio central. Un fogonazo de luz solar los obligó a cerrar los ojos por un instante y permitir que sus pupilas terminaran de dilatarse lo necesario y recuperaran la visión después del impacto de la luz del exterior.

Cuando recuperaron la visión con nitidez, las dos niñas dieron un grito: decenas de cadáveres yacían en el suelo, muchos de ellos con flechas enterradas en diferentes lugares de su cuerpo. Los caballos relinchaban histéricos al olfatear el implacable aroma de la muerte, mientras vasallos y soldados chocaban los unos contra los otros en un desesperado intento por organizarse y enfrentar el ataque. Densas columnas de oscuro humo se alzaban hacia el cielo desde el exterior del castillo. Por lo visto, los invasores pretendían prenderle fuego a la construcción y obligar así a sus habitantes a tener que huir para escapar de las llamas. Divisaron también a su padre que, con su armadura salpicada de rojo y llena de abolladuras, guiaba espada en mano las labores de defensa.

Ante la barbarie, que aumentaba su intensidad cada segundo, Azabache recuperó la diligencia y atravesó el patio como un celaje negro rumbo a las caballerizas traseras. Saltó por encima de los cadáveres, esquivó las carreras desbocadas de los soldados, y protegió a las niñas de las flechas que aún continuaban lloviendo sin pausa sobre ellos. Descendió a las mazmorras, hasta donde los persiguió el olor de la sangre derramada y los gritos de auxilio de los moribundos.

Ingresó a su cuarto y depositó a Rayén y a Rosa junto a una multitud de recipientes que contenían su tesoro de hojas, tallos y flores que se apretaban en un abarrotado y fragante aroma vegetal. De un manotazo derribó varios al suelo, buscando con celeridad uno en particular. Las dos pequeñas lo miraban en silencio, la respiración contenida, una sujeta a los despojos de su garza y la otra a la maceta donde la flor se mecía con un encanto indiferente a todo el estropicio que la rodeaba.

—¡Ésta es!

Azabache extrajo del interior de una vasija un tosco costal hecho de arpillera cerrado con un cordón de cáñamo. Lo abrió y vertió el contenido sobre su palma derecha, que recibió uno a uno las cinco vainas de forma alargada, de color castaño rojizo y de textura leñosa como la piel de un árbol. Pasó con delicadeza uno de sus enormes dedos sobre la cáscara reseca, madura a golpe de años de formación. Las había traído consigo desde su adorada isla; hacía tanto tiempo de eso que su memoria no consiguió recordar con exactitud los años transcurridos. Provenían de aquellas lejanas tierras de prodigios y milagros, donde un día las extrajo con la esperanza de hacer con ellas lo que su gente llevaba siglos haciendo.

Con presteza, Azabache presionó el alargado borde del fruto seco que, ante la presión, se partió en dos abriéndose como un estuche. En su interior había siete semillas redondas, aplanadas y de un color negro lustroso, como si estuvieran hechas de reluciente y pulido cuero. El esclavo las observó unos instantes. Tanto poder milenario atrapado en un simple manojo de granos de inocente aspecto.

Cuando terminó de vaciar cada una de las vainas, procedió a moler las semillas. Ante el total silencio y desconcierto de las hermanas, que no comprendían nada de lo que allí estaba ocurriendo, las fue partiendo por la mitad y machacando las unas contra las otras. Al cabo de unos minutos, todas habían quedado reducidas a un montoncito de polvo de gruesa textura que, con sumo cuidado, volvió a verter al interior de la bolsa.

Se chupó los dedos, limpiando hasta la última partícula. Al instante sintió una comezón que le recorría el paladar e iba en caída libre hacia el interior de su garganta. Sintió sus pupilas dilatarse de golpe, del mismo modo que si las hubieran apuntando con un haz de luz. Así, enormes y redondas, dejaron entrar todas las luces al interior de sus ojos, y por un segundo Azabache se vio a sí mismo flotando en destellos e incandescencia. Al parpadear, la sensación desapareció. Sólo le quedó el acelerado descontrol de su corazón que, latido a latido, fue calmándose hasta retomar su marcha habitual.

Cuando terminó se volteó hacia las mellizas, que no habían emitido sonido alguno, pero que no quitaban su mirada de lo que estaba haciendo.

"Confía. Estás en buenas manos", repitió la voz al interior de la cabeza de una de ellas.

Motivada por una contundente confianza de estar allí, en esa celda maloliente y en compañía de ese hombre tan enorme como protector, era lo mejor que podía ocurrirle, Rosa se acercó a Azabache. Sin soltar el cadáver de la garza, fijó su vista en aquellas otras pupilas de amarillo iris, y se preparó para lo siguiente.

—Necesito que confíes en mí —balbuceó el esclavo.

—Siempre he confiado en ti —respondió la niña.

Azabache miró a Rayén, que lo observaba con recelo desde la distancia y protegida por la maceta que continuaba sosteniendo como un escudo contra su pecho. Le hizo un gesto con uno de sus dedos, obligándola a aproximarse. Ella dio un par de pasos, no muy convencida. Él la tomó por la ropa y terminó de atraerla con un brusco tirón.

—No se muevan. Y, pase lo que pase, no dejen de confiar en mí —pidió con su pronunciación extraña, con palabras que parecían estirarse y resonar contra su paladar más allá de lo necesario.

Entonces derramó un poco del contenido de la bolsa de arpillera en la palma de su mano. Lo sostuvo frente a su boca durante unos instantes, armándose de valor para dar el siguiente y definitivo paso. Frente a la inminente muerte a manos de los invasores, él iba a regalarles la posibilidad de una vida que no iba a saber de finales y últimos alientos.

—Bienvenidas a mi mundo —dijo con el mismo tono humilde con el que se pide perdón ante un acto que ya no tiene arreglo ni marcha atrás.

Las hermanas ni siquiera alcanzaron a cerrar los ojos cuando Azabache sopló con gran fuerza aquel polvo que les cayó encima. Tampoco pudieron apretar los labios para evitar tragárselo. Con la misma rapidez que se sintieron cubiertas de aquel polvo, descubrieron que ya no quedaban rastros del mismo sobre ellas. Sus cuerpos lo habían absorbido a través de la piel, provocándoles un ligero dolor generalizado. Al instante, todo lo que las rodeaba desapareció tragado por un fogonazo de luz que tuvo su epicentro en sus propios pechos y que desde ahí se expandió a sus extremidades, abarcando todo lo que sus ojos podían llegar a ver. Sintieron como si sus pupilas se abrieran abarcando por completo sus ojos y su cabeza, como si engulleran cada molécula de luz que las rodeaba. Sus corazones crecieron hasta abarcarles todo el pecho, transformados en un músculo gigante que comenzó a palpitar cada vez más fuerte, más intenso, redoblando su velocidad, aumentando su bombeo, haciendo correr la sangre como una flecha por sus venas que ya no se daban abasto para tanto caudal desbocado. Atrás, atrás de todo, atrás del miedo, del desorden, de los estallidos, del ruido enorme de estar en medio de un huracán de pánico, se escuchaban nítidas las oraciones de Azabache, palabras en un idioma imposible de descifrar, mezcladas con sus ruegos que solicitaban ser perdonado y aquejando que ésa era la única manera de escapar al asedio del castillo.

El cuerpo de Rayén fue el primero en partirse en dos. Sin soltar la maceta de flor amarilla, se le fracturó su espina dorsal hacia atrás, uniendo la nuca con el reverso de sus muslos. Sus miembros se recogieron sobre sí mismos, convirtiendo piernas y brazos en pequeños muñones que apenas sobresalían del tronco central que también pareció tragarse la cabeza y la raíz del cuello. La piel se le llenó de nervaduras que latían carnosas por el exceso de savia que corría por sus venas e impulsaban el avance de las raíces que destrozaban las baldosas para incrustarse en la tierra en busca de minerales.

Rosa comenzó a temblar, cada vez de manera más convulsionada. Cerró los ojos y echó la cabeza hacia atrás. El cuerpo del ave cayó junto a sus pies, que se engrifaron como garras de ave de rapiña, al tiempo que sus brazos crujían al fracturarse desde la base misma del hombro hasta el hueso de la muñeca. Abrió la boca y escupió uno a uno los dientes, y su grito de dolor se confundió con el graznido que surgió desde lo más profundo de sus pulmones. Con un violento restallido de vértebras, el cuello se le alargó hasta que de tan delgado y extenso no soportó el peso de su propio cráneo, y cayó abatido hacia un costado a la altura de su cintura. La piel se le resquebrajó como un territorio atacado por la sequía, y un agrietamiento general hizo que la carne quedara al descubierto dejando a la vista un sanguinolento amasijo de músculos y tendones. Sobre aquella superficie roja y húmeda comenzaron a florecer minúsculos abultamientos blancos que fueron multiplicándose con febril aceleración, hasta que cada uno de ellos reventó por la presión, dejando brotar tiernas plumas que se expandieron al entrar en contacto con el aire.

Azabache avanzó hacia el centro de la celda, buscando el espacio suficiente para su transmutación. Vertió algo de polvo en su mano, cerró los ojos y se hundió en un pozo sombrío, tan conocido a esas alturas de su existencia. Respiró profundamente y llenó su pecho con el oxígeno cargado de humo y destrucción que se le metió por boca y nariz. El aroma a muerte ajena se adhirió a sus paredes internas, alborotó sus células e hizo bombear con más fuerza la sangre en su organismo. Un escandaloso tambor se adueñó del ritmo de sus pulsaciones, alterándolas a su antojo. Las sienes del esclavo latieron con tanta presión que su cabeza crujió como leña seca que arde en una hoguera.

Al comienzo, su cuerpo comenzó a vibrar en una breve oscilación. Azabache, que parecía anclado por los pies, se torció de tal manera que desafió por completo las leyes de la gravedad. El balanceo fue aumentando cada vez más el grado de inclinación: su frente casi tocaba la tierra y, al instante, se precipitaba en sentido contrario hasta que su nuca rozaba el suelo. La fluctuación aceleró a tal punto que transformó el cuerpo del hombre en una imprecisa mancha que emitía su propia luz.

En ese instante una puerta se abrió de un golpe impetuoso y la templada silueta del señor feudal apareció por el umbral. En una de sus manos sostenía su ensangrentada espada, mientras en la otra cargaba, firmemente sujeta por el pelo, una cabeza decapitada con rígida mueca de pánico. A través de la abertura del yelmo se pudo apreciar el pasmo que sus ojos acusaron al contemplar aquel inexplicable fenómeno que sucedía al interior de la estancia.

No había terminado de recuperarse de la impresión inicial, cuando una nube de polvo que no alcanzó a ver de dónde provenía le cayó encima y a través de las rendijas de su magullada armadura, le provocó una incontenible comezón en cada una de las articulaciones de su cuerpo. Sintió que su pellejo se derretía como la cera al contacto con el fuego. Antes de perder la conciencia y su estructura corporal de lo que siempre fue, alcanzó a escuchar una voz que serpenteaba por entre los vericuetos de sus células y que resonó con un brío tan enérgico que pareció convertirse en materia sólida incapaz de vencer y que le dijo sólo cuatro palabras que marcaron el inicio de su nueva existencia:

—Bienvenido a mi mundo.

Y de ese modo, la historia de aquella familia se hizo eterna y se convirtió en leyenda.

4

Palabras de aliento

—¡Amo esta ciudad! —exclamó Carlos Ule con una amplia sonrisa que se abrió paso a través de su bigote y dejó a la vista una blanca hilera de dientes.

Puerto Montt los recibió con un cielo encapotado de nubes tan bajas que daba la impresión que bastaría con estirar el brazo por encima de la cabeza para sentir su aspecto algodonoso. La larga costa principal, que corría paralela a la línea del mar, estaba invadida de vehículos, autobuses y peatones que se habían lanzado a la calle a disfrutar lo que se anunciaba como una apacible noche de viernes.

Fascinado, Fabián se pegó al cristal de la ventanilla de la Biblioteca Móvil y, sin siquiera pestañear, se tragó de golpe la infinita sucesión de fachadas de los diferentes negocios que a esa hora comenzaban a iluminarse, las enormes glorietas donde el tráfico se desordenaba hasta convertirse en un caótico nudo, e incluso la sorprendente imagen de un largo muelle techado que se abría camino sobre el océano apoyado en altísimos pilares de cemento. Por más que hizo el intento, no consiguió encontrar ni la más mínima similitud con Almahue, el pueblo donde nació y que nunca imaginó que abandonaría.

Como si hubiera sido capaz de leer en su espalda la enorme cantidad de sentimientos que alborotaban el espíritu del muchacho, Ángela dejó su posición en la parte trasera del vehículo, donde descansaba junto con Azabache, y se acercó al asiento del copiloto. Con infinito cariño le acarició la nuca. Era su manera de agradecerle una vez más el enorme esfuerzo que hacía al acompañarla en su travesía hasta Lickan Muckar. Fabián le tomó la mano y le besó el dorso. Ésa era su manera de responderle que la amaba y que por ella estaba dispuesto a recorrer el mundo entero si era necesario.

El profesor miró la hora en su reloj y dio un triunfal golpe al volante que cortó bruscamente las reflexiones de sus acompañantes.

—¡Todavía quedan unos minutos antes de que cierren la librería! —exclamó.

Sin esperar una respuesta a su entusiasmado anuncio, puso la primera velocidad, apretó el acelerador y velozmente dejó atrás el embarcadero donde había atracado el ferri *Evangelistas*. Ángela debió sujetarse con todas sus fuerzas del respaldo del asiento delantero para no salir despedida hacia el fondo, entre los libros, el canasto de víveres y el gato que tuvo que desplegar sus garras para poder asirse al piso. La Van se precipitó en una vertiginosa carrera que la hizo atravesar el muelle en sólo unos segundos, y se lanzó hacia la avenida principal en medio de bocinazos y amenazas de los demás conductores. Fabián se aferró al cinturón de seguridad y apretó los labios para evitar que un grito de terror se escapara sin control de su boca. Cuando vio que la Biblioteca Móvil se acercaba frenéticamente a un cruce donde el semáforo estaba a punto de cambiar de verde a rojo, cerró los ojos y se encomendó a la memoria de Ernesto Schmied, convencido de que su mejor y más querido amigo iba a proteger su vida.

—¡Agárrense! —escuchó de pronto del chofer.

El muchacho apretó los párpados con tanta fuerza que el negro absoluto en el que se sumió se llenó de chispas de colores. Fue así que escuchó el peligroso vibrar de la carrocería seguido de un desenfrenado rechinido de neumáticos y algunos insultos a los que no prestó atención, porque le parecieron el problema menos importante de la situación. Sintió que se le revolvió el estómago, igual que cuando acompañaba a algunos amigos de Almahue en sus labores de pesca y el mar se agitaba provocándole una sensación de brusco vacío en la boca del estómago.

Incapaz de evadirse del peligro por más tiempo, abrió uno de sus ojos, pero cuando vio que Carlos Ule estaba ingresando a una glorieta en sentido contrario, lo volvió a cerrar con urgencia. Después supuso que recorrían una calle en línea recta, pues la Van aumentó su velocidad y durante un buen trayecto no hizo ningún giro ni movimiento brusco.

El motor se detuvo de manera inesperada tras frenar abruptamente lo que por poco deja a los tres amigos y al felino estampados contra el cristal delantero.

—¡Llegamos! —sentenció el profesor al tiempo que salió despedido hacia el local frente al cual se estacionó.

Ángela abrió la puerta trasera y de un salto bajó a la acera, acompañada de cerca por Azabache, que arqueó el lomo en un intento por estirar sus cuatro patas entumecidas. La joven se encontró ante una antigua construcción de una planta, de techo cortado al centro por dos aguas, paredes algo descascaradas y atiborradas de grafitis, y un par de ventanas resguardadas por una reja metálica. Sobre una puerta de vidrio, en grandes letras negras pintadas sobre un cartel de madera que se veía claramente que no había sido retocado en muchísimos años, se leía "Librería La Providencia".

Carlos Ule avanzó hacia la entrada e hizo el intento de abrirla. Al ver que estaba cerrada por dentro gracias a un grueso candado, dejó escapar un frustrado suspiro de molestia y golpeó con impetuosa urgencia. Sin embargo, nadie acudió a abrirle.

—Llegamos tarde —se lamentó—. Vamos a tener que esperar hasta mañana.

—Pero mañana temprano tenemos que retomar nuestro camino hacia Lickan Muckar —dijo Ángela.

—Si queremos un diccionario del idioma kunza, éste es el único lugar donde se me ocurre que podríamos conseguirlo.

—Es más importante mi hermano que ese diccionario —afirmó la joven.

El profesor asintió en silencio. La serenidad con la cual Ángela contestó no le dejó espacio alguno para ninguna clase de negociación. Lo mejor era cambiar de tema, olvidarse del diccionario y buscar un buen lugar donde cenar y pasar la noche antes de que se hiciera más tarde.

—Bueno, entonces voy a llevarlos a conocer Angelmó —propuso—. Tengo un amigo que es dueño de un restaurante donde van a probar los mejores mariscos de su vida. Además, no nos va a cobrar porque nos conocemos desde hace años. ¡No olviden que tenemos que cuidar hasta el último peso para poder llegar hasta Lickan Muckar!

Antes de que tuvieran tiempo de responderle, Carlos Ule puso en marcha el motor que, luego de un par de interrupciones asmáticas, terminó por arrancar en medio de una fumarola que no presagiaba buenas noticias. Mientras desandaba la ruta hacia la avenida principal, esta vez a una velocidad mucho más razonable y moderada, el profesor les explicó que Angelmó era una pequeña bahía ubicada en plena ciudad, frente a la isla Tenglo, cuya fundación se remontaba a finales del siglo XIX.

—El origen de su nombre aún genera polémica entre los estudiosos, algunos lo atribuyen a la deformación del nombre Ángel Montt, un prestigioso médico que habría vivido en la zona —explicó sin que nadie quisiera interrumpirlo—. Pero como no hay documentación de la existencia de aquel personaje, me inclino a pensar que se trata de una etimología popular creada posteriormente.

Fabián dejó de prestar atención para concentrarse en el formidable atardecer que teñía de púrpura el techo de las nubes y llenaba de reflejos el mar que, poco a poco, se convertía en una gigantesca sábana negra que se hinchaba al compás de las olas. Ángela, en cambio, simuló permanecer atenta a las palabras del conductor y cada tanto movía la cabeza para demostrar que seguía con entusiasmo el hilo de la conversación.

—Haciendo caso a una de las teorías que plantea que el origen del término Angelmó es mapuche, su posible raíz léxica sería *ngeylmo* —ilustró con su mejor voz de docente, con la vista fija en la carretera y las manos aferradas al volante—. Para su conocimiento, *ngeyl* quiere decir "banco de mariscos", mientras que *mo* es un locativo que expresa la relación del lugar donde algo está o se realiza. ¿Entienden? Según esa hipótesis, Angelmó simplemente significa "lugar de mariscos". ¡Y ya se me abrió el apetito con tanta plática! —declaró con ímpetu.

Guió el vehículo hacia un centro turístico, ubicado en pleno borde costero, y lo estacionó cerca de un cartel que les daba la bienvenida. Luego de negociar con Azabache y de conseguir convencerlo que lo mejor que podía hacer era quedase al interior de la Van, se adentraron a lo largo de una serie de construcciones de madera que reunía muchos locales de artesanías autóctonas, que comenzaban a cerrar, un puerto de embarque repleto de botes y lanchones multicolores, algunos palafitos recubiertos de tejas de alerce y un mercado de mariscos y pescados al que se accedía luego de recorrer una explanada algo resbalosa a causa del agua que escurría de las cajas con productos marinos recién extraídos.

—Desde este malecón sale gran parte del transporte hacia Chiloé, Aisén, Laguna San Rafael y Puerto Natales —señaló, pero ya ninguno de sus compañeros parecía escucharlo.

Ángela se detuvo cuando descubrió un desvencijado teléfono público a un costado de una empinada escalera de madera, que conducía hasta la puerta del restaurante al cual Carlos Ule pensaba llevarlos a cenar.

—Mi madre... —alcanzó a decir y Fabián comprendió de inmediato lo que la joven pretendía hacer.

Entre los tres juntaron suficientes monedas para que pudiera hacer una llamada de al menos cinco minutos. Carlos, suponiendo que Ángela necesitaría privacidad para poder hablar con su progenitora, comentó que iba a adelantarse para encontrar una mesa. Cuando desapareció en lo alto de la escalera, Ángela abrazó a Fabián y le musitó al oído:

—Deséame suerte. Ni siquiera sé qué voy a decirle.

El muchacho la besó en una mejilla en un intento por infundirle todo su apoyo. Ella se alejó hacia el teléfono y,

luego de un hondo suspiro, comenzó a insertar las monedas en la ranura. Fabián subió entonces hacia el restaurante y se encontró con Carlos que, desde una esquina donde ardía una chimenea muy similar a la que Ernesto Schmied tenía en su despacho, le hacía señas para que se acercara. Examinó el menú con un ojo mientras que con el otro vigilaba a Ángela que movía los labios, auricular en mano y pegado a la oreja, al tiempo que sacudía con vehemencia una de sus manos. Por lo visto había conseguido comunicarse con su madre.

—Te recomiendo que pidas locos con mayonesa. ¡O un coctel de camarones! —aconsejó Carlos y se relamió el bigote con anticipación.

Pero Fabián sólo tenía sentidos para velar por Ángela, a quien distinguía en la penumbra del muelle gracias a un parpadeante farol que parecía estar a punto de apagarse para siempre. Ella continuaba con su efusiva conversación y parecía no darle tregua a su interlocutora.

Una robusta mujer, de mejillas tan rojas como las brasas que ardían al interior de la chimenea, se acercó a ellos y les regaló una amable sonrisa.

—Don Carlos, qué gusto verlo de nuevo por aquí. ¿Qué le traigo de beber? —preguntó.

—Agua mineral para mí —pidió el profesor.

—¿Y para el joven?

Fabián iba a contestar, pero un nuevo y rápido vistazo hacia el exterior le congeló la sangre en las venas: Ángela había desaparecido.

De un salto se levantó de la silla, sorteó a la desconcertada mujer, que se quedó inmóvil ante la brusca carrera del muchacho hacia la puerta, y se lanzó escaleras abajo brincando de dos en dos los peldaños.

—¡Ángela! —gritó con voz desgarrada de miedo.

El solitario ruido del mar al chocar contra el dique de cemento sólo aumentó su angustia. Se dirigió hacia el teléfono, intentando encontrar algún rastro de la muchacha en el suelo, pero la infinidad de charcos que humedecían el cemento habían borrado toda marca de sus huellas.

—¡Ángela! —volvió a gritar, y sintió que la noche se hacía aún más oscura en torno a él.

No voy a dejar que nada malo te pase. Recordó su propia promesa y un zarpazo de culpa le perforó las entrañas. Se maldijo por dejarla sola en un lugar desconocido. Se odió por haber entrado al restaurante. Tendría que haberse quedado ahí, acompañándola hasta verla colgar el auricular, para luego subir juntos y disfrutar de la fragante tibieza del local.

La boca se le llenó del agrio sabor del miedo. Quiso volver a gritar, pero el pánico ya se había apoderado por completo de sus cuerdas vocales.

Por un instante tuvo la sensación de que el suelo se inclinaba hacia un costado y luego hacia el otro, como si parte del continente se hubiera desprendido y se aventurara como una balsa de piedra mar adentro. Comprendió que se trataba de un súbito mareo que le revolvía las vísceras y no le permitía pensar con claridad. A tropezones se alejó del restaurante rumbo al muelle, desandando el camino que habían hecho luego de estacionar la Biblioteca Móvil a la entrada de la caleta.

De pronto, la intermitente luz del farol le permitió distinguir una encorvada silueta que se recortaba contra el brillo de plata del océano.

—¿Ángela? —balbuceó y todo su cuerpo permaneció en alerta.

Con infinito alivio identificó el lejano sollozo que cortó el silencio de la noche y una oleada de sangre caliente barrió en un instante con el temor que inmovilizaba sus extremidades. Corrió hacia ella haciendo salpicar el agua marina encharcada, y se lanzó hacia la figura cuya espalda temblaba al compás del llanto. La abrazó igual que un náufrago se aferra a una tabla en medio del mar, dispuesto a no dejarla ir nunca más. La besó con urgencia, enjugando sus lágrimas con ambas manos, susurrándole palabras tiernas y de consuelo que ni siquiera sabía que formaban parte de su vocabulario.

—Tuve que mentirle —gimió Ángela sin consuelo—. Le dije que Mauricio estaba aquí, a mi lado, y que muy pronto regresaríamos a casa.

Fabián le juró una y otra vez que rescatarían a su hermano de las garras de Rayén, que todo iba a salir bien, que efectivamente era cosa de días para que pudiera volver a su hogar a reencontrarse con su madre. Intentó darle a su voz el sentimiento de la certeza, para que no cupiera duda alguna de que sus palabras eran proféticas. Sin embargo, no surtieron el efecto esperado.

—Tengo miedo —murmuró la joven—. Tengo mucho miedo de fallar.

Y esta vez, ante la ausencia de nuevas palabras de aliento, fue el rumor del oleaje al chocar contra el muelle quien se hizo cargo de llenar, con su incansable eco, el pesimista silencio de la noche.

5
Buscando definiciones

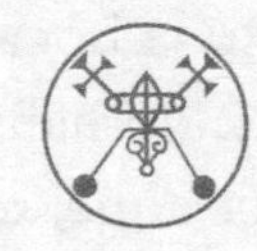

A pesar del profundo estado de tristeza en el que se encontraba sumida, Ángela percibió el tibio cosquilleo de la luz matutina sobre la piel de su rostro y supo que ya era hora de despertar. Sin embargo, decidió quedarse unos instantes más arropada por esa plácida sensación que le provocaba la vigilia, en donde el exterior era sólo un lejano recuerdo y lo único que importaba era el bienestar que se escondía tras los párpados cerrados.

Había soñado que trataba de escalar una enorme y resbalosa montaña de arena tan blanca y que le resultaba imposible asirse de la ladera para poder ascender. Cada vez que conseguía apoyar sus pies para darse impulso, la gravilla se escurría entre sus dedos, cual tierra líquida, y la mandaba de un violento impulso hasta el inicio de la cuesta. Por alguna razón desconocida, pero lo suficientemente poderosa como para poner en peligro su propia vida una y otra vez, debía llegar a la cumbre lo más rápido posible. En lo alto la esperaba una recompensa que iba a reparar todos sus tormentos y esfuerzos.

De pronto, la angustia por no poder llegar a la meta se convertía en el sentimiento más intenso del sueño. Adquiría tintes de desesperación, que la hicieron temblar de pies a cabeza en mitad de esa duna cada vez más alta e inclemente. Había abierto la boca para gritar su desconsuelo, pero ni un solo sonido había salido a través de sus labios resecos por culpa de aquel sol de plomo que brillaba sobre el desierto donde se encontraba. Hizo un nuevo intento, pero en su garganta no había ni el más mínimo rastro de voz. Un leve cosquilleo le inundó la tráquea. Tosió para expulsar lo que le estaba provocando esa picazón que iba en aumento. Sintió un suave roce avanzar por encima de su lengua mientras su paladar percibía algo voluminoso que crecía a cada segundo. Para su sorpresa escupió un hermoso pájaro rojo, empapado en su propia saliva, que aleteó frente a sus ojos durante unos instantes y alzó el vuelo directo hacia el disco de lava y fuego que coronaba el traslúcido cielo. Cuando bajó la vista hacia sus manos, descubrió que estaban teñidas del mismo color del pájaro y que cientos de pequeñas protuberancias a punto de reventar se apretaban las unas contra las otras sobre la superficie de su piel. Quiso volver a gritar, esta vez de dolor, pero tampoco lo consiguió. Justo en el momento preciso en que las ampollas comenzaban a estallar permitiendo que delicadas plumas emergieran, Ángela abrió los ojos y se encontró con un intenso rayo de sol cayéndole directo sobre el rostro.

Durante unos instantes, no supo dónde se encontraba.

Se incorporó sobre uno de sus codos y una puntada de dolor se le incrustó en la parte baja de la espalda, revelándole que había dormido en una posición incómoda. Se descubrió en la parte trasera de la Biblioteca Móvil, hecha un ovillo entre los estantes de libros, el canasto de víveres, y Azabache, que aún dormía a sus anchas a un costado de su cuerpo.

Por más que buscó, no halló rastros de Carlos Ule y Fabián.

Tardó unos instantes en recordar que estaba en Puerto Montt, que pasaron la noche al interior de la Van, pues habían decidido ahorrarse el dinero del alojamiento, y que luego de convencer al encargado de una gasolinera de veinticuatro horas, se estacionaron en su interior para así asegurarse un poco de su seguridad. Se asomó por la ventanilla y vio que sus acompañantes salían del interior del baño, frescos y renovados luego de asearse de pies a cabeza.

—¡Buenos días, señorita! —exclamó el profesor—. Le traemos desayuno a la cama —dijo con una sonrisa y le hizo una seña a Fabián para que le entregara un paquete de galletas de vainilla y un jugo de naranja en caja que, después de aquella larga noche de malos sueños y mal dormir, le supo delicioso.

Mientras se acomodaba la ropa e intentaba ordenar el escándalo de su cabello rojo en un moño tras la nuca, los dos hombres la pusieron al corriente de las actividades preparadas para ese nuevo día. Mientras esperaban a que ella terminara de comer y fuera al baño, iban a cargar combustible. La idea era tratar de llegar a la ciudad de Villarrica lo antes posible, ubicada a trescientos kilómetros hacia el norte. Si las cosas iban bien, y el motor del vehículo lo permitía, podrían incluso aventurarse a alcanzar Temuco. Eso les daba un total de casi cuatrocientos kilómetros recorridos en un primer trayecto. En Temuco cargarían nuevamente gasolina, buscarían alimento y estirarían las piernas, para luego continuar la ruta hasta Mulchén, a otras dos horas y media de camino. Para ese entonces ya sería de noche, y tendrían que buscar un nuevo lugar donde estacionar la bBiblioteca Móvil en espera de la llegada del siguiente día de viaje.

Luego de concluir con su detallada explicación de la aventura que esperaba por ellos, Carlos desplegó el mapa y se frotó las manos con entusiasmo.

—Pero antes de abandonar Puerto Montt, vamos a pasar por la librería de mi amigo —puntualizó—. No nos vamos a ir de aquí sin ese diccionario de idioma kunza.

Cada uno tomó asiento en su lugar habitual e inmediatamente después el profesor insertó la llave del vehículo para encenderlo. Cuando la hizo girar, y todos se prepararon para soportar el habitual temblor de latas que siempre acompañaba al ronroneo inicial del motor, un preocupante ruido se escapó desde el interior del cofre. Carlos hizo un nuevo intento y pisó el acelerador para facilitar el paso de combustible, pero esta vez el estruendo fue aún mayor. Una fumarola oscura escapó por entre las rendijas de la carrocería anunciando que el daño era más grave de lo que suponían.

Ninguno de los tres emitió palabra. Se quedaron en silencio contemplando a través del parabrisas el humo que ocultó por unos instantes el paisaje.

—¿Y ahora qué hacemos...? —musitó Ángela haciendo un enorme esfuerzo por contener las lágrimas de frustración.

—Tranquilos —los calmó el profesor y apretó su bigote en una mueca de desazón—. No se olviden que estamos en una gasolinera. ¡Aquí mismo nos van a ayudar!

Saltó fuera del vehículo y corrió a conversar con uno de los empleados del establecimiento. Fabián se giró hacia la joven, que apretaba nerviosa a Azabache contra su pecho y se mordía el labio inferior en un intento por disimular el temblor de su mentón.

—No vamos a llegar a tiempo a Lickan Muckar —se lamentó.

—Rescataremos a tu hermano. Te lo juro —sentenció él y le tomó la mano.

—¡Fabián, llevamos dos días de viaje y todavía estamos en Puerto Montt! —exclamó—. Y este auto se está desarmando... ¡No vamos a encontrar con vida a Mauricio!

Sin que el muchacho pudiera evitarlo, Ángela saltó fuera de la Van y caminó hacia la acera. Escuchó las cuatro patas del gato avanzando tras ella. Por lo visto ese animal se había tomado muy en serio la tarea de no dejarla sola, sucediera lo que sucediera. "Su devoción es incondicional", reflexionó la joven al tiempo que dio un respiro hondo que le permitió calmar el desbocado latido de su corazón.

"Rosa, ayúdame. Por favor".

Todo tiene una razón de ser. No te olvides nunca de eso. Tal vez aún no lo sabes, pero en la leyenda, Baltchar Kejepe *será derrotada por la* Liq'cau Musa Lari.

Ángela volteó hacia el auto y vio que Carlos Ule ya había abierto el cofre y que un par de empleados tenían medio cuerpo metido en el motor. Un tercero comenzaba a deslizarse bajo el vehículo con varias herramientas en las manos. Un sentimiento de alivio la tranquilizó: por lo visto, el problema tenía arreglo y ya estaban trabajando en él.

—El radiador está dañado —le explicó Fabián cuando se acercó a ella—. Al parecer no resistió el esfuerzo de tantas horas de viaje.

—¡Pero si no llevamos ni quinientos kilómetros recorridos! —se angustió la joven—. Y todavía nos quedan tres mil...

—Vamos a llegar, Ángela. Yo te prometo que vamos a llegar.

Carlos los alcanzó mientras se limpiaba las manos llenas de grasa en un pañuelo que, muy probablemente, su esposa había lavado con esmero y dedicación un par de días antes y que luego de esa jornada ya no iba a servir más.

—Me aseguran que van a dejar la Biblioteca Móvil mejor que antes —anunció—. Eso significa que vamos a recuperar el tiempo perdido al acelerar aún más en la carretera. ¡Créanme, no hay de qué preocuparse!

Como los jóvenes no supieron identificar si el entusiasmo de su voz era real o, por el contrario, un gran acto de simulación para no hacer cundir el pánico, decidieron que no tenían más alternativa que confiar en la habilidad de los mecánicos y rogar que muy pronto pudieran estar nuevamente en la ruta. Tal como lo tenían previsto, se echaron a andar hacia la librería "La Providencia" que, para su fortuna, quedaba sólo a algunas cuadras de distancia.

Carlos aplaudió de alegría cuando comprobó que el negocio estaba abierto. Lo vieron perderse a través de las puertas de vidrio y desaparecer al otro lado de enormes columnas de libros que se alzaban desde el suelo hasta casi tocar el techo. El aire al interior de la librería provocaba un leve escozor en las fosas nasales, producto del polvo que se acumulaba en los miles de volúmenes que se ofrecían a la venta. Sus ojos tuvieron que acostumbrarse a la penumbra del lugar, que les recordó más una cueva perdida en mitad de la nada que un local comercial situado en medio de un céntrico barrio de Puerto Montt.

Ángela recorrió con la vista las interminables hileras de lomos de todos los tamaños y colores. Ahí estaban los clásicos que había leído durante su infancia, muchos de ellos en ediciones con encuadernados de cuero antiguos y gastados en los que ya eran casi ilegibles los títulos. Algunos metros más adelante encontró una sección dedicada a temas esotéricos, astrología y su relación con los signos zodiacales, magia blanca, ovnis y brebajes mágicos capaces de curar cualquier dolencia.

Brebajes mágicos. Ese título le recordó a Rosa y no pudo evitar sonreír. Comprendió que la extrañaba y que se le hacía difícil concebir un futuro en donde su amiga no estuviera presente. ¿Qué significaba eso? ¿Que iba a permanecer el resto de su vida en Almahue? Era la única alternativa que vislumbraba para poder permanecer junto a ella, ya que no imaginaba a Rosa viajando hasta Santiago, para instalar ahí su taller de alfombras y continuar con su cultivo de hierbas y plantas medicinales.*Continua avanzando, Ángela. Sigue buscando.*

Giró la cabeza para ver quién le había hablado, pero se encontró sola en medio de la apacible penumbra de la librería. Al fondo del local alcanzó a ver a Carlos que hablaba, haciendo grandes aspavientos, con el que parecía ser el encargado del local. Por su parte, Fabián estaba cerca de la puerta de entrada, vigilando a Azabache que ronroneaba y daba brinquitos en el camino sobre un amarillo charco de luz solar.

No te distraigas. Sigue buscando.

¿Quién era? Por más que se esforzó, no consiguió identificar aquella voz, una voz que ni siquiera estaba segura de escuchar a través de sus oídos. Era como si cobrara forma y sonoridad al interior de su cabeza. Le pareció que sus pensamientos se articulaban a través de un sonsonete audible y no sólo como una idea abstracta.

Y fue ésa la explicación lógica que se dio de por qué escuchaba que *alguien* le ordenaba a seguir adelante en su búsqueda al interior de librería. Su otra alternativa era la locura, cosa que tampoco le pareció tan descabellado, considerando todo lo que había vivido en tan poco tiempo.

Ángela continuó avanzando por un pasillo bordeado por dos enormes libreros de repisas arqueadas por el peso de su valiosa carga. La gastada alfombra del suelo, de un color imposible de definir a causa del tiempo y de la infinidad de pasos que había soportado, se tragó el ruido de sus zapatos. Paseó una y otra vez la vista por los diferentes anaqueles, sin saber qué debía buscar.

Vas bien. Vas muy bien.

Un escalofrío de inquietud le recorrió el cuerpo: en esta ocasión, la voz había sonado con tanta fuerza y claridad en sus oídos que pudo incluso escuchar el resuello que acompañó la pronunciación de cada palabra.

—¡Ángela!

Escuchó a Carlos Ule que la llamaba con urgencia desde algún lugar de la librería, pero decidió hacer caso omiso y proseguir con su búsqueda. *La historia de los mayas*, *Primeros habitantes de Mesoamérica*, *Mitos y leyendas*, fueron algunos de los títulos que leyó de un rápido vistazo. Por lo visto había llegado a la sección de historia y ciencias sociales. Su alma de antropóloga dio un respingo de interés ante la infinidad de volúmenes que exploraban diversos temas sobre los cuales tantas veces escuchó hablar en la universidad. *Ritos de iniciación, Travesías coloniales, Pueblos originarios de América Latina,* fueron algunos de los encabezados que alcanzó a repasar en la siguiente repisa.

Un poco más. Ya casi llegas.

¿Hacia dónde la empujaba aquella voz al interior de su cabeza? ¿Qué debía encontrar?

De pronto, una mano se posó bruscamente sobre su hombro derecho. Ángela dio un pequeño grito que asustó al recién llegado y que la hizo tambalear hacia un costado haciéndola perder el equilibrio, lo que provocó que buscara apoyó sobre una de las hileras de libros, varios de los cuales cayeron y levantaron el polvo de la raída alfombra. El moño detrás de su nuca se deshizo con el brusco movimiento, y su cabello alborotado le cubrió parte del rostro que tardó varios segundos en reponerse de la impresión.

—¡Soy yo, soy yo! —exclamó Carlos Ule alzando los brazos—. ¿No me oíste que estaba llamándote? ¡Sorpresa!

Con gran ceremonia, el hombre exhibió frente a sus ojos un grueso y viejo empaste que rezaba en su tapa: *Diccionario Kunza/Español.*

Mira hacia tus pies, Ángela. Ahí está lo que buscas.

La joven bajó la vista hacia el suelo, donde estaban los libros que habían caído. Eran varios volúmenes, todos muy viejos, de amarillentas páginas y cubiertas algo desteñidas por el paso del tiempo. Se sintió infinitamente ridícula de estar obedeciendo una voz que no podía precisar de dónde surgía y que guiaba sus movimientos.

—Por favor, repíteme las palabras que necesitas traducir —la urgió el profesor.

Ángela hizo un esfuerzo por recordar, sin levantar sus ojos de aquellos libros que yacían junto a sus zapatos.

—La leyenda en la que *Baltchar Kejepe* será derrotada por la *Liq'cau Musa Lari* —dijo.

—La leyenda de *Baltchar Kejepe* —repitió Carlos y comenzó a pasar las páginas—. *Baltchar... Baltchar...*

La joven se arrodilló sobre la alfombra y paseó la vista por los diferentes títulos que continuaban a la espera de que ella supiera cuál elegir. "¿Qué hago?", se dijo en silencio, y se acomodó un mechón de su cabello tras la oreja.

—*Baltchar* significa "malo" en kunza —exclamó Carlos—. Ahora veamos qué quiere decir *Kejepe*...

Tratado sobre la cultura Tolteca, fue el primero de los volúmenes que alzó del suelo y se entretuvo hojeando durante unos instantes. Uno de los capítulos explicaba, con lujo de detalles a juzgar por la enorme cantidad de páginas que dedicaba al tema, la evolución de la lengua náhuatl y los motivos que lo llevaron a ser adoptado como la lengua oficial de gran parte de mesoamericana.

"*¿Esto*? *¿Esto es lo que tengo que descubrir?*", reflexionó con desilusión al sentirse incapaz de encontrar un sentido a lo que estaba ocurriendo.

No te desanimes. Busca otro.

—¡*Kejepe* significa "amor"! —indicó Carlos luego de hallar el significado en una de las páginas del diccionario—. Entonces, la leyenda de *Baltchar Kejepe* se puede traducir como...

—*La leyenda del* malamor —remató Fabián la frase, acercándose a ellos con Azabache en brazos.

El profesor abrió los ojos y la boca y tardó unos segundos en reponerse de la impresión.

—¿Te das cuenta lo que esto significa? —murmuró sintiendo que todos los poros de su piel se alzaban al unísono—. Esto quiere decir que la historia de Rayén y los transmutadores se remonta a muchísimos siglos atrás. ¡Si mal no recuerdo, el kunza ya se hablaba en la zona del Atacama alrededor del año 500 después de Cristo!

Los dos hombres esperaron alguna reacción de Ángela frente al descubrimiento que acababan de hacer, pero ella sólo parecía interesada en examinar los libros que habían caído desde la repisa.

El gato se zafó del abrazo de Fabián y cayó sobre sus cuatro patas sin hacer el menor ruido. Avanzó ronroneando hacia Ángela, dando saltitos sobre los ejemplares que le bloqueaban el paso.

—Sigue traduciendo —lo apuró Fabián.

El profesor repasó el resto de la oración:

—En la leyenda de *Baltchar Kejepe*, o sea, en la leyenda del *malamor*, será derrotado por la *Liq'cau Musa Lari* —enunció.

—¿Cómo...? ¡¿Entonces es posible derrotar a esa maldición?! —gritó Fabián conmocionado.

Con plena conciencia de que estaba a punto de descubrir un evento que cambiaría por completo el curso de las cosas, Carlos recorrió sus manos temblorosas e impacientes hasta la página donde se señalaban las palabras que comenzaban por la letra L, en busca de *Liq'cau*.

Azabache arañó la cubierta de uno de los libros, lo cual llamó la atención de Ángela. Ella alzó con sumo cuidado un estropeado volumen de tapas negras y cuartillas translucidas y carcomidas. Al parecer los años habían despegado las hojas del lomo, y bastaba un simple soplido para terminar de desarmar el ejemplar y reducirlo a un puñado de fragmentos. Buscó el título, escrito en letras mayúsculas y algo desteñidas: *Nahuales en México*.

Un certero maullido pareció empujarla a abrir la primera página.

—¡*Liq'cau* quiere decir "mujer"! —bramó Carlos cada vez más entusiasmado.

—¿Mujer? ¿Eso significa que sólo una mujer puede derrotar a la maldición del *malamor*? —preguntó Fabián tan eufórico como el profesor.

Ángela buscó el índice del libro pero no encontró ninguno. Así que no tuvo más remedio que hojear algunas hojas para intentar descubrir si reconocía alguna referencia que pudiera haber estudiado en la universidad, y que le sirviera de punto de partida para entender qué era exactamente lo que estaba investigando.

Azabache volvió a maullar con obstinación. Y de un salto se trepó a las rodillas de la joven.

"Mejico es la cuna de la leyenda de los nahuales. Tú, lector de este tratado, debes saber que la historia de los nahuales va más allá de la tradición popular, para el pueblo mejicano estos seres son tan de carne y hueso como lo fue nuestro docto San Agustín".

—*Musa* es "cabello" —anunció Carlos Ule, los ojos fijos en las páginas del diccionario—. ¡Cabello! —repitió mientras se lanzaba a buscar el significado de la última palabra que le quedaba por traducir.

Por su parte, Ángela se levantó con el libro en las manos, dejando caer al gato, y se acercó a una de las ventanas del local en busca de luz para continuar leyendo. Algunos párrafos estaban casi ilegibles a causa del moho que había atacado el papel y de la tinta desteñida por la humedad. Arropada por los rayos del sol que atravesaban los opacos vidrios, también cubiertos de polvo, prosiguió con lectura:

"El nahual es un ser mitológico de origen mejicano. Los primeros frailes que recogen la palabra creen que deriva de la palabra *doble* o *espíritu* en náhuatl. Según la tradición, los dioses mayas, toltecas y mexicas podían convertirse en animales y así hablar con la gente. Un dios podía transformarse en uno o dos animales que...". Ángela suspendió la lectura con la certeza de que había encontrado lo que buscaba. Volteó la cabeza hacia Azabache que, desde el suelo y sobre los demás volúmenes, se lamía una pata con expresión satisfecha.

Estás en lo correcto. Te felicito.

—¡Y *Lari* quiere decir "rojo"! —sentenció Carlos Ule cerrando de un brusco golpe el diccionario.

—Entonces eso quiere decir que en la leyenda del *malamor,* éste sólo será derrotado por... por la mujer de cabello rojo... —alcanzó a decir Fabián antes de que su cuerpo entero se estremeciera al descubrir la imagen de Ángela, de pie frente a la ventana, leyendo concentrada un libro, mientras la llamarada insolente de su cabello ardía como fuego iluminada por los rayos del sol.

Fabián comprendió que la búsqueda había llegado casi a su final: la respuesta siempre había estado ahí, al alcance de sus ojos enamorados.

6
Protegidas de todo mal

A diferencia del funeral de Ernesto Schmied, al entierro de Silvia Poblete y su hijo Egon no acudió nadie. No fue posible comunicarse con el sacerdote que todavía no regresaba de sus labores de pastor en Puerto Chacabuco, así que no les quedó más remedio a Rosa y Elvira que hacerse cargo de la situación. Con la ayuda de un algunos sobrevivientes del terremoto, que empacaron sus pocas pertenencias para abandonar Almahue lo antes posible después de enterrar a sus familiares y vecinos, trasladaron los cadáveres hasta el pequeño y derruido cementerio, para ubicarlos en un par de fosas.

Luego de cubrir con tierra las dos sepulturas e improvisar sendas cruces con trozos de madera que encontraron entre los escombros, las dos mujeres se tomaron de la mano e improvisaron unas plegarias en honor de aquellas dos personas que habían abandonado el mundo de una manera tan trágica. Elvira creía firmemente que, luego de un violento accidente o de una muerte inesperada, el alma del difunto permanecía en el lugar de los hechos, desconcertada y errante, en busca de una luz divina que guiara sus pasos directo hacia el portal que comunicara con el Más Allá. Por lo mismo, estaba segura de que su patrona y Egon iban a necesitar muchos rezos y velas para conseguir desprenderse de todo el dolor y sufrimiento y poder ascender hacia lo alto, donde seguramente aguardaba por ellos el patriarca de la familia.

La luz del atardecer alargaba las sombras de las cruces y de las dos visitantes hasta la orilla misma del mar, convirtiendo todo a su paso en infinitos trazos negros dibujados sobre el verde de las praderas. Hasta el agua del fiordo estaba quieta en señal de duelo, similar a la plácida superficie de una gigantesca piscina, y reflejaba a la inversa el perfil lejano de las montañas nevadas. Nada de olas, ni viento, ni aves alborotando en el cielo. El día iba poco a poco cediendo su presencia al arribo de la noche. Con ella arrastró el frío para azular las piedras, congelar los charcos y apurar las labores de Elvira y Rosa, que sintieron de pronto cristalizarse el vaho tibio entre sus labios.

Cuando regresaron a la casa, cansadas y cubiertas de tierra del camposanto, las recibió el característico aroma vegetal que siempre emanaba del interior de la cocina de Rosa. Sin que ninguna lo confesara, el sólo hecho de dejarse envolver por ese olor proveniente de la infinidad de macetas que poblaban la repisa sobre el fregadero, las hizo sentirse a salvo de las inclemencias del exterior. Se imaginaron a bordo de una isla que, a pesar de navegar a la deriva en aguas peligrosas e impredecibles, las protegía de cualquier embate de la naturaleza.

Elvira se dedicó a encender con devoción un par de velas en la sala, mientras Rosa continuó su camino directo hasta la cocina, donde puso agua a calentar. Hasta ahí le llegaron los murmullos de las rogativas de su huésped que, a viva voz, oraba con infinita fe:

"Buen Jesús, que durante toda tu vida te compadeciste de los dolores ajenos, mira con misericordia las almas de nuestros seres queridos que están en el Purgatorio. Oh, Jesús, que amaste a los tuyos con gran predilección, escucha la súplica que te hacemos, y por tu misericordia concede a aquellos que te has llevado de nuestro hogar gozar del eterno descanso en el seno de tu infinito amor".

—Amén —murmuró Rosa, y sin poder evitarlo recordó las interminables oraciones que su nodriza repetía cada noche al pie de su lecho.

Algo parecido a la nostalgia le acarició con dulzura su corazón. Y, una vez más, comprobó con satisfacción que su hogar en Almahue olía del mismo modo que aquella enorme recámara de paredes de piedra y estrechas ventanas que ocupaban una buena parte del torreón.

Hizo el intento de descubrir por qué su mente había retrocedido tantos años, y concluyó que se debía a las plegarias que escuchaba en boca Elvira desde la sala. Poseían la misma cadencia y devoción que los murmullos articulados por Azabache, aquel lejano día de la tragedia.

Azabache. Hacía falta su presencia en esa casa. No conseguía acostumbrarse al paso del tiempo sin su presencia fiel y silenciosa rondando entre los muros de madera. Eran ya muchos años de inseparable compañía. ¿Cuántos? Demasiados, suspiró Rosa... Demasiados.

Sacó del interior de uno de los anaqueles su enorme caldero de metal y lo dejó sobre una de las hornillas de la estufa. De pronto se detuvo, sorprendida de sus propios actos. ¿Por qué había hecho eso? ¿Qué involuntario impulso la había llevado a tomar aquel caldero en el que exclusivamente preparaba sus infusiones?

Árnica, escuchó al interior de su cabeza.

¿Árnica? ¿Acaso debía comenzar a elaborar un nuevo brebaje? ¿Y con qué finalidad, si ya no quedaba nadie en Almahue qu fuera a necesitarlo?

Árnica... Vamos, hija. Necesitas jugo de himauve, clara de huevo fresco, semillas de spilión y zaragatona...

Rosa permaneció unos instantes inmóvil en mitad de la estancia. Los siglos de comunicación con su madre le habían dado la facultad de adivinar, en cosa de segundos, las intenciones ocultas tras aquellas ordenes que llegaban de manera directa a su mente. Era capaz de acertar, sin margen de error, los propósitos que escondían las peticiones de Ágata, quien, desde el privilegiado lugar donde se encontraba, era capaz de anticiparse a los eventos.

Repite conmigo, hija.

"La árnica es una de las doce plantas sagradas de los Rosacruces y es un remedio externo muy popular para combatir golpes y magulladuras en la piel", se dijo a sí misma mientras extendía sus largos y delicados dedos por encima de las macetas en busca de la hoja exacta para comenzar el cocimiento. "La zaragatona es una especie herbácea de hojas alargadas y muy estrechas, que aplicada a modo de compresa cura de manera instantánea úlceras e irritación a consecuencia del exceso de sol", repasó de manera veloz y acertada.

Luego vas a pulverizar un poco de cal y la vas a mezclar con jugo de rábano picante, hasta formar un ungüento de suave textura y fácil aplicación.

Aún no comprendía el motivo por el cual su madre la estaba obligando a preparar una crema que sanaba quemaduras y llagas, si en Almahue la temperatura estaba descendiendo a pasos agigantados y no existía ni la remota posibilidad de que alguien se asoleara más de la cuenta.

En Almahue no. Pero en Lickan Muckar sí.

Rosa suspendió la búsqueda del huevo fresco que pensaba partir sobre el agua que ya comenzaba a burbujear al interior del caldero, y se llevó una mano a la boca ahogando una exclamación de honda preocupación. *¡Ángela!* No necesitó ningún tipo de ayuda de Ágata para verla medio muerta sobre las arenas del desierto, deshidratada, con la piel reseca por los implacables rayos que caían como flechas de fuego desde el cielo, y desnutrida por la ausencia total de alimentos.

No la abandones, Rosa.

No, claro que no iba a abandonarla. Ni la ausencia ni los miles de kilómetros que las separaban ni el temor paralizante de volver a estar una vez más frente a frente a su padre, iban a ser impedimento suficiente para que acompañara a la forastera en aquella hora decisiva que se avecinaba.

Jugo de himauve, clara de huevo, semillas de spilión, hojas de zaragatona, cal molida y jugo de rábano picante, repitió sin descanso hasta que consiguió la contextura exacta que el ungüento requería para hacer efecto. La mezcla final resultó ser una pasta blancuzca muy parecida a la masa para hacer pan. La cocina se llenó con un intenso aroma a clorofila y savia, que la hizo respirar sólo por la boca para evitar que su nariz se adormeciera por aquel penetrante perfume que le recordó el bosque húmedo de Almahue luego de una densa lluvia de varios días. Dejó reposando la preparación al interior de una fuente de vidrio y la cubrió con un paño de algodón. Allí, durante el paso de las siguientes horas, la argamasa terminó de adquirir su consistencia cremosa y refrescante que la ciega estaba segura aplicaría de urgencia sobre las dramáticas heridas de su amiga.

Y, por desgracia, esta vez Rosa tampoco se equivocó.

7
Espíritus de la naturaleza

—Según las tradiciones indígenas mesoamericanas, cada persona al momento de nacer trae consigo el espíritu de un animal, al que se le conoce con el nombre genérico de "nahual", que lo protege y guía a lo largo de toda su vida. De ese modo, de acuerdo con el día de su nacimiento, le otorga fuerzas o efectos que le permiten llevar a cabo su misión, con la permanente protección e intervención de su nahual que usualmente se manifiesta como una imagen que aconseja y protege del mal a través de sueños, o con una clara afinidad al animal que lo tomó como protegido...

Ángela suspendió la lectura en voz alta, algo cansada de tener que competir con el persistente sonido del motor de la Biblioteca Móvil, para que sus interlocutores escucharan la narración. Además, le dolían los ojos por la falta de luz y por más que pestañeó varias veces, no consiguió hacer desaparecer el malestar en sus lagrimales.

—¡Continúa! —suplicó Carlos Ule, las manos aferradas al volante y la vista fija en la carretera oscura que el parabrisas se iba devorando con celeridad.

Un letrero que anunciaba que aún quedaban veintidós kilómetros para llegar a Mulchén pasó como una nube por el costado derecho del vehículo, y con su inesperada presencia le renovó las energías al grupo de viajeros. Eso significaba que en muy poco tiempo estarían en el destino final elegido para esa jornada de viaje. De ese modo podrían descansar, reponer fuerzas y continuar la marcha al día siguiente totalmente recuperados y con nuevos bríos.

—Ya no puedo seguir leyendo —se rindió Ángela y dejó a un lado el deshojado *Nahuales en México*, que no había tenido más remedio que comprar en la librería La Providencia de Puerto Montt.

—No te preocupes —la consoló Fabián y con un gesto de sus manos le pidió que le pasara el libro.

El muchacho encendió una de las luces del techo, cerca del espejo retrovisor, y allí se acercó la deteriorada página. Como por arte de magia, las letras negras parecieron recobrar de inmediato su intensidad sobre el amarillento papel que las contenía.

—Los nahuales, también conocidos como "los espíritus de la naturaleza", son criaturas metamórficas capaces de cambiar a voluntad su forma física en cualquier forma animal o, incluso en algunos niveles superiores, en otras formas humanas —leyó sin siquiera respirar—. Sin embargo, por medio de rituales mágicos, los brujos y chamanes pueden establecer un fuerte vínculo con su nahual, de modo que sus sentidos se agudizan notoriamente. Hay algunos elegidos que, por medio de brebajes e inhalaciones de sustancias naturales obtenidas de bayas o raíces, logran transformarse en su animal guía. A esos seres especiales se les conoce como "transmutadores"...

El muchacho hizo una pausa para intentar asimilar toda la información que se desprendía de aquel párrafo que acababa de repasar. En ese instante, el auto dio un pequeño salto sobre sus amortiguadores y los cuatro pasajeros —tres humanos y un gato— se despegaron por un instante de sus asientos y volvieron a caer con estrépito en el mismo sitio.

—Perdón —se excusó el profesor—. No vi un hoyo en la carretera.

Ángela sintió el cuerpo de Azabache frotarse contra una de sus piernas, como si pudiera adivinar que ella aún no dejaba de temblar desde que abandonaron la librería para retomar su camino. Y no temblaba precisamente de frío, ya que a medida que iban avanzando hacia el norte las temperaturas se hacían más templadas y menos extremas como en la Patagonia; temblaba porque no conseguía sacarse de su cabeza aquella terrible sentencia que Rosa le había lanzado allá en Almahue, sin mayores aspavientos, pero que la condenaba a ser la única capaz de enfrentarse a Rayén y su poderío de siglos: el *malamor* será derrotada por la mujer de cabellos rojos.

Se abrazó a sus propias rodillas, sentada en la parte trasera de la Van. Cerró los ojos buscando en la oscuridad un poco de consuelo y calma. Sin embargo, todo lo que conseguía ver, incluso en el negro más absoluto que la rodeaba, era el rostro de Rayén, sus ojos de fuego y su risa de huracán que la señalaba con un larguísimo dedo más parecido a la rama de un árbol que a una de las extremidades de su mano.

Ella era la elegida.

Todo tiene una razón de ser. Las palabras de Rosa comenzaron a adquirir sentido a la luz de los nuevos acontecimientos. Si eso era cierto, entonces todo... *todo*... lo que había vivido en las últimas semanas era parte de un perfecto engranaje puesto en funcionamiento para llevarla al interior de un maltrecho automóvil, camino hacia un pueblo perdido en mitad del desierto. La pelea con Patricia en Santiago en relación a aquella tarea universitaria que su mejor amiga presentó como propia; la partida de la joven a Almahue y el video que le envió al celular suplicándole ayuda; su viaje hasta el fin del mundo; la lectura de los diarios de Ernesto Schmied y Benedicto Mohr, que la hicieron parte de una leyenda que resultó tan cierta como peligrosa; el terremoto, la desaparición de Mauricio a manos de Rayén; las semillas del cebil que rescató de las profundidades de la grieta y que aún conservaba en el bolsillo de su pantalón. Cada uno de los acontecimientos a los cuales se había tenido que enfrentar representaba una pieza de un complejo rompecabezas elaborado hacía mucho tiempo, y del que aún no conseguía ver la imagen final.

El gato se pegó aún más a sus costillas, como si quisiera transmitirle algo del calor de su pelaje a su cuerpo entumecido por el miedo y la incertidumbre.

¿Cómo se iba a enfrentar a Rayén cuando la tuviera de frente?

—La facultad de los nahuales de cambiar de cuerpo en cuerpo, virtud que recibían como obsequio de otros más aventajados y ancianos, podía ser utilizada para el bien, ya que su extraña condición los ponía en contacto con el mundo sobrenatural y de esa manera eran testigos de prodigios y enseñanzas que luego transmitían al resto de los humanos —continuó leyendo Fabián en el asiento delantero—. Pero sus poderes también solían ser usados para otros propósitos, como la maldad y la destrucción. Es por eso que a los nahuales normalmente se les teme y no se aconseja establecer ningún tipo de comunicación con ellos.

—¡Esto es impresionante! —exclamó Carlos Ule—. Es como si la historia de la humanidad estuviera basada en mitos y leyendas que tienen que ver con estos extraños seres. Están en todas partes, en todos los países y en todas las épocas de las que se tenga registro —reflexionó.

Mulchén, doce kilómetros, anunció un nuevo cartel carretero.

—A cada día del mes se le asocia un nahual, que se organizan según el calendario ritual de 260 días llamado *Cholq'ij* —prosiguió el muchacho—. Dicho calendario cuenta con 13 meses de 20 días, por lo tanto, son sólo veinte los nahuales identificados. A cada uno de nosotros corresponde un nahual según nuestra fecha de nacimiento. El almanaque fue utilizado desde tiempos pasados para pronosticar la llegada y duración del periodo de lluvias, tiempos propicios para la cacería y pesca, para celebrar adecuadamente ceremonias rituales y religiosas, al igual que para vaticinar el destino de las personas.

Ángela prestó atención al nuevo párrafo que Fabián se esforzaba por leer en voz alta, con perfecta dicción. Eso era una novedad: a cada día del mes se le relacionaba con un nahual distinto. ¿Qué clase de seres serían esos nahuales? ¿Felinos? ¿Aves? ¿Peces milenarios? Y si eso era cierto, ¿cuál sería el ser especial asociado a ella según su fecha de nacimiento? ¿Estaría ahí la clave que presagiaba el resultado de su lucha cuerpo a cuerpo con Rayén?

La Van volvió a caer dentro de un nuevo hoyo, que los hizo rebotar en sus asientos y desordenó los libros en los anaqueles.

—¡Perdón! —exclamó una vez más Carlos Ule.

Pero a Ángela no le importó. Mantuvo los ojos cerrados, blindada y protegida de cualquier peligro en esa burbuja negra en la cual iba a continuar flotando siempre y cuando mantuviera los párpados abajo. Ahí se sintió a salvo, más allá de todo mal o acecho, y jugó a que nada de lo que la rodeaba existía. La voz de Fabián leyendo en un interminable sonsonete un nuevo fragmento de aquel libro, fue de pronto sepultada por el total silencio que se adueñó de su reino de tinieblas. La vibración del vehículo quedó atrás, al otro lado del mundo real. Se sintió elevada hacia este nuevo lugar creado sólo para ella, un lugar que escapaba al tiempo y el espacio, y en el que estaba suspendida en medio de la nada, antes del caos, antes del *big bang*, mucho antes de que una primera célula comenzara a dividirse para dar paso a la humanidad. Desde ahí pudo presenciar y ser parte del incipiente soplo de luz emitido por una de las galaxias que orbitaban sobre ella. También admiró el nacimiento de una estrella y fue testigo del preciso momento en que un brote nació sobre la tierra recién parida, y desplegó una débil hoja que se sacudió en un verde aplauso de triunfo. Se emocionó cuando el primer pájaro dejó atrás su nido y alzó orgulloso el vuelo entre el follaje de un gigantesco árbol de manzanas, peras y ciruelas, y despertó con su gorjeo a los animales recién creados y nombrados.

Ángela abrió los ojos con una brutal exhalación, igual que alguien emerge con urgencia desde el fondo de un pozo en busca de aire que llenar a sus pulmones. Se vio al interior del eterno tambaleo de la Biblioteca Móvil, sentada directamente sobre las frías láminas del suelo, con la espalda adolorida y las piernas algo acalambradas por llevar un sinnúmero de kilómetros en la misma posición. Para su sorpresa, descubrió que a pesar del pasmo de haber sentido que abandonaba su cuerpo como si su espíritu se hubiera desprendido de la materia, ya no temblaba. Al contrario: una renovada energía de triunfo se había instalado al interior de su pecho, y comenzaba poco a poco a entibiar de entusiasmo cada uno de sus agarrotados miembros.

La voz de Fabián regresó a sus oídos en el momento preciso que un nuevo letrero en la carretera señalaba que quedaban sólo seis kilómetros para llegar a Mulchén:

—En esos 20 días mensuales del calendario sagrado están representadas todas las fuerzas básicas de la creación, lo positivo y negativo, lo bueno y lo malo, y en los que se simboliza la permanente dualidad que existe en el mundo, en la sociedad, en la familia y en el corazón de todo ser humano. Y aunque está prohibido intentar descubrir qué nahual poseemos en nuestro interior, la clave para entender nuestra vida y nuestro destino está en averiguar qué espíritu traemos desde nuestro nacimiento para poder entrar en contacto cuánto antes con su naturaleza y sabiduría.

"Eso es lo primero que tengo que hacer cuando se me presente la oportunidad", reflexionó Ángela con decisión. "Aunque siglos de cultura me lo impidan, necesito saber cuanto antes qué animal llevo dentro de mí. Ésa será mi mejor arma cuando llegue a Lickan Muckar".

Por lo visto, descansaba sobre sus hombros una misión mucho más grande y trascendente que sólo ir a rescatar a Mauricio a un pueblo desértico. Por alguna razón, que aún no comprendía pero que estaba segura que iba a revelársele cuando fuera necesario, era la elegida para desafiar y poner fin a una tradición milenaria de seres tan especiales como peligrosos. "Muy bien, lo acepto. Acepto todo lo que pueda venir", concluyó en su interior.

Abrazó con fuerza a Azabache y dejó que el ruido del motor se hiciera cargo de cubrir con su estruendo hasta el más insignificante de sus pensamientos. Afuera, en la carretera, la velocidad del vehículo la llevó sin pausa hacia el oscuro horizonte en que se había convertido su destino. Ante cada kilómetro recorrido, el auto se hizo más y más pequeño, hasta que desapareció como una luciérnaga engullida por una gigantesca boca nocturna.

Fue en ese momento que el primer relámpago desgarró en dos el cielo. Y aunque el fogonazo de luz duró sólo unos segundos, fue suficiente para iluminar la silueta del *Coo* volando sobre la Biblioteca Móvil.

Y como señalaba la leyenda, su presencia no anunciaba buenas noticias.

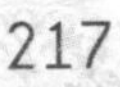

8

Labios resecos

A veces, sólo a veces, recupera por breves instantes la capacidad de recordar dónde se encuentra. Sucede sobre todo cuando el frío golpe de un chorro de agua fresca cae sobre sus labios agrietados por el sol y el viento, lo que le permite despegar la lengua del paladar y soñar, aunque sea por unas fracciones de segundos, que está una vez más en control de sus movimientos. Entonces todas las emociones vuelven en un desordenado huracán a su mente, sobreponiéndose las unas sobre las otras, luchando por imponerse en la memoria. Así, mientras dura la frescura del agua resbalando por el interior de su garganta seca, surgen frente a él las últimas imágenes que recuerda: su moderno rastreador *Bloodhound* de señales de alta y baja frecuencia indicándole con un luminoso 100% que el árbol de la plaza de Almahue absorbía cualquier tipo de comunicación aérea o satelital como un verdadero hoyo negro en el espacio; el terremoto que lo sorprendió a mitad de pasillo en casa de Rosa, y que lo lanzó de bruces sin compasión; los desnudos pies femeninos, de dorada y tersa piel y la gata de albo pelaje que aparecieron de golpe a la altura de sus ojos...

Socorro. Que alguien me ayude.

Cómo olvidar aquellos pies de delicado empeine y tobillo, que lucían diez toscas y deformes uñas, más parecidas a las oscuras garras de un animal. Desde el suelo, había alzado la vista recorriendo aquellas piernas que se convirtieron en dos torneados muslos que un burdo vestido de tela ordinaria no conseguía ocultar. La cintura era estrecha, casi coqueta. El torso remataba en un largo y delgado cuello que sostenía una cabeza de indómitos cabellos donde una boca de labios carnosos le sonreía en un forzado rictus, mientras dos ojos de pesadilla parecían anunciarle una inminente tragedia con su color de infierno.

Rayén.

A partir de ese momento, Mauricio Gálvez tenía grandes dificultades para seguir el hilo de la propia historia de su vida. Perdió la capacidad para mover las extremidades de su cuerpo, y su conciencia navegaba a la deriva en un mar brumoso desde donde no conseguía ver ni la orilla ni el horizonte.

Mauricio se esfuerza en ordenar de manera cronológica los acontecimientos que cada tanto brotan frente a sus ojos cerrados: ahí está un Mauricio recién nacido, balbuceando desde un corral sus primeras palabras, el mismo Mauricio que, unos años más grande, termina con prisa de anudarse la corbata para no llegar tarde a su ceremonia de graduación. Y por más que sabe que es imposible que aquellos dos seres convivan en un mismo espacio de tiempo, no tiene la capacidad para encontrar la línea que divide su antes y su después.

El presente se ha convertido en un segundo que no termina nunca de ocurrir, como si alguien hubiera apretado el botón de *Pausa* a la película cuando los personajes continúan con su existencia sobre una escenografía inmóvil. Desde ahí sólo puede esperar el chorro de agua fría que alguien vierte sobre él, que lo ayuda a despegar su tráquea endurecida y le devuelve por un breve periodo la sensación de que su alma aún permanece en su cuerpo.

Más. Más agua. Más líquido que resbale por sus comisuras, enfriando apenas la calentura de infierno sobre la cual está acostado...

Su cuerpo convertido en una llaga que late sobre la arena ardiente.

"Ángela... ayúdame".

Un poco más de agua. Por favor. Sólo un poco más...

Y apenas la última gota se termina de evaporar sobre sus labios resecos, el vacío y la nada vuelven a apoderarse de sus sentidos, mientras los intensos ojos de una gata blanca, que lo escudriñan a escasa distancia, parecen sonreír de gusto y ansiedad, como si supieran, al detalle, todo lo que está por suceder.

9
Refugio de emergencia

La mañana siguiente, Mulchén amaneció cubierto por un encapotado cielo de lluvia que de inmediato desalentó a Carlos Ule cuando abrió los ojos. Una tormenta en plena carretera nunca representaba una buena noticia. Y menos con un vehículo tan poco preparado para las inclemencias, como su Biblioteca Móvil, cuyas ruedas patinaban en el agua cada vez que cruzaban un charco en el camino.

Habían pasado la noche en otra estación de gasolina, arropados por sus propios abrigos y chaquetones, soñando que dormían plácidamente en sus respectivas camas. Sin embargo, tuvieron un brusco despertar cuando los primeros goterones comenzaron a caer sobre las láminas del techo y resonaron con estrépito al interior del vehículo.

—¿Sabían que Mulchén quiere decir "tierra de los moluches" en mapudungun? —preguntó el profesor intentando distraer a sus dos acompañantes, que miraban con cierta angustia el paisaje que comenzaba a esfumarse al otro lado de la cortina de agua.

Carlos encendió el motor del auto y salió hacia la carretera principal. De inmediato sintió la tensión en el volante al intentar mantener las ruedas en línea recta, a pesar del bamboleo provocado por el pavimento resbaloso.

—Moluche, a su vez, quiere decir "gente del centro". Como se podrán dar cuenta, la influencia mapuche todavía se siente con fuerza en esta zona —agregó sabiendo que nada de lo que dijera iba a calmar la inquietud reinante.

—¿Cuál es el recorrido de hoy? —inquirió Ángela al cambiar bruscamente el tema.

—La idea era llegar hasta Curicó —contestó Carlos con evidente abatimiento.

—Eso es un poco menos de cuatrocientos kilómetros —puntualizó la joven con los ojos fijos en la colorida geografía impresa en el mapa.

—¿Y podremos cumplir con ese objetivo con esta lluvia? —quiso saber Fabián sin despegar la vista de los limpiaparabrisas que se movían rítmicamente de un lado a otro.

En ese momento, un enorme camión de carga, alto como un edificio de tres pisos y tan largo que pareció cubrir por un instante todo el panorama exterior, pasó junto a la Biblioteca Móvil con la intención de rebasarla. La velocidad del enorme vehículo provocó que tanto el agua de la carretera como el aire generado por el camión empujaran a la minúscula Van y ésta tuviera que hacer un brusco movimiento hacia un costado para evitarlo, lo que provocó que estuvieran a punto de salirse de la carretera.

—¡Agárrense! —gritó Carlos, con las manos aferradas con vigor al volante.

Ángela abrazó a Azabache, que se hizo un nudo entre sus brazos, y Fabián extendió las piernas en un intento de anclarse en su asiento de copiloto en caso de que el coche comenzara a girar sin control sobre el acotamiento. Sin embargo, las cosas no llegaron a tanto: luego de un acalorado forcejeo con el volante, el profesor logró estabilizar la marcha y retomar al camino. El camión se perdió en el horizonte, adelante y a lo lejos, hasta que la lluvia terminó de borrar sus contornos.

Durante algunos segundos, nadie se atrevió a hablar.

—¿Ustedes saben por qué un auto tiende a dar un bandazo cuando un vehículo de carga pasa junto a él? —dijo Carlos Ule, recuperando la voz luego del susto—. Es por un fenómeno físico llamado efecto Venturi. El espacio existente entre el coche y el camión forma una suerte de tubo, en el que la masa de aire se mueve a gran velocidad. Por tanto, la presión atmosférica...

—¡Basta, no podemos seguir así! ¡Es peligroso! —exclamó Ángela cortando de golpe lo que parecía ser una nueva y eterna explicación científica.

—Pero no tenemos más remedio —se lamentó Fabián—. Si no cumplimos nuestro plan diario de kilómetros no vamos a llegar nunca a Lickan Muckar.

La muchacha iba a continuar con su reclamo, pero prefirió cerrar la boca. Sabía que Fabián tenía toda la razón. No podían perder ni un minuto en su trayecto hacia el Norte, aunque la naturaleza pareciera jugar en su contra. Entonces recordó un comentario de Benedicto Mohr, escrito de su puño y letra en el diario que leyó hacía algunos días, en el que se refería a Rayén: "Su presencia siempre se asocia a desórdenes climáticos, tempestades inesperadas, maremotos, temblores de tierra, erupciones volcánicas".

¿Sabría Rayén que iban en camino a su encuentro?

La sola idea de imaginar a Rayén esperándola allá en Lickan Muckar le puso la piel de gallina. Incluso cada inofensiva gota de lluvia al otro lado de la ventana del vehículo cobró un aspecto amenazante, como si aquella peligrosa mujer las estuviera enviando especialmente contra de ellos.

Volvió a hundir la mirada en el mapa: al menos en el papel, la geografía no parecía tan peligrosa como en la vida real. Dejó que su dedo recorriera la línea roja que representaba la carretera central sobre la cual avanzaban. Su yema comenzó el trayecto en Mulchén, ciudad que ya habían dejado atrás hacía al menos una hora. Continuó subiendo y pasó sobre Los Ángeles. Siguió su camino hacia Chillán, lugar que algunos carteles casi ilegibles por el aguacero comenzaban a anunciar como siguiente destino.

De pronto sus ojos tropezaron con el nombre de una ciudad que, al instante, le congeló la respiración y la hizo enderezarse.

¡Linares!

"Estoy en Linares porque Rayén se oculta en algún lugar de este paraíso", había escrito Benedicto Mohr en 1953. Y según recordaba, en ese mismo sitio vivía Olegario Sarmiento, un empresario viticultor que, además, era un reconocido investigador y un perito en temas relacionados a las culturas atacameñas.

Si Rayén les enviaba lluvia para dificultarles el camino, ella iba a sacarle provecho al inconveniente. "Todo tiene una razón de ser", se dijo. Y sonrió al pensar en Rosa.

—Vamos a buscar refugio en Linares —dictaminó. Y sin esperar a que le llegara de regreso una retahíla de preguntas de sus acompañantes, agregó—. Según mis cálculos, estamos a casi ciento veinte kilómetros de distancia. Eso es sólo una hora y media de camino.

—¿Y qué quieres hacer en ese lugar? —la interrogó el conductor.

—Hacerle una visita a un viejo amigo de Benedicto Mohr —resolvió—. Estoy segura de que con su ayuda llegaremos mucho mejor preparados a Lickan Muckar.

Y al tiempo que plegaba el mapa, rogó en silencio para que Olegario Sarmiento aún estuviera con vida.

10

Olegario Sarmiento

Luego de seguir las indicaciones de algunos lugareños, Carlos Ule guió su Biblioteca Móvil por un estrecho sendero de tierra que los alejó varios kilómetros de la carretera y los internó hacia las faldas de la cordillera. Cuando pensaban que se habían perdido y que no les quedaba más remedio que dar marcha atrás sobre el camino andado, se sorprendieron al ver que la casa que buscaban surgía al otro lado del parabrisas como un fantasma mojado por la lluvia y medio oculta por la penumbra del follaje y la poca luz de ese día de tormenta.

La residencia resultó ser una bellísima construcción de estilo español, rodeada por hermosos y bien cuidados jardines, y extensos corredores delimitados por una larga balaustrada. Un altísimo techo de tejas rústicas, envejecidas por el paso del tiempo, se sostenía sobre gruesos muros de adobe pintados con cal blanca. Un camino delimitado

por añosas palmas de robustos troncos condujo al vehículo desde los portones de acceso hasta la entrada principal.

Tras recorrer 1,560 kilómetros y viajar casi tres días, el coche se estacionó frente a la vivienda de Olegario Sarmiento.

Ángela saltó hacia el exterior y dio un par de pasos en dirección a la casa. La lluvia caía con estruendo sobre la gravilla, rebotaba en sentido contrario y le manchaba de lodo los pantalones. Su cabello rojo, que ya sobresalía, era la única nota de color en medio de ese paisaje que parecía una imprecisa fotografía en blanco y negro a punto de diluirse.

Al instante, la puerta se abrió: un hombre con aspecto de pocos amigos se dejó ver en el umbral, mientras terminaba de secarse las manos en un paño.

—¿Quién les autorizó a entrar? —fue lo primero que le dijo.

—Necesitamos hablar con el señor Olegario Sarmiento —pidió la joven, dando por hecho que aquel hombre de escaso cabello y mirada adusta no era el dueño de casa, dada la diferencia de edades.

—El señor Sarmiento no recibe a nadie —contestó.

—Es importante —insistió—. Dígale que nos envía Benedicto Mohr.

Fabián y Carlos Ule, que permanecían al interior del vehículo, se miraron con sorpresa. ¿Cuál era el plan de Ángela? ¿Qué pretendía conseguir al arrastrarlos hasta esa casona perdida en mitad de un valle solitario?

Todos vieron al hombre desaparecer, de mala gana, de regreso hacia el interior de la casa. Ángela decidió no moverse de su sitio, a pesar de que el agua ya comenzaba a traspasarle la ropa y gruesos goterones le escurrían por la espalda rumbo a la cintura. Debía pestañear más rápido de lo habitual para que la lluvia no se le metiera a los ojos, empañando por completo su visión. Sus zapatos comenzaron a hundirse en el fango sin que pudiera evitarlo. Pero no cesó en su propósito. Algo le decía que estaba haciendo lo correcto. Algo que no era capaz de definir ni mucho menos de precisar. Pero ese *algo*, fuera lo que fuera, había tomado por completo su voluntad.

Hasta ese momento, su instinto había jugado a su favor: en efecto, Olegario Sarmiento estaba vivo, salvo que se tratara de su hijo o nieto. Quizá sus descendientes habrían conservado su exquisita colección de arte atacameño que, según recordaba haber leído en el diario del explorador europeo, era abundante en alfarería de la zona de Lickan Muckar. Por el momento, se conformaba sólo con poder apreciar aquellas figuras hechas en barro y dibujados con rojizos trazos algo despintados, y buscar en ellas alguna información relevante sobre el Decapitador y su papel dentro de la jerarquía de los transmutadores.

¡Qué daría por tener aún las notas de Mohr entre sus pertenencias! Pero ya no había nada que hacer: yacían entre los escombros del cuartel de policía del fallecido teniente Orellana.

Un violento graznido la sacó de golpe de sus reflexiones. Al alzar la vista alcanzó a ver el frenético aleteo de un ave que se dirigía directamente hacia ella, las garras poderosas orientadas hacia su cuerpo, el pico filoso y dispuesto a enterrarse en su piel. Por una fracción de segundo hizo contacto con esas dos negras pupilas rodeadas de un enorme e intenso círculo amarillo, y un estremecimiento de horror le alertó los sentidos: ese pájaro, que reconoció de inmediato, la estaba buscando. El *Coo* la había elegido como su nueva presa, y hasta la última de sus plumas resplandecientes de lluvia se movía para conseguir su propósito.

De pronto, Azabache saltó desde el interior de la Van, dio un brinco más y cayó sobre uno de sus hombros en posición de ataque: erizó su pelaje, arqueó el lomo, dio bruscas sacudidas con la cola y tensó cada uno de los músculos de su negro cuerpo, preparándose para un ataque que finalmente no se desvió. Al verlo, el ave dio un giro abrupto y, con otro graznido, desapareció tras la fronda desordenada de una de las palmeras del jardín.

El gato lamió la mejilla de Ángela, que acarició agradecida su pelaje. "*Todo tiene una razón de ser*", se repitió. Y por fin había entendido el motivo real por el cual Azabache se sumó a la travesía rumbo a Lickan Muckar.

El misterioso hombre regresó al exterior. Desde la puerta le dedicó una mirada algo molesta a la muchacha, y terminó de abrir la pesada hoja de madera.

—Don Olegario dice que pueden entrar —masculló.

Ángela hizo una exclamación de triunfo y regresó corriendo hacia la Biblioteca Móvil.

—¡Bájense, que esta noche la pasamos aquí! —exclamó triunfal—. Por fin vamos a dormir en una cama.

—¿Y cómo sabes que nos van a invitar a quedarnos? —preguntó Fabián.

—No lo sé. Es una corazonada...

Apenas ingresaron al recibidor, Azabache se pegó súbitamente al cuerpo de Ángela, aún arropado entre sus brazos. A través de su ropa empapada lo sintió temblar, como si el miedo se hubiera apoderado de sus extremi dades.

—¿Qué te pasa? —le susurró al oído.

Como respuesta, el felino emitió un maullido que a Ángela le sonó a una dramática advertencia. Fue en ese momento que un anciano de altiva figura, delicadas manos con dedos largos y penetrantes ojos azules que brillaban en un rostro que no parecía haber estado nunca expuesto al sol, ingreso a la estancia. La luz de las velas, ubicadas estratégicamente a lo largo del vestíbulo, hicieron crecer su nombra de hombre delgado hasta hacerla alcanzar dimensiones desproporcionadas y movedizas.

Azabache redobló sus convulsiones y escondió la cabeza bajo uno de los brazos de Ángela. Algo le decía a la joven que lo que veían sus ojos al interior de esa residencia había sido lo mismo que el explorador había observado cuando se presentó hacía tanto tiempo, pues parecía que la decoración no la habían cambiado en décadas.

—¿Quién dice ser enviado de Benedicto Mohr? —preguntó, y su voz aterciopelada se quedó unos instantes haciendo eco entre los muros cubiertos de oscuras pinturas coloniales y los jarrones con flores de temporada.

La muchacha dio un paso hacia el frente mientras hacía un inútil intento por calmar el estremecimiento del gato que no se despegaba de su ropa.

—Yo —sentenció.

—Sean bienvenidos —declaró Olegario Sarmiento y les enseñó su larga y bien cuidada dentadura—. A pesar de que no veo a Benedicto desde hace casi sesenta años, sus amigos son mis amigos —dicho eso, volteó hacia el hombre que continuaba limpiándose las manos en un sucio paño—. Maldonado, prepara los cuartos que hagan falta. Y ofrécele toallas a esta muchacha, que está empapada de pies a cabeza.

—Sí, y está mojando la alfombra —se quejó el aludido.

Con un brusco gesto de su brazo, Maldonado los invitó a seguirlo. Carlos Ule y Fabián salieron tras él, sin cuestionar demasiado lo que estaban haciendo: a los dos los entusiasmaba de sobremanera la idea de dormir esa noche sobre un mullido colchón, arropados por sábanas y un grueso cobertor, y no ovillados en los incómodos asientos de la Biblioteca Móvil.

Ángela, sin embargo, no se movió de su sitio, aún de pie sobre el pequeño charco que formó a causa del agua que estilaba su ropa. Se quedó observando a Olegario directo a los ojos, tratando de leer en su semblante la verdadera intención del hombre al permitirles entrar en su hogar. ¿Era sólo generosidad o acaso había algo más?

—Tenemos mucho de qué hablar —musitó ella, sin despegarle las pupilas.

—Muchísimo —afirmó él y alzó el mentón en un gesto altivo—. Luego de que te seques y cambies de ropa, vas a explicarme cómo es posible que conozcas a un hombre que murió encerrado en una cueva hace más de medio siglo.

A Ángela le sorprendió el comentario e iba a empezar a hablarle de Ernesto Schmied y de cómo había llegado hasta ella el diario del explorador, pero el anciano levantó su mano. De inmediato, Azabache se replegó sobre sí mismo y sacó las garras en un gesto de defensa.

—No, no, todo a su debido tiempo —la detuvo—. Maldonado está esperando para darte un juego de toallas. Búscame más tarde en mi estudio.

Olegario avanzó hacia un amplio corredor desde donde se podía apreciar una larga galería de vidrios cuadriculados que permitían mirar hacia el jardín interior, cubierto de enredaderas y árboles frutales. Interrumpió sus pasos para voltear la cabeza y observar a la muchacha por encima de su hombro.

—Sí, hermoso color de cabello —comentó en un susurro—. Como plumaje de *Tz'ikin.*

Y avanzó rengueando hacia el interior de su casa.

Antes de adivinar qué había querido decirle con ese último comentario, Ángela se preguntó llena de inquietud cómo sabría Olegario Sarmiento que Benedicto Mohr había muerto atrapado al interior de una gruta, en medio del bosque de Almahue.

Entonces, Ángela no pudo contener un escalofrío de arrepentimiento por haber entrado en esa casa perdida en medio de un solitario paisaje que comenzaba a teñirse de oscuridad, por lo que sólo apretó con fuerza a Azabache contra su pecho.

11

El reino del *Tz'ikin*

La llegada de la noche sorprendió a Ángela de pie frente a la ventana. Desde ahí, fue testigo del momento exacto en que la oscuridad soltó su oscuro velo sobre el jardín de la enorme residencia de Olegario Sarmiento, y cubrió la triste imagen del desolado campo bajo la lluvia. En cosa de segundos el paisaje desapareció bajo el negro absoluto de un cielo sin luna y, en su lugar, brotaron con mayor fuerza los cantos de los grillos y cigarras, y el incansable chapoteo de la persistente lluvia sobre las tejas coloniales.

Cerró las cortinas y encendió una lámpara que, con gran dificultad, arrinconó las sombras contra las esquinas del cuarto que Maldonado había dispuesto para ella. Sin embargo, la escasa intensidad de la luz le bastó para recorrer con la vista una vez más el decorado de aquella recámara que parecía no haber sido usada en décadas.

Una enorme cama con una antiquísima cabecera de bronce, tan alta como una mesa de comedor, lucía un inmaculado cobertor de encajes y una hilera de mullidas almohadas. Estuvo tentada de treparse en ella para refugiarse lo antes posible bajo las sábanas y compensar la falta de sueño de los últimos días, pero sabía que mientras no hablara a solas con el dueño de la casa no iba a poder acostarse en paz.

¿Dónde estarían Fabián y Carlos Ule? ¿Acaso durmiendo en sus respectivas habitaciones?

Salió hacia el enorme corredor que comunicaba el área de los cuartos con el resto de la residencia. El pasillo corría en paralelo con la galería vidriada que, a esa hora de la noche, lucía como una enorme pantalla negra que no permitía apreciar, en lo más mínimo, el paisaje exterior. Apuró el paso, intranquila: la inescrutable densidad de las tinieblas exteriores la puso algo nerviosa.

Llegó hasta el recibidor donde Olegario los había hecho entrar un par de horas atrás. La débil luz de las lámparas encendidas más la titilante llama de algunas velas estratégicamente ubicadas en una mesa, le permitieron apreciar que ya se había secado el charco de agua que dejó sobre una de las alfombras luego de ingresar a la casa. Suspiró aliviada. Algo le decía que era mejor no seguir incomodando a Maldonado y que mientras menos trabajo le dieran con su presencia, más tranquila iba a ser su estancia. Por eso, luego de bañarse para quitarse de encima el frío de la lluvia, secó el suelo del baño y el fondo de la antigua bañera, y dejó acomodadas las toallas de tal manera que era imposible descubrir que alguien las había utilizado.

Una tos lejana llamó su atención. Ángela enfiló sus pasos, orientándose por el ruido. Llegó frente una pesada puerta que no estaba del todo cerrada y que le permitió ver que el interior de la estancia estaba iluminado.

—Adelante —escuchó de pronto con un sobresalto.

Al empujar la gruesa hoja de madera, encontró a Olegario Sarmiento al otro lado de un enorme y macizo escritorio de caoba. La mesa tenía las patas labradas como garras de león, al igual que los brazos de la silla sobre la cual el anciano se hallaba sentado. Tenía en sus manos un grueso libro de empaste oscuro, que parecía revisar con infinita dedicación gracias a la ayuda de una lupa. Sin levantar la vista de su lectura, le señaló:

—Enseguida estoy contigo, muchacha. Por favor, siéntete como en tu casa.

Ángela giró la cabeza y contuvo una exclamación de impacto. Tal como Benedicto Mohr había descrito en su diario, ahí estaba la larga sucesión de vitrinas de vidrio, iluminadas desde su interior, que contenían una infinidad de valiosas piezas arqueológicas: vasijas de diferentes formas y tamaños, figuras de hombres y felinos, cóndores con sus alas abiertas, todas hechas en una arcilla negra pulida, que se exhibían en perfecto orden y montaje.

Se acercó al que le pareció el escaparate más completo y valioso de todos, que contenía unas tabletas, también hechas en barro oscuro, rectangulares y con una cavidad llana en el centro, cuya descripción también recordaba de la lectura de la libreta del explorador. Algunas tabletas estaban más decoradas que otras, con símbolos geométricos repetidos a lo largo de sus cuatro bordes o contenían simples trazos que representaban árboles con sus ramas y raíces a la vista.

—El viernes 18 de septiembre de 1953, Benedicto Mohr llegó hasta este mismo lugar —dijo de súbito el anciano, que dejó el libro a un costado y fijó su intensa mirada en la joven—. Recuerdo como si fuera ayer que también se quedó observando dichas piezas arqueológicas.

—Son hermosas —comentó Ángela sin despegarle los ojos de encima.

—Esas piezas que ves ahí —continuó— son las bandejas sobre las cuales los chamanes atacameños molían semillas que luego aspiraban durante sus ritos y trances místicos. Lo completan esos tubos inhalatorios, espátulas, pilones y piezas especialmente diseñadas para machacar los granos que están a un costado. ¿Los ves? —señaló desde su silla con uno de sus larguísimos y nudosos dedos.

Ángela metió la mano al bolsillo de su pantalón y extrajo una de las vainas que aún conservaba. La extendió hacia Olegario.

—¿Eran semillas como éstas? —preguntó.

El anciano no pudo contener su sobresalto al ver lo que la joven le enseñaba desde la distancia. Sin emitir una sola palabra, pero con ambas sienes latiéndole de ansiedad, le indicó que se acercara con el mismo dedo que aún mantenía orientado hacia ella.

Cuando Ángela llegó junto a él, éste volvió a levantar la lupa y a través de su aumento examinó la textura leñosa y de color castaño rojizo que presentaba la cáscara de aquello que a primera vista parecía un fruto disecado.

—Es una semilla original de *Anadenanthera colubrina* —musitó conmovido—. ¿Dónde la conseguiste?

—Se lo digo sólo si me cuenta cómo supo que Benedicto Mohr murió encerrado en una cueva —lo desafió la joven, cerrando de golpe el puño sobre la semilla del cebil.

Olegario Sarmiento esbozó una sonrisa que Ángela no supo identificar si era de profunda ironía o sincera diversión. Tamborileó con sus dedos sobre la barnizada superficie de su escritorio y carraspeó antes de hablar.

—¿Qué otro fin puede haber tenido un intrépido explorador que estaba dispuesto a llegar hasta el fin del mundo con tal de encontrar a una mujer que lo tenía totalmente obsesionado? —preguntó a modo de respuesta.

—Eso no contesta mi pregunta.

—Él mismo me dijo, antes de partir a Almahue, que iba en busca de Rayén. Y que creía que se escondía al interior de una gruta, en medio del bosque —explicó el hombre—. Y como nunca volví a saber de él, supuse que había muerto del mismo modo en que él lo anticipó. ¿Aclaré tu incertidumbre?

Ángela asintió, a pesar de que algo no terminaba de tener sentido al interior de su cabeza. Pero aun así dejó la vaina sobre el escritorio para que Sarmiento pudiera seguir examinándola.

—¿Y tú cómo supiste de la existencia de Mohr? —quiso saber ahora el anciano.

—Encontré su diario —fue su breve réplica.

—Vaya, qué oportuno. ¿Y dónde?

—En Almahue, donde estuve las últimas semanas —le confió la muchacha—. Y esa semilla la saqué yo misma de la raíz del cebil de la plaza.

—¿Y tú sabes lo que cuenta la leyenda sobre dichas semillas...? —la desafió. Y ante el persistente silencio de Ángela, continuó—. La tradición oral dice que luego de ingerir el polvo obtenido al molerlas algunos hombres mutan en animales. ¿Qué crees al respecto?

—Creo que esos hombres son llamados nahuales o transmutantes. Y que su máximo líder se llama Decapitador y que vive en Lickan Muckar —dijo sin pausa, pero con voz firme y categórica.

Olegario Sarmiento dejó caer la lupa que rebotó contra la mesa y alzó la mirada hacia aquella muchacha de cabello rojo que resultó estar más informada de lo que nunca hubiera imaginado.

—Y eso no es todo —siguió—.Voy en camino hacia Lickan Muckar, porque Rayén se llevó a mi hermano. Y así me cueste la vida, voy a salvarlo.

—¿Cómo sabes que ella lo tiene?

—Lo sé. Mi intuición me lo dice —exclamó.

—¿Y cómo sabes que sigue con vida? ¿También te lo dice tu intuición...?

—¡Sí! —contestó molesta por el ligero tono de burla que le pareció percibir en las palabras de Sarmiento.

El anciano dio un golpe en la mesa, enérgico.

—Lo sabía. ¡Desde que te vi supe que eras un *Tz'ikin*! —sentenció.

Antes de que Ángela pudiera abrir la boca para interrogarlo sobre sus desconcertantes palabras, Olegario Sarmiento se acercó el pesado libro que leía antes de la llegada de Ángela, ubicó su dedo sobre el inicio de un párrafo, y leyó con perfecta dicción:

—El *Tz'ikin* representa al pájaro guardián de todas las tierras del área maya. Representa la libertad, la suerte, el mensajero, el tesoro y el dinero. Es un intermediario entre el Cielo y la Tierra. Es el primer pájaro que cantó cuando nació el Sol y, junto con él, todos los animales.

Hizo una pausa y levantó la vista: descubrió que la piel de Ángela estaba tan blanca como las páginas del libro que estaba repasando, lo que provocaba un contraste aún más dramático entre su rostro y su cabello.

—El elemento clave del *Tz'ikin* es el fuego, por lo que se le asocia al color rojo. Su valentía y vuelo preciso lo asemejan a una flecha en llamas que atraviesa el cielo —prosiguió leyendo—. Por el hecho de ser el representante del Padre Sol en la Tierra, el *Tz'ikin* le otorga al poseedor de este signo el valor, la fortuna y el carisma.

—No entiendo —lo interrumpió Ángela.Pero Olegario Sarmiento no se detuvo. Con un brusco gesto de su mano exigió silencio y continuó:

—Tu bienestar y buena suerte nunca terminarán. Puedes meterte en los peores problemas y, siempre que creas en ti, saldrás bien librado. Tu extraordinaria intuición te salvará de muchos conflictos. Como el ave serás capaz de sobrevolar los conflictos y, por lo mismo, son muchos los que te temerán. Especialmente los que buscan hacer daño al resto de los hombres.

Dicho eso, el anciano cerró de un golpe el libro. Entonces Ángela pudo leer en la portada: *Descubre tu nahual.*

Un espeso silencio se apoderó del estudio del anciano. Ángela, sin embargo, no fue capaz de percibirlo: en el interior de su cabeza bullía un hervidero de palabras que se sobreponían las unas a las otras, en un colosal estallido de voces y sonidos. Con desesperación intentaba encontrarle un hilo conductor a lo que había escuchado y vivido en las últimas semanas. "La leyenda del *malamor* sólo será derrotada por una mujer de cabello rojo". "Todo tiene una razón de ser". Mauricio perdido en Lickar Muckar. Su desesperación por enfrentar a Rayén. ¿En realidad el Decapitador le temía a ella? Los sucesos comenzaban a encajar por fin, como un rompecabezas al que aún le faltan algunas piezas pero que ya comienza a mostrar su imagen real.

—Tu nahual interior es el hermoso pájaro llamado *Tz'ikin* —concluyó Sarmiento—. Lo supuse desde que te vi, empapada de pies a cabeza, en la puerta de mi casa. Y sonríe muchacha, al menos ya sabes en qué transmutarías si algún día decides ingerir el polvo de estas semillas.

—Nunca haría eso —se apuró en contestar.

—¿No...? Entonces ¿cómo pretendes enfrentarte a Rayén si no es utilizando sus mismas armas? —la desafió.

"Ahí está...", se dijo la joven. "Ahí está por fin la pieza que me hacía falta. Si quiero vencer a Rayén tendré que despegar los pies del suelo. La lucha final entre ella y yo se dará en lo alto. En el reino del *Tz'ikin*".

Y el brusco vuelco que dio su estómago pareció afirmar, con toda certeza, lo que su corazón acababa de intuir.

12

Dejar una huella

No había terminado de abandonar por completo el mundo de los sueños, cuando escuchó el inesperado ruido de la puerta al abrirse. Al instante, alzó los párpados y alcanzó a ver en primer plano el hosco rostro de Maldonado acercándose a ella.

—Don Olegario quiere verla lo antes posible —masculló—. Vístase.

Y salió del cuarto sin esperar siquiera una respuesta.

Ángela se sentó en la cama y frunció el ceño. Había algo en ese campesino que llamaba poderosamente su atención. Quizá eran sus intensos y oscuros ojos, que paseaba constantemente de un lugar a otro sin nunca posarse en un objetivo por más de un segundo; tal vez era su cuerpo bonachón y regordete, de grueso cuello y enrojecida piel, más parecido a un fraile cariñoso que a un severo mayordomo de casa patronal; o, a lo mejor, se debía al hecho de que, por alguna extraña razón que Ángela aún no conseguía descubrir, Maldonado había decidido demostrar su molestia y desagrado con ella desde el primer instante en que se conocieron.

"¿Qué le hice para que me trate así?", reflexionó la joven.

Luego de un baño breve, ordenar y dejar limpio el lugar como lo encontró, salió en busca del dueño de la casa sin conseguir convencer a Azabache de que la acompañara en su misión. El gato se aferró con todas sus uñas al cobertor de la cama, obstinado en su empeño por quedarse encerrado en el cuarto. Finalmente, el animal terminó por salirse con la suya: medio oculto por los cojines, se despidió de Ángela con un breve y ronco maullido que sonó más a una severa advertencia que a un ronroneo felino.

A través de los cristales de la extensa galería, la joven pudo apreciar que ya no llovía y que el cielo era un fabuloso telón azul vibrante donde un puñado de nubes blancas parecían perseguirse bajo la atenta mirada del sol. Eso la tranquilizó: mientras el clima estuviera de su lado, podrían llegar más rápido a Lickan Muckar.

Descubrió a Fabián y Carlos Ule en el jardín, mientras recorrían los exteriores de un establo y admiraban algunos caballos que se dejaban acariciar las crines. La joven cayó en cuenta que desde el día anterior no había hablado con ellos ni los había puesto al tanto sobre su realidad de *Tz'ikin* ni de los nuevos descubrimientos sobre los nahuales que había hecho. Supuso que ya tendría tiempo de platicarles todo cuando retomaran la marcha.

Entró al despacho de Sarmiento, pero se sorprendió al no encontrar a nadie en su interior. Fue entonces que vio a Olegario, al otro lado de la ventana, de pie junto a una enorme palmera.

—¡Buenos días! —exclamó el anciano cuando Ángela salió a su encuentro—. Espero que hayas tenido una noche reparadora.

—Así fue, muchas gracias —respondió ella—. A pesar de todas sus atenciones, me temo que ya tenemos que marcharnos.

—Pero le di instrucciones a Maldonado para que preparara un almuerzo típico de esta zona.

—Lo siento, pero necesitamos llegar a Lickan Muckar lo antes posible —le recordó Ángela—. La vida de mi hermano está en peligro.

Olegario Sarmiento permaneció en silencio unos momentos y asintió. Acarició con su mano de larguísimos dedos el tronco de una palma, y señaló lo que parecía ser una cicatriz en la madera.

—¿Sabes qué es esto? —preguntó.

Ángela afinó la mirada. Al acercarse, pudo comprobar que aquel trazo no era un defecto de la corteza sino un dibujo tallado directamente en la superficie. La figura, por lo visto, había sido grabada en el tronco por medio de un hierro caliente hace mucho tiempo, ya que los contornos se veían más negruzcos.

La muchacha reconoció de inmediato el símbolo que tenía enfrente:

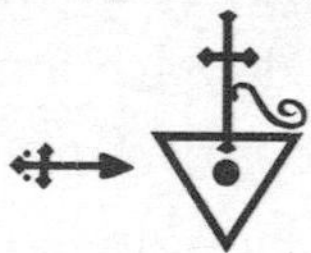

Lo había visto en repetidas ocasiones. Formaba parte de la ecuación de cuatro elementos que Carlos Ule le enseñó y que correspondía a la fórmula alquímica para conseguir la transmutación de un cuerpo en otro. Se había topado con él en la cueva donde apareció el cadáver de Benedicto Mohr, en la alfombra tejida por Rosa y que colgaba en la pared de su taller, y en el sótano donde Patricia por poco pierde la vida a manos de Walter Schmied. En otras palabras, cada vez que un transmutador estaba cerca... se podía apreciar uno de esos símbolos.

—Sí, sé lo que es —respondió con gran seguridad—. Es el último elemento en la cadena de la transmutación. Lo he visto antes.

—Vaya, estás más enterada de lo que imaginé —se sorprendió Olegario—. ¿Y sabes qué significa?

Ante el silencio de la joven, el anciano continuó con su relato.

—Significa que un transmutador estuvo aquí, en este mismo lugar —le reveló—. Ésta es su manera de dejar una huella y hacerle saber a los del resto de su especie que recorrió la zona.

—Una inteligente forma de dejarse mensajes antes de continuar su camino —completó Ángela.

—Exactamente. La gran mayoría de las personas ni siquiera se dan cuenta de la presencia de estos símbolos. No se detienen a observarlos. Sólo algunos, como nosotros, nos hacemos preguntas y buscamos las respuestas.

Ángela paseó su dedo sobre el tallado. ¿Quién lo habría hecho? ¿Rayén, en su camino hacia Almahue?

—¿Ya estás enterada de las propiedades del color rojo? —inquirió el anciano.

Durante un instante, la muchacha no comprendió el abrupto giro en la conversación. Pero de pronto recordó la particularidad de su propio cabello, el plumaje del *Tz'ikin*, y el anuncio de Rosa sobre que una mujer pelirroja podría acabar con la leyenda del *malamor*, y supo con exactitud a lo que Olegario Sarmiento se refería.

—La medicina moderna ha podido probar que cuando un ser vivo percibe el color rojo, se activa su metabolismo y aumentan el ritmo cardíaco y la respiración —dijo—. Bien lo saben los toreros, que con sus capotes provocan y enfurecen a la bestia que tienen enfrente.

Ángela se apoyó contra el tronco de la palma y clavó la vista en los ojos azules del viejo.

Presta atención. No te pierdas ningún detalle.

—Así, entre el hecho de que son poco comunes y de que, de manera inconsciente, mirarlos nos provocan ciertas reacciones corporales —continuó—, a los pobres pelirrojos se les ha calificado de agresivos y de poseer un comportamiento pecaminoso, retorcido y malvado en muchas culturas y épocas. ¿Acaso tus compañeritos de colegio nunca te gastaron bromas por ese estilo...?

Ángela no tuvo que hacer mucho esfuerzo para retroceder hasta sus primeros años de estudiante y volverse a ver, en medio del patio escolar, en medio de una ronda de niños que se reían y burlaban de aquel ardiente fogonazo peinado en dos trenzas que no conseguían apaciguar el color de incendio de su melena.

—A lo largo de la historia, artistas e investigadores se han pronunciado al respecto. Algunos personajes religiosos que siempre se han representado con cabellos rojos son Eva, Caín e incluso Judas, es decir, todos aquellos que obraron mal y se entregaron al pecado —hizo una pausa, tragó saliva y prosiguió—. En Egipto, el rojo era también un color de mala suerte, y faraones y sacerdotes se dedicaron a quemar a pelirrojas para contrarrestar la maldad de sus cabelleras.

Esas palabras hicieron recordar a Ángela que cuando pequeña su madre le regaló una biblia ilustrada. Uno de sus láminas favoritas era donde aparecían Adán y Eva, cada uno a un costado del árbol de manzanas, donde la primera mujer de la humanidad cubría parte de su anatomía con colorados mechones vibrantes. Sólo ahora, tantos años después, podía comprender que aquello que en su momento le pareció simple curiosidad infantil, no era otra cosa más que empatía y reconocimiento por alguien igual a ella.

—Me imagino que no tengo que entrar en muchos detalles para explicarte lo mal que les fue a los pelirrojos como tú en la época de la Inquisición —puntualizó Olegario—. La creencia popular dictaminaba que quien poseía el pelo rojo era porque había robado la llama del Infierno. Y el castigo, claro está, consistía en el fuego purificador de la hoguera.

—¿Por qué me dice todo esto? —lo interrumpió Ángela, aunque en el fondo ya sabía adónde quería llegar Sarmiento con su relato.

—El color de tu cabello te hace un ser especial —respondió—. Posees el tipo capilar más raro de los humanos, y uno de los más mutables. Al parecer, tener poca pigmentación es ventajoso si vives en latitudes frías, ya que previene la aparición de raquitismo y favorece una mayor producción de vitamina D. Además, una piel clara como la tuya retiene el calor mejor que una piel oscura. Y eso te hace un ser superior en muchos aspectos. ¿Sabías que aquí, en el campo, una de las protecciones más efectiva contra el mal de ojo es atarse una cinta roja en alguna extremidad del cuerpo?

—El rojo es un escudo contra el mal —sintetizó Ángela.

—Exacto. Por eso siempre ha despertado tanto miedo en el hombre. Porque, en el fondo, sus efectos y consecuencias son imposibles de vencer.

La leyenda en la que Baltchar Kejepe *será derrotada por la* Liq'cau Musa Lari.

"Está bien, lo acepto", se dijo mientras un escalofrío se apoderaba de su espina dorsal. "Estoy dispuesta a asumir la misión. Pero necesito llegar cuanto antes a Lickan Muckar. ¡Ya no tengo nada que hacer aquí!".

—Quiero hacerte un regalo. ¿Me acompañas a mi estudio? —pidió Olegario.

Y con un decidido movimiento de su delgado brazo, la invitó a seguirlo hacia el interior de la residencia.

13
Un manuscrito colonial

Lo vio acercarse con toda calma hacia un sector de la biblioteca, a un costado de las vitrinas con piezas arqueológicas. Con infinita parsimonia, rescató una vieja caja de madera que conservaba en una de las repisas, flanqueada por gruesos libros de oloroso empaste a cuero. Con dificultad, la tomó entre sus manos y regresó con ella hasta su escritorio, donde Ángela lo esperaba con impaciencia. La muchacha sabía que cualquier atraso en su itinerario podía costarle la vida a su hermano. Si a última hora decidió que se alojaran en casa de Sarmiento, se debió exclusivamente al mal tiempo de la noche anterior. Sin embargo, aquel desvío imprevisto terminó siéndole muy útil, ya que por fin había podido recabar un conjunto de información que contribuían a aclararle el panorama. "*Todo tiene una razón de ser*", le había señalado Rosa. Y qué razón tenía.

Olegario depositó la caja sobre la mesa. Era un pequeño cofre de madera pulida, con una serie de dibujos elaborados en delicada marquetería en su tapa superior. A Ángela le pareció el arcón de un pirata. Y a juzgar por el daño y deterioro que presentaba, bien podría haber estado enterrado varios siglos bajo tierra o en el fondo del mar.

El anciano introdujo una pequeña llave en la cerradura y la giró hacia la derecha. Un chasquido metálico les anunció a ambos que el pasador interno se había replegado sobre sí mismo, dejando el camino directo hacia el interior. Levantó la tapa. Ángela estiró el cuello en un intento por husmear su contenido.

—Quiero que conserves esto —musitó Olegario y extrajo un legajo de papeles anudados al centro por un listón. Tanto la primera como la última página eran de un cartón más grueso que las que contenían, forrado en tela oscura, lo que permitía conservar sin arrugas ni dobleces los delicados folios que contenía.

Puso el expediente a un costado de la caja y, con gran ceremonia, procedió a desatar la cinta que mantenía en su sitio todas las cuartillas de aquel documento. Al quitar la cubierta superior, dejó a la vista lo que a Ángela le pareció un pergamino donde, con gran esfuerzo, consiguió descifrar una delicada caligrafía que decía *Hermano Bartolomé Ocaranza, 1699.*

—Encontraron este manuscrito oculto entre las paredes de piedra de un viejo seminario mexicano, en la localidad de Sonora. Al parecer fue escrito por un sacerdote que vivió en pleno siglo diecisiete. No se sabe si él o alguien de la Orden franciscana a la que pertenecía Ocaranza, escondió el documento con la intención de que nadie lo localizara.

—¿Es un texto original? —se sorprendió la muchacha.

—Claro que sí, y pagué una verdadera fortuna por él. Me lo adjudiqué a través de una subasta privada, por lo que no conozco su historia ni qué recorrido debió vivir para llegar finalmente a mis manos.

—¿Y si es tan valioso, por qué quiere que yo lo tenga?

—Estoy seguro que vas a conseguir mucha información en esas páginas —dijo—. Información que incluso podría ayudarte a salvar la vida de tu hermano.

Un par de golpes en la puerta anticipó el ingreso de Maldonado al despacho. Veloz, Olegario Sarmiento cubrió con su propio cuerpo el legajo de papeles que Ángela sostenía entre sus manos, en un claro intento por impedir que el recién llegado pudiera ver de qué se trataba.

—¿Qué pasa? Pedí que no me molestaran —lo enfrentó con seriedad.

—Los acompañantes de la señorita la están esperando en el vehículo —contestó el hombre desde el umbral, sin la más mínima intención por atisbar qué se escondía tras su patrón.

—Gracias, salimos enseguida —fue su respuesta.

El mayordomo asintió con la cabeza y se dispuso a salir.

—Bueno, creo que llegó la hora de despedirnos —comentó Ángela con clara intención de subirse pronto a la Biblioteca Móvil.

Pero Olegario Sarmiento no estuvo de acuerdo con ella.

—¡Maldonado! —exclamó.

El aludido detuvo su marcha y giró sobre sus talones.

—Prepara mi maleta. Yo también me voy de viaje —sentenció el anciano.

—¿Sí? ¿Adónde? —quiso saber Ángela.

—A Lickan Muckar, con ustedes —respondió—. No me pierdo por nada del mundo tu encuentro con el Decapitador.

Y antes de que la estupefacta joven pudiera reaccionar frente a sus palabras, el decidido anciano salió llevándose con él a su sirviente.

14

La virtud del diablo

23 de agosto 1699

Mi nombre es Bartolomé Ocaranza, tengo sesenta y ocho años y escribo este texto a modo de despedida. Dejo este documento como prueba irrefutable de que el Mal existe. Y está allá afuera, jugando con nosotros, haciéndonos creer que es sólo una mentira, una vil leyenda.

Hace mucho, muchísimo tiempo que decidí consagrar mi vida a Dios. Huérfano de padre y madre, y carente de todo familiar cercano que pudiera hacerse cargo de mí, ingresé a la orden franciscana apenas tuve conciencia de su existencia. Hoy, mi alma celebra dicha decisión porque me permite soportar y, quién sabe, tal vez incluso sobrevivir a lo que está sucediéndome desde hace ya demasiado tiempo.

Escribo estas líneas como despedida y testimonio de mi más honda verdad. El Creador sabe que no tengo la

culpa de lo que ocurrió. Lo juro por la memoria de mi santa madre, que descansa en paz y está en compañía de Nuestro Señor. Yo sólo quería colaborar, ayudar al Padre Eusebio a conseguir más fieles y almas para nuestra hermosa causa. Por eso desobedecí sus órdenes. Lo hice pensando que era lo mejor, pero me equivoqué. Lo sé, el diablo obra de manera viciosa y reservada. Fui advertido y desobedecí. Por eso caí. Hoy... hoy me arrepiento con toda la fuerza de mi corazón. Y estoy decidido a ponerle fin a mi existencia.

Recuerdo que apenas comencé a utilizar sotana, decidí que iba a ser un misionero. Me atraía la idea de recorrer el reino que tanto amo, buscando almas que convertir y extraviados que volver al redil. Aquellos eran buenos tiempos aquí en Mejico, ya que no sólo realizábamos labores de evangelización sino que, además, casi oficiábamos de descubridores. Cada día la orden franciscana avanzaba más y más por tierras infecundas a veces, exuberantes en otras ocasiones, con la voluntad de abrir nuevos centros de protección espiritual, moral y social para indios y españoles.

Con nuestra mejor vocación y voluntad, pusimos todo nuestro esfuerzo para que los nativos de las tierras aún no conquistadas aprendieran latinidad y entendieran los misterios de la Sagrada Escritura. Nuevas poblaciones se arraigaron en la fe y nos ayudaron a que otros que no sabían tanto se confirmasen en ella. Así, colaboraron codo a codo con los religiosos que no entendían bien la lengua, sirviendo de intérpretes.

El ansia por descubrir nuevas tierras de misión no penetró nunca en mi alma ni en mi espíritu. Pero la historia pondría a prueba dicha pasión, sobre todo cuando fui trasladado hacia tierras más al oeste de Sonora.

Allí, en ese lugar desértico e inclemente, escuché por primera vez hablar de "ellos". Y, por desgracia, nunca pude olvidarlos.

Corría el año de 1655, cuando el provincial Bernardo de Arratia me nombró bibliotecario oficial de la orden franciscana. Mi primera labor consistió en ordenar, clasificar y poner a disposición de la comunidad todos los textos que conservábamos en el seminario. A los pocos meses formulé un plan para adquirir libros que fueran de interés para la congregación. Conseguí varios ejemplares de Florilegio de Artes, Thesoro catequético indiano de doctrina Xptiana, moral y política para indios, *y un sinnúmero de colecciones entre las cuales se encontraba la llamada* Laurea Evangelica Americana, *que consiste en más de cien tomos de sermones predicados y que se convirtió en mi obra favorita. Agrupé las homilías de acuerdo con su procedencia: sermones predicados por obispos, por jesuitas, franciscanos, agustinos, y así sucesivamente, para que los futuros lectores pudieran distinguirla fácilmente, la mandé a encuadernar con pergamino blanco y rótulos rojos. Esa tarea me llevó más de diez años. Los mejores diez años de mi vida, debo decir.*

Al cabo de dicha década, la biblioteca que tenía a mi cargo llegó a albergar casi 12 mil volúmenes y comprendía diez divisiones. Éstas eran: Biblias, sus expositores y concordancias; Santos Padres y otros escritos antiguos; historia eclesiástica y profana; filosofía, matemáticas y medicina; derecho canónico, civil y regular; teología dogmática y escolástica; predicables, catequistas, retórica sagrada; moral, casuistas; ascéticos, místicos, espirituales; letras humanas y erudición.

Para el orgullo de toda la orden franciscana, fue una de las bibliotecas más grandes al oeste de Sonora.

Mi primer contacto con aquel mundo plagado de misterios, leyendas y perversiones humanas ocurrió una tarde de julio. Lo recuerdo porque la comunidad estaba algo alborotada por una persistente lluvia, acompañada de una inusual oscuridad para aquel mes del año, y que se extendía por más de dos días. Nunca antes habíamos presenciado un fenómeno climático de esa naturaleza en pleno verano. Incluso los nativos de la zona comenzaron a realizar algunos rituales de apaciguamiento a sus dioses paganos para intentar aminorar la fuerza de aquel aguacero inesperado.

Cuando me disponía a dar por finalizadas mis labores en la biblioteca, para irme por fin a refugiar entre las silenciosas y reconfortantes paredes del seminario, las puertas se abrieron con un violento golpe. Giré para ver quién había entrado con tal ímpetu al lugar, pero me sorprendí al ver que en el umbral se hallaba sólo una muchacha de menudo cuerpo casi desnuda, con un vestido que le llegaba hasta los muslos, de cabellos alborotados y un par de ojos que paseaban su intensa mirada por todas las esquinas. Me sorprendió que tuviera la fuerza para empujar de manera tan vigorosa aquellas dos gruesas hojas de madera, que algunos indígenas nos habían ayudado a tallar e instalar con gran dificultad sobre sus bisagras.

La vi avanzar hacia mí, con las pupilas clavadas en el ruedo de mi sotana que se agitaba con el viento proveniente de aquel exterior oscuro. Hubiera jurado que sus pies no tocaban nunca el suelo, porque no dejo las huellas de sus pies descalzos sobre los toscos tablones. En aquel entonces quise creer que las corrientes de aire que se colaban iban secando de inmediato la marca de sus pequeñas plantas. Hoy sé que la realidad es otra: en efecto, aquella mujer flotó a pocos centímetros del piso.

Apenas abrió la boca comprendí de inmediato que estaba en presencia de un ser que no formaba parte del manso rebaño de los hijos de Dios.

Era una criatura sin alma.

—Busco información sobre los nahuales —musitó.

En todos mis años de bibliotecario y misionero nunca había escuchado aquella palabra. Le pedí que la repitiera, mientras repasaba mentalmente las diez divisiones que comprendían todo el saber universal que un alma cristiana debía poseer en su intelecto. Pero no: desconocía por completo el término.

Nahuales. ¿Qué palabra era ésa?

Me pregunté a qué pueblo pertenecía aquella misteriosa mujer. Por descarte, concluí que debía ser parte de los yaqui, pueblo indígena del estado de Sonora, gente apacible y de gran corazón que ha sabido acoger a los misioneros con sumisa mansedumbre. Se dejaron instruir por nosotros en el arte de la ganadería y aprendieron a desarrollar cultivos europeos como el trigo, la vid y las legumbres. Sin embargo, a pesar de estar casi seguro de que esa joven pertenecía a esa etnia, no recordaba haberla visto en mis recorridos por la zona, en las lecciones ni adoctrinamientos que realizaba.

¿De dónde había salido?

Cuando negué que tuviera algún volumen referente al tópico que ella solicitaba, no dijo nada. Bajó la vista hacia el suelo, giró, y caminó de regreso hacia la puerta. Antes de que la puerta se cerrara con un nuevo y violento golpe, lo último que vi fue su pequeña silueta recortada contra la sombría penumbra del exterior.

Esa noche, luego de cenar y compartir un par de plegarias nocturnas, mis hermanos sacerdotes comenzaron a retirarse a sus celdas. Yo me quedé a solas con el Padre Eusebio, y le pregunté si sabía que significaba la palabra nahual, *ya que una aborigen me había solicitado un libro acerca de ese tema.*

Yo debí leer las señales. Y todo hubiera sido tan diferente.

Mi superior apretó con fuerza las mandíbulas y los puños de ambas manos, en un gesto que sólo había visto un par de veces antes en él, y siempre cuando se encontraba ante un inminente peligro. Se levantó con inusitada rapidez a pesar del cansancio de sus huesos ancianos y la artritis que comenzaba a entorpecer sus movimientos.

—No vuelva a repetir esa palabra, hermano Bartolomé —me ordenó sin alzar la voz—. La mayor virtud del diablo es hacernos creer que no existe. Pero está aquí, entre nosotros. Más cerca de lo que quisiéramos. Óigame bien...

Se acercó a mí y posó su huesuda mano sobre uno de mis hombros. Pude percibir la crispación de cada uno de sus dedos y el innegable aroma del miedo emanar de su piel.

—Aléjese de las dudas y los herejes, hermano Bartolomé. No se distraiga de sus libros. Aléjese —aconsejó antes de abandonar el locutorio.

Sin embargo, yo sabía que no era un consejo. Era una orden.

Una orden que yo desobedecí.

* * *

Meses después fui comisionado para presidir la boda religiosa de un grupo de nativos evangelizados, que habían decidido celebrar el rito cristiano en lugar de repetir sus propias ceremonias. Eso nos llenó de orgullo, porque era una prueba irrefutable de que su conversión era total y definitiva. La pareja solicitó un sacerdote que fuera a oficiar el sacramento, y el Padre Eusebio me pidió que me hiciera cargo del asunto. Dijo que valoraba mi experiencia al estar en contacto con la comunidad, gracias a mi labor de bibliotecario, y que nadie sería mejor recibido que yo.

Con la ayuda de un sirviente del seminario, empaqué mis pocos artículos personales, cargamos el equipaje en una mula, y emprendimos la marcha hacia la localidad de Santa María Magdalena de Buquivaba. Para llegar a nuestro destino, debíamos atravesar una extensa y árida zona del norte donde, según las crónicas de los primeros misioneros, la temperatura aumentaba hasta enloquecer los humores del cuerpo y, por la noche, descendía a grados intolerables para el ser humano. Sin embargo, yo estaba seguro que nada de eso nos ocurriría: nos protegía la infinita misericordia de Dios, que deseaba que este siervo bendijera con su venia aquella ceremonia de amor que se me había encomendado.

Luego de una larga caminata, mi sirviente encendió una fogata en lo alto de una planicie. Desde ahí pudimos observar el atardecer incendiado de furiosos colores que pasaron del rojo carmesí hasta un morado intenso que fue la antesala del negro que más tarde se apoderó de la bóveda celeste.

Cuando sólo la Luna quedó iluminando la noche, y la fogata comenzó a chisporrotear antes de apagarse, concluimos que era hora de dormir. Ayudé al criado a desplegar unas esterillas sobre las cuales íbamos a depositar nuestros cansados cuerpos. Fue entonces que escuché un jadeante resoplido, muy cerca de nosotros. A decir verdad, estoy seguro de que ambos lo escuchamos, ya que mi acompañante se enderezó de golpe, tan pálido como el rostro del astro que brillaba en el cielo. Al levantarme alcancé a ver la imprecisa silueta de lo que me pareció un enorme marrano, de lomo velludo y gruesas patas, que rascaba la arena con sus pezuñas. Oí las plegarias llenas de terror del sirviente, quizá algo exageradas para estar frente a un cerdo de gran tamaño. ¿Qué mal podía hacernos?

—Es un nahual —masculló desde lo más profundo de su pánico.

Me enfrentaba por segunda vez a aquella palabra que no conocía, pero que el padre Eusebio me había ordenado evitar incluso con el pensamiento. "La mayor virtud del diablo es hacernos creer que no existe", dijo mi superior con el mayor de los convencimientos. ¿Qué tenía que ver el diablo con ese animal que, muy probablemente, se había enfurecido al vernos ingresar en sus dominios?

—¡Va a atacarnos! —clamó el hombre al ver aquella silueta enfilar hacia nosotros.

En ese momento recordé el machete que había empacado entre mis pertenencias, el mismo con el que me abrí camino en la selva, en los inicios de las misiones, cuando el territorio era un extenso poblado de almas paganas que evangelizar. Un gruñido gutural brotó de las fauces de aquel animal, que comenzó una frenética carrera directo hacia donde nos encontrábamos. Veloz, abrí el morral que aún colgaba del lomo de la mula, quien al parecer presintió la amenaza del peligro y comenzó a corcovear alzando las dos patas delanteras.

Empuñé con fuerza mi arma. No iba a ser la primera vez que defendiera mi vida de los peligros de la viña del Señor.

El monumental cerdo se hizo aún más grande cuando acortó la distancia. Pude ver con toda claridad el fulgor de relámpago que encendió sus pupilas cuando nuestros ojos entraron en contacto. Reconozco que un temblor de miedo se apoderó de mis piernas, pero cuando uno tiene a todos los santos de su lado sabe que no puede perder.

Alcé el machete por encima de mi cabeza, esperando el momento preciso para utilizarlo.

—¡No! —gritó el sirviente.

Pero fue demasiado tarde. La bestia se fue directo contra mí, y no tuve más remedio que asestarle el primer golpe con todo el ímpetu de mi brazo. De inmediato vi su cuerpo estremecerse. Entonces propiné una nueva estocada, esta vez a la altura de su cuello. Sentí un chorro de sangre tibia salpicarme la cara, y comprendí que había ganado la partida. El marrano perdió el control de sus extremidades y cayó de espaldas en medio de estertores agónicos.

—Socorro —escuché.

Aún con el arma en la mano, giré la cabeza para ver por qué mi sirviente pedía ayuda. ¿Acaso había otro animal a la vista? Sin embargo, descubrí al hombre de pie junto a los restos de la fogata casi extinta, inmóvil, con los ojos muy abiertos en medio de un rostro que sólo dejaba entrever el enorme pánico que lo embargaba.

—Socorro —volví a oír, esta vez a mis espaldas.

Durante una fracción de segundo no comprendí lo que estaba sucediendo. Quise entender cómo aquel hombre, a quien estaba mirando, había conseguido hablar sin abrir la boca y cómo el sonido de voz había rebotado en las laderas adyacentes para que yo hubiera podido tener la impresión que llegaba hasta mis oídos desde el sentido contrario.

—Hermano Bartolomé, ayúdeme —suplicó una vez más la voz.

Al voltear, un vértigo parecido al que provoca la fiebre en los moribundos estuvo a punto de lanzarme al suelo. Frente a mí estaba el Padre Eusebio, desnudo, gimoteando con los brazos extendidos hacia mí. Una profunda herida le partía en dos la garganta desde donde manaba un incontenible caudal de sangre. Mi superior abrió una vez más la boca, pero esta vez sólo dejó escapar una burbuja roja que explotó al instante y le manchó el rostro. Un espasmo sacudió su cuerpo que expiró luego de un par de roncos gemidos.

Fue así como entré en contacto con los nahuales. Y a partir de ese momento, supe que haría todo lo posible por descubrir qué tipo de criaturas olvidadas de la mano de Dios eran aquellos seres probablemente escapados del mismo Infierno.

Lo que no imaginé, es que lo averiguaría de la peor manera posible.

15

Palabras rebeldes

Ángela suspendió la lectura del manuscrito de Bartolomé Ocaranza y, con infinito cuidado, hizo una marca en la cuartilla correspondiente para saber dónde retomar la lectura más tarde. Volvió a anudar el legajo con la cinta, evitando así que se mezclaran las páginas, y lo dejó en el suelo de la Van, a un costado de una bolsa de plástico que contenía sus pocos artículos personales que había podido rescatar de entre los escombros de Almahue.

Levantó la vista y a través del parabrisas delantero alcanzó a ver un letrero que, a causa de la velocidad del vehículo, pasó junto a ellos como un brochazo casi transparente. Antes de que desapareciera tragado por la distancia del camino, pudo leer "Buin, 25 kilómetros". De inmediato se puso en alerta: Buin estaba sólo a 35 kilómetros de Santiago, la capital del país y prácticamente el punto medio de su viaje. Eso quería decir que les faltaba por recorrer casi la misma distancia que ya habían andado. Con cierta urgencia, volvió a desplegar el mapa y calculó lo que aún les quedaba de trayecto: 1,657 kilómetros. En el mejor de los casos, eso representaba 3 días más de trayecto.

De un veloz manotazo cerró el plano, sintiendo cómo sus sienes latían al compás de su angustia. ¿Serían capaces de llegar a tiempo?

Desde su posición en la parte trasera de la Biblioteca Móvil, echó un vistazo a sus compañeros de aventura. Azabache dormía hecho un negro nudo junto a la palanca de velocidades, entre los dos asientos delanteros. Carlos Ule, al volante, mantenía la vista fija en el asfalto que el coche se tragaba con renovada voracidad luego de la revisión mecánica en Puerto Montt. A su lado, Olegario Sarmiento escudriñaba el paisaje con un rostro tan plácido como inescrutable.

Había algo en él que Ángela aún no terminaba de descifrar. Quizá era ese aire de superioridad con el que el anciano enfrentaba la vida y que nadie se atrevía a desafiar, como cuando anunció que continuaba el viaje con ellos y ninguno fue capaz de confesarle que su presencia era inoportuna. Tal vez su enigmática particularidad se debía a su inagotable caudal de sabiduría, que no perdía ocasión de lanzar al ruedo para dejar sin argumentos a la persona que estuviera compartiendo con él la conversación. Esto lo enfrentó desde el primer momento a Carlos, que vio seriamente amenazado su lugar de sabelotodo al interior de la Van y trató, de manera totalmente inútil, de imponerse en una velada guerra de conocimientos que acabó luego con un impecable y brillante monólogo del nuevo acompañante sobre los nahuales y transmutadores. El profesor no tuvo más remedio que rendirse, hundir la cabeza entre los hombros y cerrar la boca los siguientes kilómetros.

A lo mejor, reflexionó la muchacha sin quitarle la vista de encima, no había nada de especial en Olegario, sino que sólo se trataba de un hombre ya mayor que, aburrido de su plácida existencia al interior de una enorme casa colonial en medio del campo, decidió vivir una última aventura en compañía de un grupo de desconocidos.

Si era cierto que todo tenía un sentido, como Rosa le enseñó... ¿entonces cuál sería el aporte de Sarmiento a esta aventura? ¿De qué manera se iba a justificar su existencia al interior de ese vehículo?

Por último, Ángela volteó hacia Fabián quien, luego de cederle el asiento del copiloto al recién llegado, se acomodó junto a la joven en la parte trasera, entre los anaqueles de libros. Desde ahí le sonrió con su perfecta hilera de dientes blancos y le lanzó un beso recordándole con ese simple gesto todas las razones que tenía para seguir amándolo. Ella se recostó a su lado y apoyó la cabeza sobre las piernas del muchacho. No podía existir un mejor lugar para recuperar sus energías.

Al otro lado de las ventanillas, la tarde comenzó a borrar el color ocre del horizonte y lo reemplazó por un tono azulado que apagó el enorme perfil de la cordillera.

El crepúsculo se derramó sin prisa desde las altas cimas de las montañas, sobrevoló por encima de la enorme extensión de los viñedos que corrían paralelos a la autopista, y acabó por inundar el valle que atravesaban.

Cuando Carlos encendió las luces del coche, le dieron oficialmente la bienvenida a una nueva noche de travesía.

—Es hora que busquemos otra gasolinera para dormir —anunció junto con un bostezo.

Al escuchar al conductor, Olegario enderezó el cuerpo y pareció despertar de un profundo letargo, a pesar de que nunca cerró los ojos. Cuando le explicaron que hasta ese momento habían pernoctado al interior del vehículo para ahorrar dinero y así poder pagar la gasolina, el anciano negó enfático con la cabeza.

—¡Sobre mi cadáver! —exclamó—. No voy a pasar la noche dentro de este cacharro. Aquí cerca hay un hermoso hotel, donde además podremos cenar como corresponde. Y no se preocupen por el precio, que yo invito —y ante los incipientes reclamos de sus acompañantes, sentenció—. ¡Les advierto que no acepto un *no* por respuesta!

A Carlos no le quedó más remedio que seguir las instrucciones del anciano, que lo guió a través de un sinuoso camino de tierra que los desvió varios kilómetros hacia el interior de la zona. Cada vez que la Biblioteca Móvil se alejaba de la carretera, Ángela sentía el zarpazo de la preocupación arañarle el estómago.

—No sé si sea buena idea desviarnos tanto —se atrevió a decir la joven—. Yo iba a proponer que me dejaran manejar durante toda la noche, para no perder tiempo —agregó.

—El cuerpo humano necesita descansar al menos siete horas para poder funcionar en óptimas condiciones —le respondió Sarmiento sin siquiera mirarla. Y luego de voltear hacia el profesor, ordenó—. Dobla aquí a la derecha. Ya casi llegamos. ¡Ya verán qué hermoso es el lugar!

Fabián notó la crispación en cada uno de los músculos del cuerpo de su enamorada, incapaz de contener su molestia ante la aparente falta de sensibilidad del anciano. Veloz, el muchacho la abrazó con fuerza y le susurró palabras de aliento y calma al oído. Ángela cerró los ojos con tanta intensidad que sintió que su cabeza estallaba como una bandada de cuervos luego de un disparo. Y en medio de todo ese estruendo doloroso surgió el rostro de Mauricio, con sus mejillas infladas y su cabello ensortijado, mirándola desde lo más hondo de su angustia.

—Date prisa, Ángela —suplicó su hermano.

"¡Ya basta!", quiso gritar a todo pulmón, para obligar a Carlos a detener el vehículo, desandar el camino y regresar a la carretera. "¡No hay tiempo que perder!", deseó lanzarle directo a la cara a Olegario Sarmiento. Sin embargo, su boca articuló un suave "Estoy muy cansada", que no supo de qué rincón de su mente salió.

—Bueno, ya podrás reposar en una cama de hotel, mi querida amiga —le contestó el anciano mientras con una mano continuaba guiando a Carlos por el oscuro sendero.

Ángela enderezó la espalda, asustada. Se soltó del abrazo de Fabián, que se quedó observándola con inquietud, y seleccionó en su cabeza una nueva oración de desagrado contra Sarmiento: "Quiero que te bajes ahora mismo de este auto".

Se preparó para pronunciarla con toda determinación:

—Gracias por acompañarnos en este viaje —fue lo que salió del interior de su garganta.

Apretó con fuerza los labios, alarmada. Se cubrió la boca con ambas manos, en un vano intento de impedir que sus cuerdas vocales continuaran actuando con voluntad propia y ajenas a lo que su cerebro componía para ellas.

—¿Estás bien? —quiso saber Fabián, algo desconcertado ante su actitud.

En ese momento, el inesperado portal de un hotel compuesto por un sinnúmero de pequeñas cabañas de madera tomó por asalto el parabrisas delantero de la Biblioteca Móvil.

—¡Llegamos! —se alegró el anciano.

"¡¿Por qué no te esfumas?!", contestó una rabiosa Ángela al interior de su cabeza.

—¡Qué bien, me encanta este lugar! —dejó escapar su boca rebelde a través de los dedos que le bloqueaban el paso.

Entonces comprendió que la guerra contra Rayén y su gente había comenzado. Quién sabe cómo, desde algún lugar, Lickan Muckar empezaban a tomar control de su voluntad. Pero ella no iba a dejarse. Claro que no. Costara lo que le costara, daría pelea y no permitiría que terminaran de apoderarse de su alma.

Se bajó de un salto del vehículo, con Azabache entre sus brazos. A grandes zancadas caminó en medio de la oscuridad reinante hacia el área de la recepción. Ni siquiera volteó a mirar a Olegario Sarmiento, que avanzaba atrás a paso firme. Sin embargo, no fue necesario que sus ojos se posaran en él para tener la certeza de que el anciano, con una sonrisa que esta vez tampoco pudo descifrar, no le quitaba la vista de encima.

16

Intermitencias

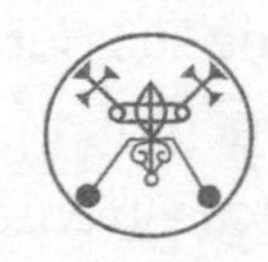

Olegario Sarmiento pagó por tres cabañas completamente equipadas, para tener un reponedor y bien merecido descanso, en contacto con la naturaleza y ajenas por completo al bullicio de la ciudad, como se encargó de enfatizar una y otra vez la empleada que los recibió en el vestíbulo de la nave central del hotel. Luego de tomarles los datos a cada uno, y de mirar con cierto recelo al gato que no se despegaba de la única mujer del grupo, giró hacia un enorme tablero de madera con ganchitos metálicos en donde colgaban diferentes llaves y en cada gancho había un número que indicaba a qué cuarto pertenecía cada una. La recepcionista eligió tres, que dejó sobre el escritorio.

—En la primera dormirá el señor Olegario Sarmiento —dijo, consultando los nombres en las fichas que los huéspedes acababan de llenar—. En la segunda, Fabián

Caicheo y Carlos Ule —continuó—. Y tú, en la tercera —concluyó, mirando a Ángela.

Ángela recibió la suya y la apretó con fuerza en la palma de su mano. Sintió la frialdad del metal en el pliegue de cada uno de sus dedos. Recién se percataba que, a pesar de la hora y de lo fresco que se sentía el ambiente a su alrededor, un irritante calor se negaba a abandonar su cuerpo. Lo podía advertir en cada uno de sus poros, adherido a ella como una fina película que aumentaba progresivamente la temperatura. Notó que su nuca y frente estaban algo húmedas, como si hubiera hecho ejercicio a mediodía. ¿Acaso empezaban a afectarle tantas horas de encierro en un vehículo con poca ventilación? Un maullido de Azabache la sacó de golpe de sus reflexiones. Giró hacia sus acompañantes para desearles buenas noches y dirigirse a su correspondiente cabaña, cuando se sorprendió de pie junto a una cama con un cobertor floreado y una enorme ventana de cortinas cerradas confeccionadas con la misma tela. Desconcertada, volteó alrededor pero no vio a nadie más. En su mano aún tenía la llave, algo húmeda de sudor. ¿En qué momento había caminado y llegado hasta su cuarto? No recordaba haber abandonado la recepción, ni mucho menos haber recorrido el breve trecho rumbo a su habitación.

Sobre una silla de colorido tapiz, encontró una bolsa plástica con sus cosas para el aseo. ¿Acaso había regresado a la Van por su cepillo de dientes, champú y pasta? Sorprendida, también halló junto a la bolsa el manuscrito de Bartolomé Ocaranza. Al parecer era un hecho: en algún momento que no recordaba caminó hacia el coche, rescató todo lo que podía serle útil para enfrentar esa noche, e ingresó a la cabaña donde se encontraba ahora.

Tomó asiento sobre el colchón y se cubrió el rostro con ambas manos. Descubrió que su nariz también estaba perlada de sudor, al igual que sus párpados. De pronto, un agudo dolor la hizo dar un respingo y correr hacia el espejo del baño. La lámpara fluorescente del techo se encendió con un parpadeo y se quedó titilando, al parecer a punto de fundirse. A pesar del intermitente juego de luz y sombra que la lámpara proyectaba sobre ella, pudo ver con toda claridad las manchas rojas que iban desde el lóbulo de su oreja derecha hasta el borde de su camiseta. Se pasó la mano por el cuello y de inmediato la retiró asustada: sus dedos tocaron un camino de pequeñas ampollas que, a diferencia de la primera vez que las sufrió, ahora sabía con exactitud de qué se trataba.

Azufre.

¿En qué momento había estado en contacto con ese elemento? Recordaba, con gran precisión, que luego de su un primer encuentro con Rayén, Rosa había desinfectado y curado aquellas pústulas con aceite de ricino cuando aún eran pequeños brotes. Más tarde, cuando reventaron y el dolor se hizo insoportable, su amiga recurrió a un emplasto de corteza de acacia y roble, aloe vera y hojas de cilantro para mitigar el calvario y cicatrizar la piel. ¿Dónde iba a conseguir lo necesario para atender esta nueva emergencia? La cabaña donde se encontraba quedaba en mitad de la nada, la mujer de la recepción tenía cara de pocos amigos y, para completar el cuadro, no conseguía articular lo que su mente pensaba.

Sintió su corazón acelerarse dentro de su pecho: descubrió que estaba temblando de miedo.

Tal vez Rayén no estaba en Lickan Muckar, como ella creía. A lo mejor, estaba mucho más cerca. Ahí, a su lado. Acechándola desde alguna esquina oscura de esa recámara. Eso explicaría las ampollas en su piel y el trastorno de sus cuerdas vocales.

—¡¿Rayén?! —gritó frenética, aunque no supo si en efecto su voz había pronunciado aquel nombre o sólo sus neuronas le dieron la impresión de que así había ocurrido.

De pronto la lámpara explotó sobre su cabeza y un fogonazo llenó de destellos eléctricos las paredes de mosaico del baño. Ángela cerró los ojos, aterrada. Cuando los abrió, dispuesta a enfrentarse a lo que causó el cortocircuito, pudo percibir el agradable roce de las sábanas contra su cuerpo. Estaba en la cama, arropada hasta la mitad del pecho, con la cabeza cómodamente entre varios cojines que la mantenían en el perfecto ángulo para reposar y leer simultáneamente. Entre sus manos tenía el manuscrito de Ocaranza, abierto en la misma página donde había interrumpido la lectura en la Biblioteca Móvil. Azabache la miraba alerta desde el otro lado del colchón, mientras se lamía una de sus patas.

¿Rayén? ¿Realmente estaba ahí o su imaginación comenzaba a apoderarse de su estado de vigilia?

Agudizó el oído. Sólo pudo percibir el canto de los grillos al otro lado de la ventana y la lejana vibración de los camiones deslizándose sobre el asfalto de la carretera.

Pensó en bajarse de la cama, descorrer las cortinas y examinar detenidamente el terreno que rodeaba su cuarto en busca de huellas humanas, o pequeños montículos de sal que delataran la presencia de un transmutador. A pesar de lo dispuesta que se sentía, no fue capaz de hacer a un lado el cobertor. Un miedo incontenible la mantuvo anclada sobre el colchón. ¿Y si se encontraba cara a cara con Rayén, únicamente separadas por el delgado vidrio? ¿Qué iba a hacer?

Se tocó una vez más las ampollas del cuello. En efecto, ahí estaban, pero más grandes.

Iba a gritar, a ver si así conseguía llamar la atención de Fabián en la cabaña contigua, pero todo lo que logró fue repetir al interior de su mente fue: "Antes de abandonar este mundo...". Entonces se dio cuenta de que ya había comenzado a leer la primera oración de la nueva página del manuscrito de Ocaranza. ¿En qué instante había dejado de mirar hacia la ventana para posar los ojos en el gastado pergamino que tenía entre las manos?

Y antes de que tuviera tiempo de responder a la pregunta, aquel puñado de palabras escritas con exquisita y enrevesada caligrafía, le saltaron encima para llevársela de regreso al pasado. Atrás, tan atrás, que cuatro siglos de distancia se recorrieron en apenas un pestañeo.

17

Círculo de cenizas

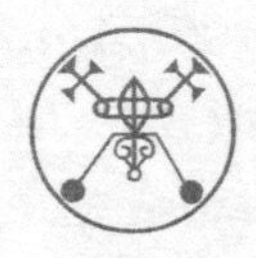

24 de agosto 1699

Antes de abandonar este mundo, por mi propia voluntad y decisión, dejo constancia de un nuevo episodio que llegó hasta mis oídos y que transcribo a continuación.

Dicho suceso aconteció en el mes de diciembre, hace ya diez años, en el número 15 de la Calle de San Agustín, en pleno corazón de la capital.

En dicho hogar habitaba un hombre bueno, el más querido de la región, que tenía por profesión la de hornear pan. A pesar de los consejos de todo el mundo, se había amancebado con una mala mujer, que cargaba sobre sus espaldas una dudosa reputación y una peor conducta.

Cerca de ahí, en la Calle San Hipólito, un herrero había levantado su casa y su taller. Resultaba ser el herrero gran amigo del panadero, y compartían juntos largas horas al día. Gracias a la confianza que ambos se profesaban, el herrero se creía con el deber de aconsejar al otro para que abandonara a aquella mujer, pues su comportamiento sólo mancillaba su apellido y su honor. Pero el hombre nunca hizo caso a los señalamientos de su amigo. Muy por el contrario, cada día parecía más enamorado de su mujer.

En cierta ocasión, avanzada ya la noche, el herrero oyó enérgicos golpes en su puerta. Saltó fuera de la cama de la manera más presurosa que pudo, armando por un crucifijo, el cual fungía como su arma para enfrentar al peligro. Al preguntar desde dentro por el santo y seña, escuchó que una voz le decía que le traía un encargo del panadero.

Al abrir, se encontró con un hombre a quien había visto en el negocio de su amigo. El recién llegado le pidió que le herrara su mula, pues muy temprano su patrón debía emprender un viaje por los pueblos vecinos para ofrecer las hogazas recién hechas. El herrero reconoció la mula de su amigo, y extrañado por lo tarde del encargo, accedió a clavarle las cuatro herraduras al animal. Al terminar con la encomienda, el hombre se llevó a golpes al animal obligándolo con la fusta a caminar a paso acelerado.

Por la mañana, apenas el sol despuntó al otro lado de las montañas, el herrero acudió a ver a su amigo, pues quería despedirse de él antes que partiera. Grande fue su sorpresa al sorprender al panadero todavía acostado. Le reprochó que lo hubiera despertado a media noche, y que si tanta era su urgencia por salir a vender pan a pueblos vecinos, por qué se encontraba todavía metido en su cama. El panadero, lleno de desconcierto, escuchó al herrero y le explicó que él no había enviado a ningún sirviente a despertarlo, que no pensaba salir del poblado y que muy probablemente todo se debía a una broma urdida por algún aburrido vecino que quería reírse de ambos.

Los dos amigos comenzaron a reír y decidieron despertar a la esposa del panadero, para ponerla al día de lo sucedido. Juntos fueron a la habitación de la mujer y llamaron a la puerta.

La encontraron cubierta por las sábanas, los ojos cerrados, la cabeza apoyada en la almohada. Primero le hablaron en voz baja. Al no tener respuesta, el tono comenzó a elevarse. Pero la mujer no se movía. Con horror, los hombres observaron que estaba muerta. Al destaparla, descubrieron que los pies y las manos de la mujer tenían clavadas las mismas cuatro herraduras que el herrero había colocado en las pezuñas de la mula la noche anterior. ¿Cómo habían llegado ahí...?

El relato que acabo de transcribir lo escuché en la localidad de Ocotepec, de boca de un atribulado hombre que decía haber sido el sirviente del panadero en cuestión. Mucha de la gente que estaba junto a nosotros en el momento de su narración se echó a reír y se burló en su cara. Algunos lo llamaron blasfemo. Otros, se persignaron y se alejaron en el acto.

Yo sé que ese pobre hombre no mentía. Así como tampoco mintieron los cientos de hombres y mujeres con los que he hablado a lo largo del extenso viaje que emprendí por el territorio luego de la traumática experiencia en el desierto de Sonora. Aunque nunca lo he confesado, mi secreta intención es volverla ver y preguntarle por qué me eligió a mí para que le diera información sobre los nahuales.

Me refiero a ella: a la misteriosa mujer que una oscura tarde de lluvia se deslizó sin rozar el suelo hacia el interior de mi biblioteca.

Y si de verdad los santos están de mi lado, algún día la encontraré.

* * *

La siguiente historia me trajo hasta la selva Zongolica de Veracruz. Allí, un campesino que cultiva maíz, frijol y chile, me narró una anécdota ocurrida en Potrerillos, su comunidad de origen. En ese lugar, me dijo, él tenía un grupo de amigos también campesinos con quienes solía pasar el día. Al caer la tarde, tenían la costumbre de irse al claro de un bosque cercano a beber pulque y platicar de sus sueños y oficios.

Una noche, cuando se encontraban sentados alrededor de una fogata que entibiaba sus huesos e iluminaba las tinieblas, comenzaron a escuchar extraños sonidos a su alrededor. Todos guardaron silencio. Pensaron que se trataba de los efectos de la bebida alcohólica que tanto disfrutaban. Pero, de pronto, un torbellino surgió de la nada y los envolvió con su furia de huracán. Fue tal su poderío que los elevó varios metros del suelo y los estrelló los unos contra los otros. Perdieron la conciencia y la recuperaron al caer sobre la tierra, junto a las brasas de la fogata ya casi consumida. Ninguno podía recordar cuánto tiempo había realmente transcurrido en dicho trance.

Con angustia, descubrieron que faltaba uno de sus amigos. En su lugar, vieron junto a ellos a un perro de reluciente pelaje y ojos humanos. Para su sorpresa, el animal esbozó una amplia sonrisa, que dejó a la vista sus colmillos, y se echó a reír con carcajadas humanas. Ninguno de los hombres restantes quiso quedarse a descubrir el final de aquella aventura: todos huyeron despavoridos.

Un par de días después, dos de esos amigos araban la tierra empujando el arado. Platicaban del misterioso suceso cuando, para su sorpresa, escucharon con claridad la voz del hombre que había desaparecido después del remolino: "¡Aquí estoy!". Miraron en dirección a los cuatro puntos cardinales, pero no vieron a nadie. Continuaron con su trabajo, pero lo oyeron una vez más: "¡Aquí estoy!".

Esta vez, al volver atrás, se encontraron cara a cara con el mismo perro que apareció junto a la fogata. Paralizados por la impresión, no supieron qué decir. El animal se echó a reír mientras dejaba escapar sonoras carcajadas por entre sus fauces. "No se asusten, que soy yo...", dijo entre sus risotadas. Los dos hombres se abrazaron, esta vez más asustados que nunca, ya que no habían bebido ni una gota de alcohol y no tenían a qué culpar de sus alucinaciones.

El animal les confidenció: "No tengan miedo, que no voy a hacerles nada. A veces me transformo en esto. Y no soy el único. En esta zona hay muchos más como yo, que se convierten en toda clase de animales: serpientes, conejos, pumas, aves, iguanas. Pero si se llegan a encontrar con alguno de ellos, y quiere atacarlos, busquen a una mujer de cabellos rojos y protéjanse tras ella. Con eso rompen el hechizo".

Luego de narrarme su historia, el campesino me presentó a un anciano que, según él, iba a poder contestar todas mis preguntas. Para eso caminamos alrededor de tres días, internándonos en la selva de Veracruz. Hubo momentos donde el calor se convertía en un enemigo de feroz envergadura, pero mi espíritu de misionero me permitió salir adelante.

A la hora del crepúsculo, mi acompañante y yo ingresamos al interior de un humilde cuarto de paredes enyesadas y de techo de baja altura. Un brasero me permitió descubrir, en medio de la penumbra, la encorvada silueta de un hombre que cubría su frágil esqueleto con una manta. Estaba sentado sobre un viejo petate, tan gastado y sucio como su vestimenta. A causa de las sombras reinantes, me fue imposible verle el rostro en un primer momento.

—Don Jacinto —balbuceó el hombre, en señal de profundo respeto—. Quiero presentarle al hermano franciscano Bartolomé Ocaranza. Está aquí para hacerle algunas preguntas.

El anciano levantó la vista y expuso su rostro al resplandor amarillento de los ardientes carbones. Entonces pude apreciar mejor su fisonomía. Su piel estaba curtida por el exceso de sol y el paso del tiempo, y profundas arrugas convertían su frente y mejillas en un pergamino resquebrajado y árido. Alzó uno de sus delgadísimos brazos, más parecido a la rama de un árbol, y con un gesto de su mano pidió que me acercara.

No fue necesario que le explicara la razón de mi visita.

Todos los que llegaban hasta ahí, lo hacían por la misma razón: los nahuales.

—Están en todas partes —musitó con una voz tan antigua como el resto de su cuerpo.

Me explicó que la mejor manera de saber cuál es el animal que nos dará sus características, es haciendo un círculo de cenizas en pleno campo. Apenas un niño nace, debe colocarse al centro de dicho círculo durante toda su primera noche de vida. Al día siguiente, se analiza qué tipo de huellas han quedado grabadas en la ceniza. Así se determinará cuál es el nahual del recién nacido. Es común encontrar huellas de gato, perro, pájaro, mono o incluso el rastro sinuoso de una serpiente. Pero ha habido casos en donde el nahual no corresponde exactamente a un animal: hay algunos, los llamados "apropiadores", que son capaces de mutar su propio cuerpo en el cuerpo de otro ser humano, adquiriendo su imagen, voz y forma.

Dichos "apropiadores" dejan huellas a su paso para contactarse entre ellos y no perderse la pista. Graban a fuego algunos símbolos en los troncos de los árboles. Así, cuando uno de ellos llega a un nuevo poblado, puede saber que uno de sus congéneres ya estuvo ahí.

—Son peligrosos. Muy peligrosos —enfatizó el viejo sin alzar el sonido de su voz decrépita—. Porque cuando salen de cacería... es imposible escapar de ellos.

Una vez, confesó, estuvo frente a frente a un "apropiador". La recordaba con exactitud, a pesar de que el encuentro sucedió hace muchos años, cuando él era apenas un jovenzuelo. La criatura del demonio era una joven de cabellos largos y crispados, como si un nido de serpientes se hubiera ido a vivir a su cabeza. Sus ojos eran del color de la lava de un volcán, así de ardientes y funestos. Y cuando ella estaba a punto de soplarle su polvo de muerte, él la detuvo en un arrebato de valentía.

—¡¿Quién es tu dios?! —le preguntó con gran convencimiento.

El anciano hizo una pausa en su narración. Lo vi abrir y cerrar la boca, intentando recuperar el aliento perdido. Una mujer, que imagino que era su hija, o nieta, ingresó a la estancia donde nos encontrábamos. Con un trozo de madera atizó la lumbre del brasero, que chisporroteó para después recuperar su vigor. Sólo cuando la intrusa abandonó el lugar, don Jacinto retomó la palabra.

Luego de confrontarla con aquella pregunta, la maligna joven permaneció en silencio unos segundos. Y decidió perdonarle la vida, sólo para no tener que responder a esa pregunta que iba a revelar su verdadera esencia de ser sin alma.

—Ahora hábleme de aquel polvo que mencionó —inquirí—. ¿Qué clase de polvo iba ella a soplarle...?

El anciano me explicó que los "apropiadores" muelen las semillas del cebil. Las habas negras de las vainas de estos árboles se tuestan y se muelen en un mortero con cal. Con las cenizas y las cáscaras calcinadas elaboran un polvito que lanzan a la cara de sus víctimas, que lo inhalan por la nariz y boca. De esta manera, el elegido sufre horribles transformaciones y al cabo de poco tiempo empieza a tener la capacidad de apropiarse a su antojo de cualquier forma humana o animal que esté cerca de él a la hora de realizar el cambio.

Con toda esa información en mi mente, regresé luego de un extenuante viaje hasta mi biblioteca, en los terrenos del oeste de Sonora. Sabía que no podía compartir estos conocimientos con ningún hermano de la Orden. Nadie iba a creerme. Incluso a mí me costaba trabajo asumir que seres que no eran hijos de Dios pisaran esta tierra de manera tan impune y desvergonzada.

Lo mejor que podía hacer era dejar testimonio por escrito de su existencia. Debía advertir a la población sobre los peligros de encontrarse cara a cara con un nahual o un "apropiador", como los llamaba aquel anciano de la selva de Veracruz. Sacar a la superficie su historia y realidad era la única manera que estaba en mis manos para hacerles frente y vencer sus poderes diabólicos.

Hago una pausa en la escritura de este manuscrito. A veces es difícil volver a revivir el pasado. Sé que escribo estas líneas como despedida y testimonio de mi más honda verdad, aquella que descubrí por voluntad del Creador y por desobedecer al Padre Eusebio, que me pidió que no siguiera investigando. Sé que Dios sabe que no tengo la culpa de lo que me ocurrió. Yo sólo me dejé llevar por la curiosidad y mi buena intención.

Apenas termine de contar mi historia en estos pliegos, acabaré con mi vida. Tengo todo dispuesto. No quiero sufrir un cambio más. Mi cuerpo cansado, no lo resistiría. Además, no puedo vivir con la angustia de saber que puedo provocarle daño a la gente que quiero, a mi comunidad de fieles que asisten a diario a la celebración de la misa que realizo a la hora del Ángelus. Además, sé que algunos indígenas se han dado cuenta de mi realidad. Lo adivino por la manera en que se me quedan observando, con esa desconfianza que sólo los que pueden ver más allá de lo obvio son capaces de percibir.

Oré muchas noches para que "ella", la causante de despertar en mí la intriga, volviera a cruzarse en mi camino. Y Dios, o quizá el demonio, cumplió mi deseo.

Me encontraba en la biblioteca, clasificando los nuevos volúmenes que habían llegado a la congregación directamente desde España cuando un brusco golpe en la puerta interrumpió mi trabajo. Al girar para ver quién había entrado vi que no había nadie en el umbral. Concluí que una tromba de viento era la causante de empujar las dos grandes hojas de madera y me apuré en ir a cerrarlas antes de que las corrientes causaran estragos entre los libros dispuestos en los mesones de trabajo.

Fue entonces cuando la vi.

Parecía no haber envejecido un solo día desde el momento de nuestro primer encuentro.

Con sus cabellos alborotados y menudo cuerpo, estaba de pie en el umbral, con los ojos fijos en mí, la boca torcida en un rictus que no supe si era de burla o desprecio. Alzó sus brazos por encima de su cabeza, en un gesto que no comprendí de inmediato. A pesar de la oscuridad reinante, provocada por las gruesas y amenazantes nubes negras que poblaban la bóveda celeste al otro lado de la puerta, pude ver con toda claridad el brillo de fuego que invadía sus pupilas.

Avanzó en medio de un remolino de hojas y viento que lanzó lejos todo a su paso. Juro por lo más sagrado que sus pies no tocaban nunca el suelo, sino que se desplazaron a poca distancia sobre los rústicos tablones de la biblioteca que, a esas alturas, era un completo desorden de papeles y libros. Cuando extendió la mano hacia mí, vi que tenía el puño cerrado, como si ocultara algo preciado en su interior.

Se detuvo y me dedicó una larga mirada que congeló a mitad de camino la plegaria que comencé a musitar entre dientes. El ciclón que se colaba por la puerta alborotó el ruedo de mi sotana y despeinó los pocos cabellos que quedaban en mi cabeza. Un aire tibio, más parecido al resuello humano que a una ventisca propia de la zona, me envolvió el cuerpo y me anunció que mi vida estaba a punto de cambiar para siempre.

—Bienvenido a mi mundo —musitó.

Y con horror sentí cómo aquel polvo se metió por mi nariz y se pegó al interior de mi garganta.

Hoy, a punto de ponerle punto final a mi existencia, y luego de haber mutado durante tanto tiempo en diferentes criaturas que se apropiaron de mi cuerpo, puedo decir con total certeza que ya no quiero continuar. No soy capaz de seguir orando y clamando a los cielos, cuando en realidad estoy lleno de dudas. ¿Cómo puedo creer que existe un Paraíso, cuando sólo he sido capaz de vislumbrar el Infierno? ¿A quién puedo convencer de la vida eterna, cuando yo mismo soy la prueba de que hay cuerpos que son capaces de permanecer sobre la Tierra mucho más tiempo que el dispuesto por Nuestro Creador?

Dios mío, si en verdad todo lo ves, perdóname. Este siervo tuyo, que desobedeció tus órdenes, ya no merece seguir respirando. No soy capaz de cambiar de siglo con esta carga sobre mis espaldas y conciencia. Ayer soplé polvo de cebil sobre el rostro de una aterrada mujer a quien yo mismo le di la bendición en su matrimonio hace años. La pobre infeliz no se merecía mi abominable actuar. Pero al igual que el ponzoñoso escorpión que incluso es capaz de atentar contra sí mismo, y sólo porque está en su naturaleza, dentro de mí yace esa maldad de "apropiador" que necesito liberar de vez en cuando.

Dejo este documento como prueba irrefutable de que el Mal existe. Y está allá afuera, jugando con nosotros, haciéndonos creer que es sólo una mentira. Una vil leyenda.

Hagan con mi cuerpo lo que estimen conveniente. Es sólo una cáscara vacía. Mi alma... hace mucho que ya no me pertenece.

Amén.

18

El final de un viaje

Amén.

¿Por qué repitió esa palabra? ¿Acaso porque era lo último que había leído en el manuscrito del sacerdote mexicano justo antes de dormirse? Ángela había soñado toda la noche que atravesaba el desierto de Sonora, calcinándose la planta de sus pies desnudos al avanzar sobre las arenas ardientes y resecas por el sol. De pronto, un enorme cerdo salía a su encuentro. Cuando se disponía a enfrentarlo, el animal se echaba a reír con aquellas estruendosas carcajadas de Mauricio que tanto la sacaban de quicio cuando se dedicaba a molestarla. Entonces un torbellino transformó en un infierno la duna donde ella se encontraba, levantándola algunos metros en el aire.

—¡Amén! —gritó, y todo cesó de golpe.

Despertó antes de abrir los ojos, protegida por la oscuridad de sus párpados. Ahí, envuelta por esa burbuja tibia,

como siempre, se imaginó que estaba en la vigilia y se dedicó a reconocer cada sensación con la que su cuerpo la puso en contacto. Percibió el roce de sus tobillos contra las sábanas, el bulto de la almohada en el hueco de su cuello, la caricia tibia de la luz de un nuevo día sobre la piel de su mejilla.

Entonces abrió los ojos, dispuesta a levantarse, a darse un baño y comenzar una nueva jornada de su viaje.

—¿Y qué dices? ¿Te interesa o no? —la asaltó la voz de Fabián.

Ángela entrecerró los párpados, enceguecida por el deslumbrante resplandor con el que se encontró frente a ella. ¿Cómo había podido no escuchar entrar al Fabián a su cuarto y descorrer las cortinas? ¿Tan profundamente se había dormido luego de terminar con la lectura del manuscrito de Ocaranza? De pronto, el inconfundible ruido del motor de la Biblioteca Móvil llegó hasta sus oídos. Al apoyar las palmas de las manos sobre el colchón, para incorporarse y saludar a su enamorado, sintió la fría y dura superficie del suelo del vehículo.

—Dime, ¿tienes hambre o no? —insistió el muchacho sentado a su lado en la parte trasera del vehículo.

En ese momento, Carlos Ule hizo sonar el claxon para espantar a un perro que hizo el intento de cruzar la carretera. Alertado por el ruido, el animal permaneció en el acotamiento, esperando el momento preciso para atravesar hacia el otro lado.

—Parece que nuestra amiga no tiene ganas de responder —comentó Olegario Sarmiento desde el asiento del copiloto—. Supongo que tendremos que decidir nosotros si paramos a almorzar o no.

Fabián volteó hacia Ángela y la miró con desconcierto.

—¿Te sientes bien? —murmuró.

—¿Dónde estamos...? —masculló la joven, intentando controlar el temblor de incertidumbre que se apoderó de su cuerpo.

—Acabamos de pasar la ciudad de La Ligua.

—¡¿Qué?! ¡Pero si La Ligua está a 150 kilómetros hacia el norte de Santiago! —gritó, confundida.

—Lo sé.

—¡¿Pero en qué momento dejamos el hotel esta mañana...?! —preguntó, lívida de espanto.

—¿Te pasa algo, Ángela?

—¡¿Hace cuánto que dejamos el hotel?! ¡Contéstame! —lo urgió.

—Pues, hará unas cuatro horas, más o menos.

La muchacha terminó de enderezarse, incapaz de comprender lo que estaba sucediendo. Se pasó ambas manos por el rostro, en un frenético intento por desprenderse de aquella brumosa sensación de permanente somnolencia que se había adherido a sus párpados y que, al parecer, tomó el control de su vida.

—¿Estás bien? —Fabián la tomó por el mentón, obligándola a enfrentar su mirada.

—No lo sé —respondió en su suspiro—. Esta mañana, cuando nos subimos a la Van... ¿iba yo dormida o despierta?

—No entiendo —su enamorado frunció el ceño, en evidente gesto de preocupación.

—¡¿Cómo me subí a este coche?! —exclamó.

—Despierta. Saliste de tu cabaña con los ojos abiertos, si es lo que quieres saber. Nos saludamos, me pediste que te ayudara a cargar la bolsa con tus cosas —explicó—. Ah, y me contaste que habías soñado con un desierto... No recuerdo el nombre que dijiste.

—¿El desierto de Sonora?

—¡Exacto!

—¿Yo te dije todo eso...? —murmuró.

—¿No te acuerdas...?

—Abrázame, Fabián. Por favor, abrázame.

El muchacho obedeció, presuroso. Ángela se refugió contra su pecho, aspirando ese conocido aroma a madera ahumada, a bosque mojado por la lluvia, a cielo cubierto de nubes, que tanto había aprendido a amar y cuya presencia mitigaba cualquier angustia o sobresalto. Calculó que si Olegario Sarmiento estaba preocupado por saber si iban a detenerse a almorzar, debía significar que ya habían cruzado la frontera del mediodía. ¿Qué había sucedido entonces con ella en esas cuatro horas de viaje que no alcanzaba a recordar? ¿Cómo era posible que haya incluso hablado con Fabián sin que ahora pudiera acordarse?

Recostada contra él, sintió la mano del joven acariciar su cabello. El contacto de sus dedos fue suficiente promesa de que todo iba a estar bien, y de que juntos iban a ser capaces de vencer ese nuevo tormento que, con toda certeza,

Rayén le estaba enviando como preámbulo a su encuentro definitivo allá, en Lickan Muckar. Mantuvo los ojos cerrados, como una manera de proteger y conservar esa sensación de paz que el contacto de Fabián provocaba en ella.

En un acto reflejo, quizá para infundirse un poco de valor, palpó las semillas del cebil que aún conservaba en lo más hondo del bolsillo de su pantalón. Al instante, el ardor en las ampollas de su cuello redoblaron su intensidad. Por un rato las había olvidado. Era algo que tendría que solucionar pronto o llegarían a convertirse en un grave problema que podría poner en riesgo su salud. Siempre aferrada a Fabián, y con los párpados cerrados, llevó una de sus manos hacia las heridas: estaban más grandes que la noche anterior. Lo que hasta hace poco eran sólo pequeñas ampollas en torno al lóbulo de su oreja, se sentían ahora como abultamientos mucho más grandes y sensibles. El simple roce de su yema con lo que parecían ser burbujas llenas de líquido le provocó un doloroso estremecimiento que la obligó a retirar de inmediato los dedos.

—¿Entonces quieren que me detenga en una farmacia? —escuchó la alarmada voz de Carlos Ule llegar de pronto hasta sus orejas.

¿Una farmacia? ¿Qué había ocurrido?

Al levantarse, para separar su cuerpo del de Fabián, se enfrentó a la oscuridad una noche sin luna. Por un instante pensó que aún tenía los ojos cerrados, pero rápidamente comprendió que no era así. Alcanzó a ver el redondo haz de luz de la Biblioteca Móvil perforando las tinieblas y gracias a él, un cartel que anunciaba "Vallenar, 10 kilómetros" resplandeció tras una ventanilla lateral, y su fosforescencia quedó unos segundos tatuada en el vidrio hasta que terminó por desaparecer disuelto en el negro absoluto del paisaje.

¿Vallenar? ¿En qué momento se hizo de noche?

—¿Tiene mucha fiebre? —quiso saber Olegario Sarmiento desde su asiento.

Fabián posó su mano en la frente de Ángela, y chasqueó la lengua dentro de su boca en un gesto de gran preocupación.

—Parece que sí... —contestó.

—Voy a salirme de la carretera —sentenció Ule al tiempo que dio un brusco giro al volante entre sus manos.

Ángela, recostada en el suelo de la Van, se ovilló abrazada a sus propias piernas y desde ahí intentó seguir el frenético ritmo de los acontecimientos. Mientras su cuerpo entero parecía a punto de evaporarse de calor, pudo comprobar que el epicentro de la combustión provenía de su cuello, en especial de la zona que rodeaba su oreja derecha. Quiso explicarle a sus compañeros de viaje que los temblores y el sudor excesivo que la atormentaban se debían a esas ampollas que eran producto del contacto de su piel con el azufre, aunque no supiera justificar cómo había sucedido eso. Fue entonces que se acordó de Rayén, y de que tal vez no estaba en Lickan Muckar como todos suponían. ¿Podía acaso encontrarse cerca de ella sin que nadie se hubiera percatado de su presencia?

—No estoy muy seguro, pero creo que se trata de una herida provocada por una ortiga. ¿Han estado cerca de esa planta? —preguntó un hombre que Ángela no fue capaz de reconocer.

—No lo sé. Puede ser, hemos estado viajando en estos últimos días —contestó Fabián.

—La herida se parece mucho a la causada por la ortiga, que al contacto con la piel libera una sustancia ácida que produce escozor e inflamación. Voy a recetarle a la paciente una pomada desinflamatoria. La enfermera les va a dar la información de dónde comprarla.

A través de una estrecha ventana, que se abría como un rectángulo sobrepuesto en una descascarada pared pintada de verde, Ángela pudo apreciar la lejana imagen del mar y el delgado horizonte que lo separaba del cielo. Ambos tenían el mismo color turquesa, y perfectamente podrían haber invertido sus posiciones en el paisaje. Estaba observando tan concentrada la plácida estampa del Océano Pacífico, que no sintió el pinchazo de la inyección que diseminó un potente antihistamínico por sus venas. Antes de dejarse vencer por el sopor que le produjo la medicación, descubrió que Olegario Sarmiento la miraba desde la distancia, la vista fija en ella, con ese rictus que podía significar tantas cosas, pero que no le permitía descubrir qué pasaba al interior de su cabeza.

Permíteme darte un último consejo, Ángela. Cuando estés frente a Rayén nunca, nunca más la mires directamente a los ojos.

¿Rosa? ¿Eres tú? ¿Estás aquí conmigo, o estas palabras tuyas me llegan desde algún lugar de mis recuerdos?

—Ya falta menos, mi amor. Mira, acabamos de cruzar frente a Chañaral —señaló Fabián en el mapa carretero que tenía desplegado junto a ella.

Al interior del vehículo el aire se había caldeado a tal punto que se le dificultaba la respiración. Trató de pedir que bajaran un poco alguna ventanilla, pero no pudo emitir palabra. Sus fuerzas habían huido lejos, quién sabe a dónde. En su lugar, quedó sólo una fatiga permanente que le impedía enderezar el cuerpo o sostenerse sobre sus piernas. Así era imposible que pudiera vencer a Rayén. ¿Cómo pretendía enfrentarse a ella si no era capaz de mantener los ojos abiertos por mucho tiempo?

Quiso comprobar el estado de las ampollas, pero sólo pudo palpar un grueso parche de gasa que cubría la zona.

—¡No, no te lo vayas a quitar! —le advirtió Fabián retirando con suavidad su mano—. El médico pidió que lo tuvieras al menos por una semana.

Entonces no había mucho más que hacer sino entregarse a la agradable sensación de saberse arropada por un cobertor lo suficientemente grueso, pero a la vez liviano, que le permitió estirar todo su cuerpo sobre el colchón de esa cama que de pronto percibió bajo su espalda. Refugiada entre esponjosos almohadones, vio a Fabián cerrar de un certero tirón las cortinas bloqueando así la imagen de una redonda y luminosa luna en medio del cielo nocturno.

—Ya queda menos —repitió el muchacho.

—¿Cuánto falta? —masculló con una voz que ni siquiera reconoció como suya.

—Menos de 400 kilómetros —contestó Carlos Ule desde el asiento del chofer.

Y de tan alegre que estaba, hizo sonar el claxon para celebrar sus palabras.

Desde su lugar, en el suelo, junto a los estantes de libros que daban saltitos en sus repisas, quiso escudriñar el rostro de Sarmiento. Pero el ángulo en el que el anciano se encontraba, le permitió sólo apreciar parte de su perfil. Parecía absorto en el luminoso paisaje exterior: enormes y altas montañas se alzaban a ambos costados de la autopista, luciendo tonalidades rojizas que contrastaban de manera brutal con el azul del cielo. Abruptos precipicios se sucedían los unos a los otros, puente tras puente, sin que existiera rastro alguno de vegetación en las planicies intermedias o en las laderas aledañas.

¿Qué estaría pensando Olegario?

De pronto el viejo giró la cabeza hacia ella. Cortó la distancia entre ambos con una fingida sonrisa que esbozó desde el asiento del copiloto. La luz del atardecer le dio sobre la piel, pintando de oro cada una de sus arrugas e incendiando su cabello blanco con el reflejo de aquella bola de fuego en que se había convertido el sol.

—¿Cómo te sientes? —le preguntó casi sin mover los labios.

Pero Ángela no alcanzó a contestar. El inclemente dolor de las llagas en su cuello le impidió interactuar. No le quedó más remedio que apretar con fuerza los párpados y refugiarse una vez más en ese espacio silencioso donde el vacío y la nada se hacían cargo de su cuerpo y en el que podía entregarse sin temor alguno.

Sin embargo, esta vez fue distinto. Una fuerte sacudida la obligó a regresar abruptamente al interior de la Biblioteca Móvil.

Al abrir los ojos, se encontró con la amplia sonrisa de Fabián a escasos centímetros de su cara. La excitación se le salía por los ojos. La tomó con vehemencia por uno de los brazos, y la obligó a sentarse a pesar de su debilidad. Tras él, el paisaje exterior se había teñido de ocre intenso, todo era arena, duna, desierto.

—¡Despierta, mi amor! ¡Llegamos! ¡Llegamos por fin a Lickan Muckar!

En ese momento, Ángela advirtió que una de las tantas ampollas reventó bajo el parche, haciendo escurrir un viscoso y tibio líquido por su cuello. Cuando quiso limpiarlo, usando el dorso de su mano, vio gruesos e irregulares granos de sal pegados a la piel de su palma.

Era un hecho: Rayén, o uno de su especie, estaba con ella al interior de la Van.

Y justo cuando quiso dar el grito de alerta, un violento estruendo sacudió con fuerza el vehículo e hizo crujir con un bramido mortal la carrocería de lámina. Alcanzó a ver que se estrellaba el parabrisas y que el techo se hundía hacia ellos como si un gigantesco puño lo hubiera golpeado desde afuera. Sintió el cuerpo de Fabián caer sobre ella, en un desesperado intento por protegerla del abrupto caos.

Sin embargo, todo fue inútil.

TERCERA PARTE

El viaje no termina jamás. Sólo los viajeros terminan.
Y también ellos pueden subsistir en memoria,
en recuerdo, en narración...
El objetivo de un viaje es sólo el inicio de otro viaje.

Viaje a Portugal, José Saramago

1
Hermanas frente a frente

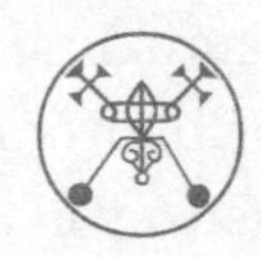

Cuenta la leyenda que las mellizas fueron separadas luego de cumplir los doce años, arrastradas por una pesadilla de gritos, muerte y sangre que enlutó por décadas a la comarca. A pesar de que la historia nunca aclaró quiénes fueron los que tomaron por asalto el plácido castillo y exterminaron a sus habitantes en una cacería sin piedad, sí se hizo mención al hecho de que en mitad del fragor de la batalla una hermosa y blanca garza alzó el vuelo, interrumpiendo por un instante la descarnada contienda. Su esbelto y elegante cuerpo se alzó por encima de la masacre, batiendo sobre las cabezas de los enemigos unas largas y solemnes alas. Giró en círculos unos instantes, algo torpe y desorientada, y por algunos instantes estuvo a punto de desaparecer engullida por aquella oscura nube de polvo y cenizas que antes fuera su hogar. Sin embargo, logró recuperar altura y se elevó tan alto como pudo. Arriba, cada vez más arriba, hasta que su albo plumaje se confundió con las nubes y desapareció de la vista de los hombres que quedaron abajo, a ras de suelo, brevemente maravillados por su delicada belleza.

La leyenda dice también que, incapaz de detener la velocidad de su vuelo recién aprendido y en su desesperado intento de escapar de la muerte y del filo de las espadas asesinas, la garza se aproximó al Sol más de lo debido. Sin poder detener su vuelo, pronto percibió sobre ella la llamarada ardiente del astro y el calor reinante amenazó con flaquear sus fuerzas. El error ya estaba cometido: un agudo dolor le perforó los dos ojos que no alcanzó a cerrar a tiempo. La brutal reverberación de aquella bola de fuego quemó sus retinas dejándola sumida en la más total de las oscuridades. "El Sol y la Luna son los reyes de la bóveda celeste", recordó justo antes de emitir un dolorido graznido que sacudió su pequeño cuerpo, y se catapultó hacia la tierra.

Los conocedores de esta historia aseguran que la joven Rosa cayó sobre un mullido montón de heno que amortiguó su caída y la mantuvo con vida. Si hubiese podido ver, se habría encontrado en mitad de un corral, rodeada de ovejas que no alteraron sus plácidos movimientos ni su entusiasmo por seguir comiendo. Desde su más absoluta ceguera, Rosa se sintió transportada por unas delgadas y huesudas manos que la depositaron sobre un tapete.

Confía, hija. No tengas miedo. Todo va a estar bien.

La voz al interior de su cabeza mitigó su primer intento de abandonar ese lugar desconocido, que olía a animal húmedo y a madera reseca por el sol.

—¿Cómo te llamas? —preguntó una voz que la niña no había escuchado nunca antes en sus doce años de vida.

—Rosa —musitó.

—Mucho gusto, Rosa. Yo soy Minerva.

Es una buena persona, hija. Sus intenciones son honestas y su corazón es puro.

En efecto, Minerva resultó ser una espléndida mujer y una gran compañía. Su edad siempre fue un misterio, no sólo para Rosa sino también para los habitantes de la pequeña aldea donde la anciana residía, ya que nadie pudo nunca precisar cuántos eran los años que gozaba de vida.

Apenas despuntaba el sol al otro lado del cordón de montañas del norte, Minerva ya estaba de pie alimentando a sus aves y lanzando hierba fresca al corral de las ovejas. Cuando caía la noche, la anciana era la última en acostarse en el humilde lecho que compartía con Rosa, luego de apagar el fuego, asegurar la reja del gallinero y comprobar que ardía, colgada del umbral de la puerta principal, una pequeña lámpara de aceite cuyo fin era espantar mosquitos y espíritus indeseados.

Minerva era conocida por tejer las alfombras más hermosas de las que se tuviera memoria en la región. A pesar de que Rosa nunca pudo verlas, fue capaz de apreciar la insuperable textura de las hebras de lana, entrelazadas en una perfecta y apretada red.

La misma mujer esquilaba sus ovejas una vez al año con una pericia y habilidad que dejaba boquiabierto hasta al hombre más fornido del lugar. De un solo manotazo tumbaba a la oveja en el suelo, mientras que en una de sus manos blandía la tijera, y con la otra, además de usar las dos piernas, sujetaba al animal. El suelo del corral quedaba repleto de mechones de lana que Rosa hábilmente iba acumulando al interior de un saco de arpillera antes de que el viento los esparciera por el lugar.

El proceso de fabricación de las alfombras continuaba con el delicado teñido a mano de la lana, utilizando sólo colorantes naturales obtenidos de flores y raíces, para posteriormente hilvanarla en una rueca y luego, después de hacer madejas, anudar cada hebra a un enorme telar que Minerva había montado en una esquina de su morada, junto al fogón y el estanque del agua. Una vez que la alfombra estaba lista y tejida en el bastidor, cortaba el paño, anudaba las orillas y eliminaba las impurezas de la lana. Por último, embadurnaba con un apresto que la mujer confeccionaba con base en almidón elaborado a partir de hueso, que diluía en agua caliente, con el cual empapaba su alfombra de extremo a extremo para así darle rigidez y forma.

—Algún día serás capaz de hacer tus propios diseños —le repetía a Rosa cada vez que terminaba con su labor.

—Lo dudo —se quejaba la niña—. Es demasiado difícil.

Minerva nunca hizo preguntas ni tampoco trató de inventarse las respuestas. Simplemente asumió desde el primer momento que esa niña que había caído del cielo, que en ocasiones murmuraba una y otra vez el nombre de Rayén durante el sueño y que por alguna cruel decisión del destino no era capaz de ver, estaba bajo su cuidado y que no tenía más remedio que dedicarse a ella hasta el último aliento de vida de su cansado cuerpo. Con el mayor cariño posible respetó siempre los largos silencios de Rosa cuando a veces la jovencita se quedaba inmóvil en mitad del campo, inhalando hondo los diferentes aromas de las hierbas, o cuando presentía que la nostalgia se apoderaba de su memoria y se asomaba por aquellos ojos tan blancos como su piel, sin huella alguna de color. Lo mejor que Minerva podía hacer era dejarla sola, hasta que la sonrisa regresara a los labios de Rosa y se volviera a incorporar a sus actividades.

La leyenda dice que, con el tiempo, la niña se convirtió en una hermosa y pálida mujer, de largos e inmaculados dedos que movía con precisión cada vez que se dedicaba a alguna tarea. El cabello negro le caía en dos mechones a cada lado del rostro, partido al medio con perfecta simetría. En silencio y con infinita paciencia, se dedicó durante muchos meses a preparar la tierra para cultivar una pequeña huerta, a un costado del gallinero, junto a la noria de agua dulce. Allí cultivó y sembró todo tipo de plantas, matojos y flores con las que experimentó diferentes brebajes e infusiones. Y, tal como Minerva vaticinó, a Rosa le bastó sentarse sólo una vez frente al telar, durante una aburrida y lluviosa tarde de invierno, para aprender a tejer con una habilidad que impresionó a todos.

"Es como si una voz al interior de su cabeza le guiara las manos", se conmovió la anciana cuando la vio cruzar las hebras de lana con inequívoca pericia. Dio un hondo suspiro de alivio porque supo, en ese preciso instante, que le había regalado un modo de ganarse la vida a aquella joven. Su cuerpo cansado y viejo ya comenzaba a dar muestras de que el fin estaba cerca, y sería ella quien heredaría sus pocas pertenencias, sus aves de corral y sus fieles ovejas que proveían la materia prima para las alfombras. "Tal vez cuando ascienda al Cielo descubra de que estrella cayó Rosa", reflexionó Minerva y esa idea la llenó de esperanza.

En la primera alfombra que confeccionó, Rosa mezcló tres diferentes colores: marrón, rojo y negro. Al centro hizo un círculo. Desde esa figura geométrica surgían, tanto hacia la derecha como a la izquierda, otros círculos y triángulos de distintos tamaños, algunos coronados por cruces y flechas. Era un diseño extraño, que nadie pareció comprender. Cuando Minerva le preguntó el motivo de esos trazos, la respuesta de la joven fue:

—Los soñé. Y no quiero que se me olviden.

Una vez más, la anciana supo que no valía la pena continuar indagando.

Cuentan que antes de que llegara el otoño siguiente, la tierra se enfrió de manera abrupta. El verano tuvo un inesperado final cuando el sol desapareció tragado por un manto de nubes negras que oscureció el cielo. Como consecuencia, hombres y animales se echaron a dormir llenos de confusión, alterando así sus relojes vitales. Los pájaros regresaron apurados a sus nidos, los zorros a sus madrigueras, el ganado cerró los ojos y dejó de alimentarse, y las gallinas no pusieron más huevos a la espera de un amanecer que no llegó.

Aquella madrugada en la que todo volvió a cambiar, el jardín de la casa de Minerva era un absoluto manchón negro, tan denso e impenetrable que no permitía identificar ni el más mínimo de los detalles. Incluso la siempre presente figura de la noria a un costado de la puerta principal había sido devorada por la hambrienta boca de la noche eterna. Se completaba ya una semana de tinieblas absolutas, señal más que clara de que una tragedia estaba por ocurrir. En la aldea sólo se escuchaban lamentos y plegarias. Las mujeres organizaban rondas de oraciones mientras los hombres comenzaron a sacrificar a algunos animales que, desorientados por la falta de luz solar, se hacían cada día más agresivos y violentos.

Rosa era la única habitante del lugar que no sufría las consecuencias de aquella prolongada oscuridad. Su mundo se apagó para siempre desde que consiguió escapar del castillo de su padre. Por lo tanto, ninguna de sus actividades se interrumpió ni se vio afectada. Sin embargo, aquella mañana que marcó el inicio de su nueva vida, despertó con la sensación de que algo acechaba al otro lado de los muros de la casa.

Escuchó levantarse un fuerte viento que sacudió con vehemencia el ramaje de los árboles. Los oyó crujir desde la base del tronco, alertando con sus gritos de madera que el vendaval ya estaba alcanzando un grado de peligro. Luego se desató una lluvia que estremeció con su caudal las calles empedradas y en sólo segundos convirtió en un verdadero lodazal el suelo del gallinero.

Rosa se acercó al lecho donde Minerva reposaba. Quiso despertarla para avisarle que tal vez iba a ser prudente empacar algunas pertenencias y subir hacia la parte más alta de la aldea, por si el río que la cruzaba amenazaba con desbordarse. Pero apenas rozó la fría piel del antebrazo supo que la anciana estaba muerta.

En ese instante, el quejido de las bisagras le anunció que alguien acababa de ingresar al lugar. Esperó que la voz al interior de su cabeza la orientara sobre la identidad del recién llegado, pero nada de eso ocurrió. Entonces, se descubrió por primera vez sumida en el más oscuro de los pozos, ajena por completo a lo que ocurría a su alrededor. Y también por primera vez tuvo miedo.

¿Mamá...? ¿Dónde estás? ¿Por qué no me hablas?

El fragor de la lluvia se escuchó con más claridad con la puerta abierta, y una ráfaga se coló desde el exterior y le alborotó los cabellos como una bandera al viento.

Agudizó el oído: alcanzó a percibir unos ligeros pasos dirigiéndose hacia ella. Por lo despacio que sonaban, descartó de inmediato la presencia de un ser humano. ¿Un animal, tal vez? Olfateó en busca de un olor característico, pero el agua de la tormenta se encargó de reemplazar cualquier posibilidad de aroma por el acre perfume del barro.

—¡¿Quién está ahí...?! —gritó asustada.

Los pasos siguieron aproximándose. Por lo visto el agua de la lluvia había comenzado a filtrarse y a encharcarse en el suelo, porque escuchó el liviano chapoteo que provocaba el intruso al avanzar. Deseó con todo su corazón que Minerva sólo estuviera dormida y que acudiera en su rescate. Pero la profunda sensación de orfandad que se apoderó de su corazón fue lapidaria: estaba completamente sola frente a su destino.

—¡¿Quién es?! —gritó.

Como respuesta recibió de imprevisto el salto en el pecho de lo que efectivamente le pareció un animal. El inesperado impacto la llevó hacia atrás. Percibió las pequeñas uñas al enterrarse en su piel a través de la tela de su ropa. Un alarido de espanto se le congeló a mitad de la garganta.

Es él, hija. Regresó.

¿Él? ¿Quién?

De pronto, sintió una breve y áspera lengua contra su mejilla, en un gesto que le pareció más fraternal que amenazante.

Tu amigo, Rosa. Por fin te encontró.

¿Amigo? Pero si el único amigo que ella había tenido quedó atrás. Muy atrás. Entre los muros de piedra y las mazmorras de su antigua vida de princesa.

Volvió.

—¿Azabache...? —musitó, incrédula.

En respuesta, el felino redobló sus lengüetazos y una oleada de irrefrenable alegría estremeció su cuerpo.

—¡Tú también pudiste escapar del castillo! —exclamó con lágrimas en sus ojos transparentes.

Sin embargo, a pesar de su enorme felicidad, no alcanzó a levantarse del suelo. Advirtió que el viento que entraba por la puerta cambió de súbito su dirección, y ahora las gotas de lluvia comenzaron a caerle en pleno rostro. A pesar del frío que reinaba en el lugar, un aliento tibio acarició su piel, y un penetrante aroma a bosque profundo, a musgo reverdecido de humedad, a tierra pantanosa, atrapó sus sentidos y le alteró los latidos del corazón.

Era como si la naturaleza entera se hubiera hecho presente al interior de la casa de Minerva.

Y entonces la oyó:

—¿A mí no me saludas, hermanita...?

Los que han contado antes esta historia, siempre se detienen en este momento. La pausa es necesaria, aseguran con un dejo de inquietud en la voz. Es mucho en lo que hay que reflexionar. Por fin, luego de tantos años de separación, las dos hermanas volvían a unir sus caminos. Qué se dijeron o cómo reaccionaron al encontrarse cara a cara, no se supo nunca con certeza.

Lo único que sí es un hecho irrefutable, es que la historia que se escribió a partir de ese momento fue motivo de otra leyenda.

2
¡Hay que salir de aquí!

Por más que Ángela cerró los ojos, para ver si así conseguía mantenerse ajena al enorme caos y destrucción que parecía estar acabando con su entorno, no pudo escapar del ruido infernal que se apoderó de sus tímpanos: un constante estruendo de pequeñas explosiones, como si alguien, desde los cuatro puntos cardinales, lanzara enfurecidas piedras una y otra vez contra la Biblioteca Móvil. Al darse cuenta de que la intensidad del ataque no cedía, consideró escapar del interior del vehículo y buscar protección en un lugar menos expuesto. Pero el cuerpo de Fabián, que se lanzó sobre ella para resguardarla de aquello, le impidió hacer cualquier movimiento.

—¡Quédate aquí! —lo oyó gritar en medio del ruido.

Desde la oscuridad total en la que estaba sumida gracias a sus párpados firmemente apretados, pudo sentir cómo la Van se sacudía de lado a lado con la fuerza de los empellones. Le extrañó el profundo silencio que se apoderó de sus compañeros de viaje. Fabián estaba demasiado ocupado en socorrerla como para decir alguna palabra. ¿Pero qué había ocurrido con Carlos Ule y Olegario Sarmiento? ¿Estarían heridos luego de la explosión del parabrisas delantero?

Buscando valor en sí misma, consiguió asomar la cabeza por debajo de uno de los brazos de Fabián y contuvo grito o palabra alguna ante lo que vio: todos los cristales de la Biblioteca Móvil estaban estrellados y por su cara exterior escurría un espeso líquido rojo.

—¡¿Qué es eso?! —exclamó en medio de su profundo pasmo.

En ese preciso instante, un nuevo golpe sacudió el coche. Ángela alcanzó a ver a través de un cristal roto cómo una enorme lechuza gris, de redondos ojos amarillos y crueles garras en posición de ataque, se estrellaba con toda sus fuerzas contra la ventanilla. El crujido de sus huesos al quebrarse, la explosión de vísceras y el revuelo de plumas y sangre que quedaron en el vidrio, la dejó completamente horrorizada. Y a este choque le siguió otro, dejando los mismos despojos del anterior. Y otro. Y otro, en la ventana opuesta. Por lo visto, una inacabable bandada de *Coos* se estaba lanzando en picada contra el vehículo del profesor para morir en un amasijo de vísceras sanguinolentas.

El vidrio trasero terminó por ceder en una de sus esquinas por el impacto de un ave que consiguió entrar, y cuyo cuerpo rebotó contra Azabache, mientras agonizaba en el suelo de la Van. El gato emitió un ronco maullido de alerta y de un brinco se trepó a una de las estanterías de libros.

—¡Tenemos que salir de aquí! —gritó Fabián por encima del ensordecedor golpeteo en el techo y los cristales—. ¡Carlos! ¡Carlos...!

Pero Carlos Ule no respondió. Fabián estiró el cuello y miró hacia donde debía estar: con espanto descubrió que el profesor estaba con los ojos cerrados, desvanecido sobre el volante.

Fue entonces que vio a Olegario convulsionando, como si fuera a darle un ataque de epilepsia. Al instante comenzó a vibrar. De pronto, la parte superior del cuerpo del anciano se balanceó hacia delante y hacia atrás, torciéndose y agitando los brazos de un modo tan extremo como si no tuviera articulaciones ni huesos. La luz exterior, filtrada a través de la sangre que salpicaba los vidrios, pintó de rojo intenso el interior del coche y convirtió la imagen de Sarmiento en un engendro infernal escapado de lo más hondo de una pesadilla.

Ángela notó el pasmo en el rostro de Fabián, y llena de temeridad se asomó también. Desde su lugar observó cómo el balanceo del hombre, anclado en el asiento del copiloto, fue aumentando cada vez más hasta dejar convertido a Olegario en un manchón hecho sólo de viento y celeridad.

—¡Hay que salir de aquí! —gritó Fabián, horrorizado.

—¡Es un transmutador! —vociferó Ángela al tiempo que un violento ardor convertía las úlceras de su cuello en un doloroso calvario.

Fabián comenzó a patear la puerta trasera para intentar abrirla. Sin embargo, los golpes de las lechuzas habían abollado las láminas impidiéndoles girar y abrir la puerta. Volvió a golpear, esta vez con su cuerpo, pero la puerta no se movió de su lugar.

Ángela no podía despegar los ojos de aquel torbellino que estremecía por dentro la biblioteca móvil. No pudo evitar recordar a Walter Schmied, en medio del incendio del astillero, que había abandonado ante ellos su aspecto de padre y hombre de familia, para terminar convertido en un grotesco ser que nadie pudo identificar. Estaba segura de que iba a suceder lo mismo con ese anciano que venía acompañándolos desde Linares. ¡Cómo no había sido capaz de identificarlo antes!

La joven se llevó las manos al cuello. Sus palmas sintieron latir y arder las llagas que se abrían y cerraban como branquias fuera del agua.

En el asiento delantero, en el centro mismo de aquel tornado que reemplazaba al cuerpo de Olegario Sarmiento, comenzó a materializarse una nueva imagen: una anatomía oscura, contrahecha, de largos brazos más parecidos a las ramas de un árbol que a las extremidades de un ser humano. Donde antes estaba la cabeza se alzó ahora una masa informe, cruzada de grietas y nervaduras, con dos ojos crueles y sanguinarios anclados en medio de su semblante. La figura crujió y comenzó a desenrollarse sobre sí misma, trémula, levantándose igual que una raíz que olfatea el aire en busca de alimentos y minerales. La parte superior golpeó contra el techo del vehículo, mientras el resto de la criatura se ensanchó hacia los lados, ocupando el espacio a su alrededor.

La Van volvió a crujir, esta vez presionada desde el interior. Lo que antes fue el cuerpo del anciano ya no cabía al interior del auto, que rechinaba a causa de la presión.

—¡Hay que salir de aquí! —repitió Fabián redoblando los golpes contra la puerta trasera.

Ángela se sumó dando patadas. La Biblioteca Móvil estaba a punto de partirse en dos como una nuez, y todo a causa de esa bestial criatura que continuaba desarrollándose sin tregua.

Carlos Ule, estrujado contra el volante y la puerta del auto, sacudió la cabeza. Entreabrió los ojos, recuperándose del golpe cuando la primera lechuza se estrelló contra el parabrisas. Como si despertara de un sueño, se vio rodeado por una masa informe que amenazaba con aplastarlo y con hacer reventar al auto en cualquier momento.

—¡Afuera todos! —gritó el profesor y saltó como pudo hacia el exterior.

Fabián, concentrando todas sus fuerzas en ambas piernas, asestó un violento golpe en la puerta trasera y consiguió desprenderla de una de las bisagras.

El primero en caer sobre las ardientes arenas del desierto fue Azabache. Ángela y su enamorado salieron después, esquivando la infinidad de cuerpos de lechuzas que rodeaban el maltrecho vehículo. Algunas aún agonizaban dando torpes aleteos, y abriendo y cerrando sus filosos picos. Eran cientos de aves muertas que habían decidido perder la vida en un brutal ataque contra los recién llegados a Lickan Muckar.

Carlos se les unió, jadeante y asustado.

—¡¿Qué está pasando?! —preguntó, pero nadie fue capaz de contestarle.

Los tres amigos y el gato se alejaron algunos metros, trepando un pequeño montículo que se alzaba desde el borde mismo del angosto camino por el cual transitaba la Van antes de la arremetida de las lechuzas. El calor del desierto los abrazó apenas las suelas de sus zapatos se hundieron en la duna y con abatimiento sintieron el sol multiplicarse hasta el infinito en cada grano de arena. A pesar de que la hora del crepúsculo estaba próxima, y el cielo ya comenzaba a teñirse de lilas y trazos de incendio, la incandescencia que esas montañas irradiaban no parecía mermar.

—¡Qué está pasando allá adentro! —preguntó angustiado el profesor al ver que el chasis de lo que antes fuera su fiel compañero de aventuras se sacudía a causa de violentos empellones que provenían del interior.

Pero Carlos suspendió de golpe las preguntas al ver que el techo se terminó de abrir a causa de una honda grieta que lo partió de lado a lado, y el filo brilloso de un hacha emergió con brutal violencia. Un par de manos enormes y despiadadas, se asomaron, y con una fuerza sorprendente terminaron de hacer aún más grande la abertura. El vehículo perdió su forma, arrugándose como un papel brilloso. El radiador explotó haciendo saltar un chorro de agua hirviendo, mientras que el tanque de gasolina dejó escapar todo su contenido empapando los libros que estaban diseminados entre los pájaros muertos y el revoltijo de láminas y restos del motor.

Una sombra empezó a gestarse en el suelo al surgir de entre los escombros. Era una monumental mancha oscura que abarcó gran parte del paisaje y que anunció la presencia del habitante más importante del lugar. La sombra en el suelo arenoso fue cobrando forma, hasta que reveló la silueta de un hombre de grueso cuello, torso descomunal y dos corpulentas piernas que se alzaron como columnas imbatibles.

Desde la duna, los tres compañeros vieron cómo el brazo que sostenía el hacha se alzó amenazante.

—Yo me encargo —escucharon de pronto a sus espaldas.

Al girar al unísono, con angustioso rictus, se encontraron frente a un corpulento hombre que terminaba de enderezarse desde el suelo, mientras se quitaba de encima mechones de pelaje negro. La luz dorada del atardecer hizo brillar con intensidad su piel de ébano.

—Llevo siglos esperando este momento —dijo.

Y ante tres pares de impresionados ojos, se lanzó en precipitada carrera hacia donde lo aguardaba quien fuera su amo, muchas vidas y cuerpos atrás.

3
Nos volvemos a ver, amo

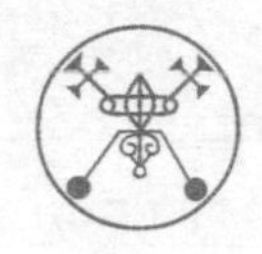

Azabache se le fue encima con el brío de una pantera negra que está dispuesta a todo con tal de defender su territorio. Ángela, Fabián y Carlos, que aún no terminaban de salir de la conmoción al descubir que Azabache también era un transmutante, lo vieron saltar como una sombra enfurecida sobre el descomunal cuerpo de aquel hombre que cubría su rostro con una tosca máscara hecha en madera. Como respuesta al embiste, el enorme hombre alzó su hacha, que recortó durante una fracción de segundo contra el cielo ya completamente rojo a esa hora del atardecer. Segundos después, su filo brilló con un destello metálico para caer dejando un rastro plateado en su camino. Pero Azabache fue más hábil y esquivó con pericia el arma que, al errar el golpe, fue a enterrarse contra el chasis de la biblioteca móvil. La fuerza del impacto provocó que saltaran chispas ante la fricción.

—Nos volvemos a ver, amo —pronunció el atacante en un jadeo—. Tenemos una deuda pendiente.

Dicho eso, Azabache levantó un largo tubo metálico que yacía entre los escombros del vehículo, y lo azotó con todas sus fuerzas contra la cabeza del Decapitador. El impacto hizo restallar la máscara que simulaba las facciones de un gato y lo aturdió por un instante haciéndolo retroceder un par de pasos.

—¡Nunca atenté contra Rosa! —bufó Azabache y volvió a levantar el arma por encima de su cuerpo—. ¡Fue una mentira de Rayén! ¡Yo no merecía ese castigo!

La voz del hombre, plagada de palabras mal pronunciadas por el hecho de tratar de hablar esa nueva lengua, sobrevoló la enorme extensión de la duna y se quedó haciendo eco en cada uno de los cuatro puntos cardinales. Arremetió con fuerza contra su enemigo una vez más, golpeando con el tubo el enorme torso cubierto de vello. El Decapitador volvió a perder el equilibrio, y Azabache supo aprovechar la inesperada debilidad de su oponente para asestar un tercer golpe que terminó por romper su máscara.

Ángela contuvo un grito ante el horror que descubrió la falta de aquella careta. En lugar de dos ojos atravesados por una filosa pupila negra, una breve nariz puntiaguda, una boca de labios mezquinos y un par de largos bigotes de rafia que se extendían hacia los lados, pudo apreciar un amasijo de nervios, tendones y huesos expuestos a la luz del crepúsculo, donde no se alcanzaban a adivinar las facciones de un rostro. Aquella masa de carne húmeda palpitaba, se contraía y volvía a latir, mientras que gruesos cordones de venas que bajaban por el cuello rumbo al torso se dilataban de furia, revelando que todo el cuerpo se preparaba para un ataque.

El Decapitador volvió a empuñar el hacha y se lanzó con ímpetu contra Azabache, que lo esperaba con la confianza de saber que su anatomía elástica y ligera le permitiría sortear los golpes. Y así fue: la hoja del hacha se deslizó hacia él provocando un silbido de plata en el ambiente, pero sólo alcanzó a rozarle la piel de un brazo. Fue tal la fuerza de la descarga, que el hombre no consiguió frenar su propio impulso y no pudo evitar que se incrustara de nuevo en los restos de la Van, pero esta vez dio con el tanque de combustible. Un nuevo manojo de chispas brotó a causa de la fricción, como luciérnagas antes de caer sobre la gasolina. El contacto de las partículas encendidas provocó una violenta flama que incendió los restos del coche junto con los atesorados libros de Carlos Ule, quien dio un hondo y desesperado lamento al ver cómo su trabajo de años se carbonizaba en medio de una fumarola oscura.

Azabache se vio rodeado por las llamas. Sintió el calor lamerle el cuerpo y la visión completa del desierto, y de su enemigo se licuaron en una reverberante imagen llena de tonos rojos y amarillos. Tenía que salir rápido de ahí o el fuego iba a terminar por alcanzarlo.

El Decapitador aprovechó su desconcierto ante el incendio del vehículo y arremetió con más fuerza. Soltó el hacha que cayó en medio de las lechuzas muertas que también estaban comenzando a arder, y avanzó directo hacia su rival. Azabache consiguió esquivar el primer golpe con éxito, pero el segundo asalto lo tomó por sorpresa. El padre de las dos mellizas levantó triunfal a su antiguo esclavo con una de sus manos firmemente asidas en torno a la garganta. Azabache intentó soltarse con premura, pero aquellos dedos de hierro no parecían dispuestos a ceder en su intención de partirle en dos el cuello.

Entonces supo que había llegado su hora.

Ante la falta de oxígeno, la boca se le abrió como un pez fuera del agua y los labios se le hincharon aún más. Ya no supo si aquella infinidad de relámpagos y puntos de colores, que tomaron el púrpura del cielo, eran parte del incendio que no cedía, o simplemente su mente comenzaba a perder contacto con la realidad.

El Decapitador no dio tregua y apretó con más fuerza su puño.

Desde su posición, los tres impresionados espectadores escucharon el crujir aquellos huesos ante la renovada presión.

—¡Lo está matando! —se desesperó Ángela.

Fabián no alcanzó a retenerla entre sus brazos. Junto con su grito, la joven salió despedida hacia el lugar de la pelea, hundiendo sus pies en la arena que ya comenzaba a enfriarse ante la inminente llegada de la noche. "La leyenda en la que *Baltchar Kejepe* será derrotada por la *Liq'cau Musa Lari*", repitió en su mente como un mantra de seguridad mientras continuaba velozmente acortando la distancia entre ella y las llamas.

Impulsada por la seguridad más que por la cobardía, se dirigió hacia el hacha que yacía entre los cadáveres de los *Coos*. Ni siquiera se detuvo ante la cortina de fuego que la separaba del arma. Sintió el brusco y peligroso calor abrazar de golpe su cuerpo cuando cruzó las flamas mientras se cubría con ambas manos el rostro. Asió el mango de madera y levantó el hacha, que resultó ser infinitamente más pesada de lo que había imaginado.

"Todo tiene una razón de ser", volvió a recalcar al interior de su cabeza. Y si eso era cierto, ella acababa de descubrir cuál era su papel en la vida de Azabache.

Un débil gemido se escapó por los labios negruzcos de su amigo: le quedaban sólo segundos de vida.

Tenía que actuar con urgencia.

Se colocó en el hacha al hombro y avanzó decidida hacia el Decapitador que, de espaldas a ella, continuaba estrangulando a su enemigo, que ya había perdido las fuerzas en sus extremidades. Ángela cerró los ojos, buscando en su interior la fuerza y la energía necesarias para poder llevar a cabo lo que tenía en mente. Empuñó con ambas manos el mango y concentró toda su potencia en sus dedos, que parecieron fundirse con la madera que estaban apretando. Escuchó el rechinar de sus dientes al endurecer su mandíbula y pudo sentir cómo cada uno de sus músculos se tensó, como la cuerda de una guitarra, ante la inminente acción que estaba a punto de ejecutar.

Al levantar los párpados descubrió la colosal figura del Decapitador, pintada de luces y sombras, que comenzaba a girar hacia ella. Lo vio contraer aquel rostro lleno de venas y úlceras a punto de reventar en una expresión de amenazante furia.

La había descubierto.

Ahora la pelea era entre ellos dos.

Para liberarse de toda carga, el padre de Rayén lanzó lejos el inerte cuerpo de Azabache, que fue a dar contra las láminas ardientes de la Van. Necesitaba ambas manos para enfrentarse a aquella *Liq'cau Musa Lari* que tantos problemas le había causado.

Ahora. Es ahora o nunca, Ángela.

Junto con un grito que dejó escapar el torrente de energía contenida que latía en su interior, Ángela se tomó vuelo en la poca distancia que la separada de aquel ser siempre con el hacha reposando en su hombro derecho. El nauseabundo olor a azufre ya había tomado por asalto sus fosas nasales y le había provocado que todas las dolorosas ampollas de su cuello estallaran al mismo tiempo. Sintió escurrir un líquido tibio hacia su pecho, pero no se detuvo. El Decapitador levantó ambas manos, convirtiendo sus colosales puños en dos armas de destrucción. Ángela afinó la mirada y contuvo la respiración.

Fabián, que partió tras su enamorada apenas ella se le escapó de entre los brazos; la vio lanzarse hacia delante como una flecha. Desde su lugar, pudo apreciar cómo empuñó el hacha, trazó un perfecto arco en el aire enrarecido por el humo y el fuego, y le hundió el filo acerado en la rodilla a aquel gigante que no tuvo más remedio que detener su ataque. Un chorro de sangre escapó de la herida con tanta fuerza que le manchó el brazo a Ángela y la tumbó de espaldas sobre la arena y el reguero de plumas y carne calcinadas. El Decapitador intentó dar un nuevo paso hacia el frente, pero la pierna no le respondió. Su enorme corpulencia se inclinó hacia un costado, para tratar de cargar todo el peso de su volumen en el otro pie, pero no lo logró, ya que parte de la tibia se asomó por la boca de la lesión y terminó por partir en dos la extremidad. El gigante, al no poder mantener el equilibrio, manoteó unos instantes y dando tropezones se desplomó de frente sobre los restos de la Van que ardían con avidez. De inmediato, las llamas lo envolvieron, ansiosas de devorarlo, haciéndolo crepitar como leña seca. Un viscoso líquido brotó de su esqueleto manchando la arena. Entonces, un doloroso lamento estremeció los cerros, el desierto, la región entera, cuando la hoguera terminó por devorar y tragarse aquella figura del infierno.

Repentinamente se hizo el silencio.

Ángela se limpió la cara de un manotazo. Desde su lugar vio a un impresionado Fabián, que no era capaz de reaccionar ante lo que había ocurrido. A lo lejos, en la ladera de la duna, Carlos Ule se mantenía como una estatua de piedra frente a la destrucción de su vehículo y la caída final del hombre más importante de Lickan Muckar.

¿Eso era todo?

¿Habían logrado derrotar a la raíz del Mal?

De pronto, un leve quejido humano trajo de regreso el sonido a ese paisaje que parecía haber enmudecido junto con la llegada de una enorme y redonda luna en ancho cielo. Su luz de plata hizo brillar la piel oscura y quemada del esclavo, que yacía como un muñeco desarticulado sobre un montón de fierros humeantes. Ángela se levantó como pudo y se acercó a su amigo, intentando reconocer en aquellas adoloridas facciones el rostro del gato que durante todos esos días fue su inseparable compañero.

De un solo vistazo, pudo adivinar que estaba frente a un hombre que exhalaba sus últimos segundos de vida.

—Dígale... adiós —musitó apenas entre una respiración agónica— a mi niña Ro...sssa...

Y con una plácida expresión de victoria por haber sido testigo de la partida de quien tanto daño había hecho, Azabache dejó escapar su alma, ahora libre y serena, del interior de la cárcel de su maltrecho cuerpo.

4

Abandono

Acaba de morir.

Las tres palabras estallan como burbujas de jabón al interior de la mente de Rosa. Sus detonaciones quedan haciendo eco unos segundos, repitiendo *morir* una y otra vez hasta que la última erre se vuelve tan delgada y frágil que termina por evaporarse justo antes de la llegada de un implacable silencio que se adueña de la situación.

Rosa se aferra a la mesa de la cocina.

Por más que hace el esfuerzo, no logra contener las lágrimas que desbordan sus ojos transparentes y caen en rítmico tintineo sobre el mantel.

Quisiera poder borrar de sus recuerdos la imagen de su enorme cuarto de infancia, donde una cama de madera oscura grande y alta se erguía entre el suelo y el techo. Sin embargo, a pesar de su propia negación, vuelve a percibir

el especial aroma de aquel aposento de su pasado. La mezcla del olor a humedad que nacía en las junturas de las piedras de los muros, del plumaje de los pájaros que tenía en su jaula, y de las flores de lavanda y jazmín que sus ayas se encargaban de traer especialmente para ella.

Su corazón se estremece al recordar la confusa maraña de sentimientos que le provocaba cuando, cada mañana, las puertas se abrían con estrépito y la monumental figura de un hombre de brillante armadura se dejaba ver en el umbral. Avanzaba hacia la cama haciendo rechinar sus articulaciones y, con una enorme y fría mano de lata, le hacía una torpe caricia en lo alto de su cabeza infantil. Nunca le dijo a su padre, pero a Rosa jamás le gustó ese ritual que se extendió por años hasta el día que los intrusos devastaron su hogar. Aquel guante metálico que rozaba de manera tan áspera su coronilla le dejaba durante el resto de la jornada una dolorosa huella de lo que ella suponía era el cariño de su progenitor: breve y lacerante.

¿Por qué, padre? ¿Acaso Rayén y yo te recordábamos a nuestra madre?

Pero ahora, tanto tiempo después, ya era imposible realizar la pregunta.

Acaba de morir.

La última vez que estuvo frente a su padre fue en medio de un espejismo reverberante en las arenas de Lickan Muckar. Rayén y ella acaban de regresar al pueblo luego de un larguísimo viaje que las llevó por diversos continentes. Se habían encontrado en una aldea de pocos habitantes, luego de que a Rayén le llegara el rumor de que una misteriosa joven de ojos tan blancos como su piel vivía junto a una anciana bondadosa, que la había instruido en el oficio de tejer hermosas alfombras en un telar. De ese modo, emprendió su búsqueda llegó hasta una casa en compañía de un gato tan negro como una noche sin estrellas, dispuesta a comprobar que aquella joven cuya reputación de prodigiosa artesana se extendía más allá de los límites de la comarca, era en efecto la hermana que huyó convertida en garza en medio del fragor de lucha y muerte que se apoderó del castillo.

Cuando comprobó que se trataba de la misma persona, Rayén obligó a Rosa a partir con ella rumbo a las arenas del desierto, donde aguardaba su progenitor. Después de tanto tiempo, era necesario volver a reunir a la familia.

Rosa rememora con toda precisión el viaje de pesadilla que significó atravesar medio mundo para dar con aquel pueblo reseco y calcinado, en donde un enorme árbol muy parecido al de Almahue marcaba el centro del lugar. Un árbol que demostraba que a pesar de la falta de agua la vida siempre terminaba por imponerse, incluso en las condiciones más adversas.

"Te llamaré el árbol de la vida", reflexionó la ciega al palpar aquel tronco cuya madera ardía por la permanente presencia del Sol.

Rosa también recuerda el momento preciso en que, a minutos de haber regresado a Lickan Muckar, la sombra de su padre cubrió por completo el cuerpo de las dos mellizas. Rosa percibió la ausencia de los rayos solares atrapados tras la enorme humanidad de ese hombre que dejó de ver hacía ya tanto tiempo, y cuyo recuerdo se limitaba a un burdo cariño en su cabeza.

—Aquí está —oyó decir a Rayén, y se sintió lanzada hacia adelante.

Entonces comprendió que todo había sido una trampa. Por alguna razón que aún no terminaba de entender, su hermana la había arrastrado hasta ese pueblo para cumplir con una suerte de misión.

—La traigo como sacrificio, Maestro —dijo la joven mirando desde abajo la fiera expresión del ser tras la máscara de madera—. Entrego a mi propia hermana para aplacar tu ira destructora.

Rosa suspende su evocación, aún sujetada de la mesa de la cocina. El canto de los grillos le recuerda que una nueva noche ha llegado a Almahue y que debe preparar la cena para ofrecerle algo a Elvira, que ha estado todo el día ayudando a los pocos sobrevivientes a limpiar los escombros de sus casas, o lo que quedó de ellas, luego del terremoto.

Sin embargo, el pasado amenaza con imponerse con su marejada de implacables recuerdos.

Rosa conoce a su hermana y sabe que ha hecho todo lo posible para borrar de los rincones más indelebles de su mente aquel episodio en el cual la llevó como ofrenda para el ritual que su padre se encargaba de celebrar cada ciclo lunar en Lickan Muckar. Su fracaso como guardián y defensor del castillo donde residieron por tanto tiempo lo llevó a la locura y a buscar venganza por medio de un baño de sangre. Pobre de aquél que caía en sus manos, pues moría decapitado bajo el acerado filo de su hacha. De ese modo, la violenta naturaleza de su progenitor parecía calmarse y descansar en paz durante un tiempo, hasta que se hacía necesario volver a entregarle carne fresca que pudiera desgarrar.

Pero ahora, desde la placidez tibia de su cocina fragante a especias y hierbas medicinales, Rosa no puede evitar pensar en Mauricio Gálvez y su fatídico destino. Si Ángela no llegó a tiempo para hacerle frente a Rayén, es muy probable que la cabeza del muchacho de redondas mejillas y ensortijados cabellos ya rodara por las suaves pendientes de las dunas para luego ser devorada por las aves de rapiña.

Su padre había muerto. Era hora de regresar a Lickan Muckar.

Minutos más tarde, Elvira entra a la cocina para preguntarle a Rosa si puede ayudarle con algún preparativo de la cena. Extrañada, se percata que la ventana está abierta de par en par. Y su desconcierto es aún mayor cuando ve una hermosa y alba pluma que termina de caer ingrávida y ligera sobre las baldosas blanquinegras del suelo.

5

Alzar el vuelo

Su llanto se confunde con la bruma que flota ligera sobre el corazón del desierto. Los vientos que la rodean soplan su desconsuelo por laderas, riscos y quebradas. Un remolino de arena convierte el suelo en un pantano seco que se traga todo lo que encuentra. Pero a ella no le importa. No ve. No escucha. Sólo tiene sentidos para vivir el dolor que la sacude. Grita hacia el cielo y los truenos desordenan el movimiento de las estrellas. Vuelve a gritar y los relámpagos estallan sobre su cabeza. Es su forma de sufrir. Su manera de anunciarle al mundo que esto no se va a quedar así. A sus pies está su padre. Un lecho carbonizado que ella misma fue a rescatar de entre los restos del vehículo. Otra vez un incendio. Otra vez el fuego. Maldito *ckelar*, siempre provoca dolor. Estira un brazo. Acaricia lo que algún día fue el cuerpo robusto del hombre que lideró legiones de soldados y que protegió su infancia a golpe de espadas y armaduras. Y grita otra vez, desencadenando un ciclón que sacude la espesura como una sábana café que flamea al viento.

Su cuerpo vestido de arena y sal se estremece, vibra con la intensidad de un volcán en erupción, crece, alcanza las alturas máximas de las montañas guardianes, abre los brazos para atraer toda la energía posible. Ha tomado la decisión. Buscará venganza. Cierra los ojos. La savia que le corre por las venas comienza su frenética carrera, de arriba abajo, nutriendo ramas, brazos, troncos, piernas, dedos y raíces. Siente cada poro abrirse como una boca que aúlla. Su cuerpo entero es un bramido de lava ardiente que espanta hasta a las aves de carroña, que no se atreven a tocarla. Su furia no tiene límites. Su poder no tiene rival. Su piel, que al amparo del árbol de la vida se ha hecho más fuerte e impenetrable, comienza su proceso de transformación. Imágenes plagadas de círculos, triángulos y flechas se suceden una y otra vez detrás de sus párpados. El desorden rizado de su cabeza se junta en un penacho y se convierte en una cresta altiva que recuerda la corona de un cóndor. El desierto entero es testigo de sus cambios y de la renovada disposición de su cuerpo. Su carcajada se confunde con un bestial graznido cuando alza el vuelo. Es ella. Ha regresado. Ingrávida e indomable. Preparada para entrar en acción. Ella no olvida. Nunca lo hará. Se despide de su padre con un beso que se lleva el ardiente aliento del páramo. Las nubes nocturnas aplauden su decisión. Las arenas del suelo celebran su audacia. La pampa entera le da la bienvenida. Y ella, Rayén, la mujer que un día condenó a todos al *malamor*, despliega la enorme extensión de sus alas, afina la mirada y, sabiendo que hace lo correcto, se eleva lo más alto que puede, dejando que la brisa despeine su oscuro plumaje, hasta que Lickan Muckar desaparece en medio de la oscuridad de la noche.

Hasta pronto, *Yali Ckatchayá Ckausama*.

6

Noche estrellada

Apenas el Sol terminó de evaporarse tras la lejana silueta de las dunas y el cielo se plagó de astros luminosos, el frío tomó por asalto el paisaje y transformó cada grano de arena en un puñal de hielo, cuya intensidad traspasaba incluso la suela de los zapatos. Junto con el brusco avance de la oscuridad, la temperatura descendió de manera repentina y el desierto entero se convirtió en un amenazante páramo que arremetió con toda inclemencia contra los recién llegados que aún no conseguían reponerse de los últimos acontecimientos.

Sin decir una sola palabra, pero con el mayor de los respetos, depositaron con todo cuidado el cuerpo inerte de Azabache al interior de un agujero que Carlos y Fabián se encargaron de abrir en la arena, utilizando algunas láminas del vehículo como herramientas para cavar. Mientras los dos hombres realizaban su trabajo, Ángela se ocupó en mantener encendida una improvisada fogata cuya finalidad era impedir que el aire gélido que comenzó a soplar a ras del suelo provocara estragos en sus cuerpos y les permitiera sobrevivir esa primera y accidentada noche en Lickan Muckar. Con gran tristeza alimentó aquellas flamas con los libros sobrevivientes de la catástrofe, llenando de oscilantes rojos y amarillos la insondable oscuridad del desierto.

Cuando terminaron de cubrir la improvisada tumba, el silencio volvió a echar raíces entre los tres amigos. Ángela se aferró con fuerza a Fabián y buscó entre sus brazos un poco de tranquilidad y reposo. Todavía no conseguía terminar de asimilar la idea de que aquel gato consentido, que parecía haberla elegido como su inseparable amiga desde que ella había puesto un pie en Almahue, era en realidad un hombre que la había protegido y salvado de Rayén y del despiadado filo del hacha del Decapitador. Fue incapaz de contener sus sollozos. ¡Cómo hubiera querido hablar con él, conocer su historia y poder agradecerle hasta el fin de sus días su noble camaradería!

Fabián acarició su cabello, tan parecido a las llamas de la hoguera que ardían a un costado de los restos de la Biblioteca Móvil. En tanto, Ángela cerró los ojos, entregándose a esa sensación de bienestar que siempre se apoderaba de su espíritu cada vez que su enamorado se hacía cargo de mitigar su pesadumbre.

"Tu nahual interior es el hermoso pájaro llamado *Tz'ikin*".

Recordó las palabras de Olegario Sarmiento, pronunciadas en la placidez de su hogar, allá en Linares, cuando el hombre la invitó a recorrer su estudio y a admirar su impresionante colección de artesanías atacameñas. Por más que hizo el esfuerzo, le fue imposible asimilar que la figura de aquel anciano de elegante estampa, impecable cabello blanco y mirada tan azul como el cielo de la provincia donde vivía, escondía dentro de él un esperpéntico ser ávido de sangre y destrucción. ¡Había viajado más de mil kilómetros en compañía del más feroz de los "apropiadores"!, como los llamaba Bartolomé Ocaranza en su diario. De ahí las llagas en su cuello, por la cercanía con su esencia de azufre, sal y mercurio.

"Sonríe, muchacha, al menos ya sabes en qué transmutarías si algún día decides ingerir el polvo de estas semillas".

Siempre arropada por los brazos de Fabián, y con su cabeza plácidamente recostada contra su pecho, palpó el bolsillo de su pantalón. Ahí estaban aún las indefensas vainas, conteniendo en su interior toda la fuerza y poderío de siglos de prodigios y milagros.

"¿Cómo pretendes enfrentarte a Rayén, si no es utilizando sus mismas armas?"

Entonces la joven abrió los ojos, con la daga de una inevitable certeza atravesada en pleno pecho.

—Tenemos que irnos de este lugar pronto —oyó decir a Carlos Ule que miraba con infinito dolor los restos de su coche y el cementerio de libros rotos y deshojados que lo rodeaba—. Hay que buscar protección en Lickan Muckar.

—En el pueblo nos podrán dar información de Mauricio —afirmó Fabián—. Alguien lo habrá visto llegar.

—Según mis cálculos, debemos avanzar un par de kilómetros más hasta encontrarnos con las primeras casas —aventuró el profesor—. ¿Alguien vio el mapa en medio de este desastre...?

Sin esperar respuesta, el hombre comenzó a hurgar entre los fierros retorcidos, los cadáveres rostizados, los volúmenes de páginas destripadas y el desagradable olor a carne quemada.

—Necesito de su ayuda —la voz de Ángela los tomó por sorpresa, sobre todo por la seriedad que imprimió a sus palabras.

—Dime —se ofreció Fabián de inmediato.

—Necesito moler las semillas del cebil ahora —dijo ella.

El fuego de la fogata iluminó las sombras que bailaban sobre el rostro del muchacho y aumentaron su expresión de desconcierto y sorpresa.

—Es la única alternativa que tenemos, más bien, que tengo.

—No —exclamó Fabián—. ¡Jamás voy a permitir que cometas tal locura!

—La leyenda del *malamor* sólo será derrotada por una mujer de cabellos rojos —le recordó Ángela—. ¿No lo entiendes? No tengo salida. Soy yo.

—¡No! —gritó.

—¡Fabián, lo haré aunque tú no quieras! —amenazó.

El joven se puso de pie y se alejó unos pasos. Ángela lo vio avanzar a grandes zancadas. Sin embargo, fue capaz de leer en la densidad de su espalda y en la rigidez de sus hombros la infinidad de sentimientos que luchaban al interior de su cabeza.

—Es ahora o nunca —continuó—. Es algo que tengo que hacer… ¡Todo tiene una razón de ser! Y por algo llegué hasta aquí.

—¡Es demasiado peligroso! —exclamó Fabián sin mirarla.

—Lo sé. Pero si quiero vencer a Rayén y arrebatarle a mi hermano, terminar con esta pesadilla, voy a tener que despegar los pies del suelo.

—¡Es una locura! —volvió a gritar.

—¿Estás conmigo o no…?

Fabián apretó con fuerza los párpados, en un inútil intento por evitar que un puñado de lágrimas de angustia mojaran sus mejillas. Abrió la boca e inhaló profundamente, con la esperanza de que el frío aire nocturno le ayudara a apaciguar el furioso galope de su corazón, que amenazaba con saltarle fuera del cuerpo.

—¡¿Estás conmigo o no...?! —escuchó que repitió Ángela junto al fuego.

—No voy a dejar que nada malo te pase —dijo casi sin despegar los labios.

Cayó de rodillas sobre la arena, con la seguridad de estar dispuesto a dar su vida por proteger a la mujer que amaba. Si ella había sido capaz de bajar hasta lo más profundo de la Tierra, para rescatarlo a través de una grieta y ayudarlo a regresar a la superficie, él iba a llevarla de la mano para permitirle subir hasta lo más alto, tan arriba como fuera necesario, para que pudiera cumplir su misión. Y si para eso debía soplarle un misterioso polvo que la transformaría en un ser diferente, no tenía más remedio que asumir su injusto papel de verdugo y cumplir con su deber.

—Fabián, ¿me vas a ayudar o no...?

El muchacho nunca imaginó las insospechadas consecuencias que su afirmativa respuesta desencadenaría.

7

Nueva vida

Ángela dejó caer las vainas sobre la tapa de cuero de uno de los pocos libros que sobrevivieron a la destrucción del vehículo. La joven pasó su mano sobre la cáscara reseca, madura por los años de preparación. Parecía increíble que ella misma las había traído consigo desde el fondo de la Tierra, en medio de una apremiante oscuridad. De aquellas insondables profundidades, ella extrajo las bayas que ahora reposaban en espera de que hiciera lo mismo que esa otra gente, tan enigmática como peligrosa, llevaba siglos haciendo.

Fabián, a su lado, utilizó un trozo puntiagudo de metal como palanca para abrir el alargado borde del fruto seco. Ante la presión, éste se abrió en dos como un estuche. En su interior había siete semillas perfectamente redondas, aplanadas y de un color negro lustroso, como si estuvieran hechas de reluciente y pulido cuero.

Ángela se quedó unos instantes observándolas: tanto poder milenario atrapado en un simple manojo de granos de aspecto inocente.

Desde su lugar junto al fuego, Carlos Ule los vio vaciar cada una de las vainas. Entonces, los dos enamorados procedieron a molerlas. Las fueron machacando, partiéndolas por la mitad y luego aplastándolas contra la dura superficie de la tapa del libro. Al cabo de unos minutos, todas habían quedado reducidas a un montoncito de polvo de gruesa textura que, con sumo cuidado, agruparon al centro del empaste.

Ángela se miró las manos. Como un breve anticipo de lo que vendría, se chupó los dedos para limpiarlos hasta la última partícula. Al instante sintió una comezón recorrerle el paladar, que se lanzaba en caída libre hacia el interior de su garganta. Ni siquiera alcanzó a emitir un quejido de alerta cuando sintió sus pupilas dilatarse, del mismo modo que si las hubieran apuntando con un haz de luz. Así, enormes y redondas, dejaron entrar de golpe toda la luminosidad de la hoguera al interior de sus ojos y por un segundo se vio a sí misma flotando en destellos e incandescencia. Al parpadear, la sensación desapareció. Sólo le quedó el acelerado descontrol de su corazón que, latido a latido, fue calmándose hasta retomar su marcha habitual.

Al ver que comenzaba a temblar, Fabián se abalanzó sobre ella y la estrechó contra su cuerpo.

—Estoy bien... estoy bien... —murmuró la joven al conseguir rescatar su voz del fondo de su garganta.

—Vamos a dejar esto hasta aquí —suplicó el muchacho.

Pero Ángela hizo caso omiso de la petición y se levantó. Los dos hombres la vieron alejarse unos pasos, enderezar la espalda y alzar el mentón en un gesto que sólo reflejó determinación y coraje.

—Estoy lista —sentenció.

Fabián volteó la cabeza hacia el profesor, con la ilusión de poder sumarlo a su bando y así conseguir, entre los dos, detener la inminente locura que estaba a punto de suceder. Sin embargo, Carlos se mantuvo en silencio con la vista al suelo. A través de ese gesto le dejó saber que compartía la voluntad de Ángela.

—Fabián... te estoy esperando.

Entonces, el aludido no tuvo más remedio que ponerse de pie. Sus zapatos se hundieron en la arena cuando recorrió la distancia que lo separaba de la muchacha. En su mano derecha llevaba el libro como una bandeja sobre el cual descansaba el polvito de semillas de cebil.

Se detuvo frente a Ángela, que exhaló con vigor y apretó la mandíbula.

Asintió despacio, dejándole saber que había llegado la hora.

"No voy a dejar que nada malo te pase", se repitió el joven y sopló con todas sus fuerzas.

Ángela ni siquiera alcanzó a cerrar los ojos cuando aquel polvo le cayó encima. Tampoco pudo apretar los labios para evitar tragárselo. Con la misma rapidez que se sintió cubierta de aquel polvo, descubrió que ya no quedaban rastros del mismo sobre ella. Su cuerpo lo absorbió a través de la piel, provocándole un ligero dolor generalizado. Al instante, todo lo que la rodeaba desapareció tragado por un fogonazo de luz que tuvo su epicentro en su propio pecho y que desde ahí se expandió a sus extremidades, abarcando todo lo que la noche le permitía llegar a ver. Sintió como si sus pupilas se abrieran abarcando por completo sus ojos y su cabeza, cómo engullían cada molécula de luz y sombra que la rodeaba. Su corazón creció hasta abarcarle todo el pecho, transformado en un músculo gigante que comenzó a palpitar cada vez más fuerte, más intenso, redoblando su velocidad, aumentando su bombeo, haciendo correr la sangre como una flecha por sus venas, que ya no se daban abasto para tanto caudal desbocado.

Atrás, atrás de todo, atrás del miedo, del desorden, de los estallidos, del ruido enorme de estar en medio de un huracán de pánico, se escuchaba nítida la voz de Fabián, que le suplicaba que no lo abandonara, que permaneciera siempre a su lado, que no permitiría que nada malo le sucediera.

Aterrado, Fabián retrocedió un par de pasos. El empaste que le había servido para la molienda cayó junto a sus pies. Con el rabillo del ojo vio a Carlos Ule llevarse una mano a la boca, ahogando un grito de espanto ante lo que comenzó a suceder frente a ellos.

Un brutal golpe de calor alborotó todas las células del cuerpo de Ángela, al tiempo que un escandaloso repiqueteo se adueñó del ritmo de sus pulsaciones, alterándolas a su antojo. Sus sienes latieron con tanta presión que su cabeza crujió como leña seca que arde en una hoguera.

Su cuerpo comenzó a vibrar en una breve oscilación al comienzo. La muchacha, que parecía anclada por los pies, se torció de tal manera que desafió por completo las leyes de la gravedad. El balanceo fue aumentando cada vez más el grado de inclinación: su frente casi tocaba la tierra y, al instante, se precipitaba en sentido contrario hasta que su nuca rozaba el suelo. La fluctuación aceleró a tal punto que se transformó en una imprecisa mancha que emitía su propia luz.

Con un súbito y violento crujido de huesos, el cuerpo de Ángela se partió en dos al fracturarse su espina dorsal hacia atrás, uniendo la nuca con el reverso de sus muslos. Sus miembros se recogieron sobre sí mismos, convirtiendo piernas y brazos en pequeños muñones que apenas sobresalían del tronco central. Entonces comenzó a temblar de forma cada vez más convulsionada. Cerró los ojos. Sus pies se engrifaron como garras de rapiña. Abrió la boca y escupió uno a uno todos los dientes, y su grito de dolor se confundió con un graznido que le nació desde lo más profundo de sus pulmones.

—¡Ángela! —grito Fabián desesperado.

Carlos alcanzó a detenerlo cuando el muchacho hizo el intento de abalanzarse sobre ella e interrumpir aquel salvaje proceso que ya era inevitable.

—¡Se va a morir! —dijo devastado mientras el profesor lo sostenía con toda sus fuerzas—. ¡Se va a morir!

Con un violento restallido de vértebras, el cuello Ángela se contrajo y se hundió hasta la mitad del cráneo. La piel se le resquebrajó como un pergamino, y un agrietamiento general hizo que su carne quedara al descubierto dejando a la vista una sanguinolenta capa de músculos y tendones. Sobre aquella superficie húmeda comenzaron a florecer minúsculos abultamientos que fueron multiplicándose con febril aceleración hasta que algunos de ellos reventaron por la presión permitiendo que brotaran tiernas plumas rojas que se extendieron al entrar en contacto con el entumecido aire del desierto.

La Luna ya comenzaba a dejar atrás su camino en el cielo, para ir a platear lejanas tierras, cuando un hermoso pájaro de rojo plumaje alzó el vuelo. Sus primeros aleteos fueron imprecisos y torpes, y debió revolotear más de lo necesario para no perder altura. Sin embargo, consiguió elevarse por encima de la duna y desde ahí poder apreciar la enorme extensión que, como un océano de arena y soledad, parecía alcanzar el horizonte en cada uno de los cuatro puntos cardinales.

De pronto, los pequeños y vivaces ojos del pájaro avistaron al ras de suelo dos siluetas que agitaban con vehemencia los brazos y corrían tras de ella.

Sin embargo, el recién nacido *Tz'ikin* sólo tenía en mente alcanzar la rama más alta del único árbol que consiguió divisar en toda la zona.

Con la certeza de que hacía lo correcto, enfiló el vuelo hacia su objetivo.

Su aún inmaduro instinto no fue capaz de descubrir que un enorme y oscuro cóndor planeaba a varios metros de distancia, mientras seguía su rastro de fuego sobre el amanecer rojizo. Con sigilo y rapidez, el ave preparó sus garras y endureció su mirada carroñera.

Qué fácil iba a ser terminar con Ángela. Y con el convencimiento de haber ganado de manera anticipada la batalla, Rayén dejó que el viento que ya comenzaba a entibiarse por la proximidad del Sol acariciara su transmutado cuerpo de *ckontor* sediento de venganza.

8
Yali Ckatchayá Ckausama

Sólo unas horas antes, cuando a la biblioteca móvil aún le quedaban algunos kilómetros de recorrido antes de hacer su accidentado ingreso a Lickan Muckar, Rayén decidió el destino de Mauricio Gálvez. Sin poder consultarlo con su padre, ya que él venía de copiloto en el vehículo en el que viajaba Ángela, acudió presurosa hasta el lugar donde mantuvo al muchacho durante su cautiverio en el desierto.

Lo encontró al borde de la resistencia, atado de pies y manos, con la piel enrojecida por el sol.

—¡*Mustupá*! —le gritó luego de desamarrar las cuerdas que lo mantenían prisionero.

Mauricio levantó apenas sus ojos deshidratados y trató inútilmente de balbucear algo con sus labios resecos. En medio de una brumosa luz que sus pupilas lastimadas no consiguieron afinar, pudo ver la silueta de aquella mujer que se convirtió en el único contacto humano durante sus últimos días. La había visto por primera en casa de Rosa, luego del terremoto, que lo lanzó al suelo y que según sus deducciones había llegado a la categoría de cataclismo. Y la siguió viendo al menos dos veces cada jornada, cuando ella aparecía de pronto a su lado para mojarle la boca y alimentarlo con trozos de algo que sabía a carne cruda y que nunca llegó a saber realmente de qué se trataba.

—¡*Mustupá*! —repitió Rayén y le hizo un brusco gesto para que se levantara.

Al ponerse de pie, Mauricio sintió que la cabeza le daba vueltas intensamente. Además, el brusco cambio de posición le provocó una violenta comezón que se adueñó de sus extremidades. Intentó afirmarse en algo para superar el vértigo, pero al girar la cabeza en torno a él descubrió que estaba rodeado sólo de arena y desolación.

Frente a él, su raptora resplandecía atrapada en un espejismo de luces y ondas. A Mauricio le dio la impresión que ella lo observaba desde el fondo del agua, cubierta por una capa de líquido que distorsionaba su esbelto y menudo cuerpo. Pero el muchacho sabía que se trataba de una ilusión óptica causada por la variación en la densidad del aire al entrar en contacto con las tórridas arenas del desierto. Sin embargo, a pesar de todo, le pareció una mujer tan indefensa y frágil. Para deshacerse de ella le bastaría sólo con respirar hondo, concentrar sus fuerzas y empujarla con decisión hacia un costado. Luego, era cosa de confiar en sus piernas para echarse a correr duna abajo hasta perderla de vista.

"A la cuenta de tres", se dijo Mauricio.

—¡*Luckanatur ckotch nanni ckota*! —rugió Rayén desde el centro de la resolana.

¿En qué idioma estaría hablándole? El hermano mayor de Ángela no recordaba haber escuchado nunca antes esa lengua. Pero aquellas palabras llegaban hasta sus oídos convertidas en chasquidos de dedos, toscos sonidos compuestos de consonantes explosivas más parecidas a un refunfuño que a un acto de comunicación. A juzgar por el movimiento del brazo de la mujer, lo estaba apremiando para que comenzara a caminar.

"Ni lo sueñes", se dijo Mauricio. "Hasta aquí llegó esto".

Rayén señaló hacia el frente.

"Tres... dos...".

—*Ack'cka'ya* Rayén, y debes obedecerme —ordenó amenazante al ver que su rehén no se ponía en marcha.

"Uno".

Sabiendo que se jugaba la vida, Mauricio alcanzó a dar una breve carrera hacia su derecha. Tuvo que frenar en seco su huida cuando una lacerante punzada se le incrustó en el centro de la espalda y lo lanzó de bruces contra la arena caliente, que se le metió por la boca y la nariz. El dolor avanzó hacia uno de sus hombros, como si le enterraran delgadas agujas directamente en la piel. De pronto, un roce terso en una de sus mejillas lo sorprendió.

Desconcertado, giró como pudo el cuello y se encontró a escasos centímetros de la blanca cabeza de la gata que siempre acompañaba a Rayén. El animal pareció sonreírle con aquellos enormes ojos tan humanos al extraer sus uñas de la carne herida del muchacho.

Desde el suelo, vio los delicados pies de la mujer acercarse hasta él.

Una vez más, Mauricio se sintió levantado del suelo por una fuerza superior a la de un hombre, al tiempo que la boca se le llenaba de un sabor extraño, como si le obligaran a hundir la lengua en un recipiente lleno de fango descompuesto. Quiso volver a cerrar los ojos, para escapar así de aquella espeluznante presencia disfrazada de mujer que se alzaba en medio del desierto, acompañada como siempre por ese perturbador felino de ojos femeninos... pero no fue capaz. A partir de ese momento ya no pudo volver a controlar ninguno de sus músculos, que parecían actuar por voluntad propia, ajenos a sus decisiones. Se percató de que las sombras se extendían infinitas sobre la arena, y dedujo que ya debía estar llegando la hora del crepúsculo. Y se perdió en el estupor del calor.

Cuando volvió a tener conciencia de su cuerpo, se descubrió atado por el torso a una gruesa rama de un árbol y suspendido a varios metros del suelo. La arena le pareció lejana y oscura, y sintió una brisa tibia desordenarle el enmarañado cabello. El cielo comenzaba a dejar atrás el azul oscuro de la noche para dar paso a un deslavado color celeste que anunciaba el amanecer.

—Tu destino es *Ttmainatur* —escuchó a un costado.

Descubrió que un inmenso cóndor de cabeza calva batía sus alas junto a él, suspendido sobre la copa del ramaje, y con cada movimiento provocaba un sonido parecido a las aspas de una hélice.

¿Acaso el pájaro le había hablado?

Trató de soltarse, pero la cuerda presionaba con fuerza sus brazos y muñecas. Debía tener cuidado: una caída desde esa altura podía ser fatal.

El ave se acercó aún más a él. La amenazante proximidad le permitió oler el sudor que emanaba de las plumas negras y el aliento a muerte y carroña que dejó escapar cuando pronunció:

—Bienvenido al *Yali Ckatchayá Ckausama* —graznó triunfal—. ¡Hoy arderás en el infierno!

Y gracias a la llamarada de fuego que iluminó las dos pupilas del cóndor, Mauricio Gálvez supo que, en efecto, estaba viviendo sus últimas horas de vida.

9

Cuatro alas

Para evitar el incendio, todos los hombres
subieron al árbol llamado Wanamey.
El fuego venía de las entrañas de la Tierra,
convertida en magma hirviente.
Así estuvieron protegidos muchísimos años.
Por eso, todos somos hijos del Wanamey.

Mientras hacía un amplio giro a gran altura, y el viento de ese nuevo amanecer despeinaba las plumas de sus alas, Rayén recordó letra a letra aquella leyenda amazónica que había leído tantas veces en la biblioteca de la orden franciscana. A pesar de todos los años que la separaban de ese primer momento en el que se enfrentó a ese libro de páginas, tan delgadas como las alas de una mariposa, no había olvidado ninguno de los detalles que componían esa historia que la fascinó. El Wanamey. El árbol de la vida.

—Los indios del Amazonas creen que el ser humano proviene de un árbol —Le había explicado el hermano Félix Betancurt, un fraile escuálido y de piel opaca que reemplazó a Bartolomé Ocaranza como encargado de la biblioteca de la orden—. Están convencidos de que en las ramas del Wanamey se forjó al hombre y a la mujer, mientras el mundo era sólo un río de fuego incontenible. ¡Qué equivocados están! ¡Nos queda aún mucho camino de evangelización! El hombre fue moldeado en barro por Nuestro Señor, a su imagen y semejanza. Y la mujer se creó a partir de una de sus costillas.

Para Rayén, sin embargo, la idea de haber surgido del inútil hueso de otro ser humano le pareció absolutamente despreciable. Ella prefería su propia fantasía: brotar de manera espontánea desde el tronco endurecido de un árbol milenario. Mientras leía y releía con avidez aquel mito aborigen, inventaba su propio nacimiento en la parte más alta de un frondoso ramaje. Rayén soñaba que allá arriba, en una rama acariciada por los vientos más inclementes y salvajes, un día cualquiera hace ya cientos de años, una grieta en la madera debió ser el lugar preciso por donde se escurrió una viscosa gota de savia. Aquella leche se endureció al contacto del aire como un cristalino grumo de azúcar, y de ahí se empezó a moldear la silueta humana. Primero el torso, del cual germinaron dos brazos que, a su vez, dieron paso a dos manos y cinco dedos en cada una. Más tarde surgieron las extremidades inferiores, rematadas por firmes pies, dispuestos a crear su propio camino para recorrer el mundo. Lo último en florecer, según la leyenda que Rayén, fue un delgado cuello que permitió sostener una cabeza de intensas facciones, donde un desordenado y boscoso cabello se sacudió con la brisa. Su cabeza. Su cabello. Su cuerpo de mujer indomable.

Así imaginaba Rayén hasta el más mínimo detalle de su nacimiento. Tan distinto a aquel doloroso y triste parto bajo un puente, en medio de las aguas de un sucio y putrefacto riachuelo en las afueras de una aldea, mientras una verdadera cacería humana tenía lugar para dar con el paradero de la mujer que la trajo al mundo.

A pesar de todo, de las estériles enseñanzas del fraile Félix Betancurt, de los libros que devoró buscando respuestas a todas las preguntas que atormentaban su mente y de su propia vida que la llevó por caminos tan distintos a los que imaginó, ella cumpliría su leyenda. Para eso, sólo debía convertir el cebil de Lickan Muckar en su Wanamey personal. Sin embargo, en este árbol nadie iba a nacer, a diferencia del mito amazónico. Muy por el contrario: su víctima iba a perder la vida.

Sus ojos de ave rapaz miraron directamente hacia el *ckapin*. Según su radiante posición en el mapa de la vibrante bóveda celeste, comprobó que era mediodía. Entonces supo que ya debía comenzar a dar las órdenes.

Desde lo alto, su sombra de *ckontor* trazó círculos sobre las *harckte* del desierto.

Patricia, es hora de actuar... Prepara el ckelar. *¡Picku!*

Abajo, a ras de suelo, la hermosa *mitchi* curvó el lomo y emitió un fuerte maullido a modo de respuesta. Cerró los ojos con fuerza y escondió sus pupilas tan humanas y perturbadoras. De inmediato, su albo pelaje comenzó a vibrar. Su pequeño cuerpo de cuatro patas se contrajo y luego se estiró hacia lo alto, alargándose más allá de lo que su breve altura de gato hubiera permitido. Desde el centro de sus facciones felinas surgió el comprimido rostro de Patricia Rendón, que poco a poco fue recuperando su tamaño original hasta que terminó de esconder por completo su semblante animal.

Apenas se puso de pie su voluntad fue dominada por esa laxitud de músculos y espíritu que ya comenzaba a ser frecuente en ella, desde que Rayén la sorprendió una noche de lluvia en la cabaña de Egon y le sopló el polvo de las semillas del cebil. Una vez más, una sensación de relajamiento le subió por las piernas, se expandió por su tórax y le alcanzó la punta de los dedos. De inmediato sus ojos comenzaron a pestañear más rápido de lo necesario y un rictus le torció la boca en una suerte de forzada sonrisa. Era ella... La estaba llamando desde las alturas. Patricia podía claramente percibir dentro de su mente su nombre siendo pronunciado por aquella boca tan especial y única. "Patricia, es hora de actuar. Prepara el fuego. ¡*Picku*!", fue la orden que su cerebro descifró sin la más mínima dificultad. Y, obediente, se puso en marcha.

Absorta como estaba, no escuchó los gritos de auxilio de Mauricio Gálvez, atado en el alto follaje del árbol que se encontraba a su lado. Sin perder la sonrisa vacía de sus labios, y con los párpados moviéndose a un ritmo acelerado y poco natural, se encargó de preparar la antorcha. Envolvió un trozo de tela en la parte superior de un leño y terminó de amarrarla con fuerza. Cuando acercó la llama del fósforo y el paño empezó a arder, levantó la antorcha por encima de su cabeza para que Rayén pudiera ver que había cumplido con su mandato.

La sombra del *ckontor* volvió a pintarse en la arena. Y paseó satisfecha sobre el cuerpo de Patricia una y otra vez.

Hay que homatur *el* yali.

A modo de respuesta, Patricia abrió y cerró los ojos, que continuaban moviéndose ajenos a su voluntad, y acercó la antorcha al enorme cebil. Las llamas comenzaron a calentar la corteza hasta que la madera fue derrotada por la presión del fuego y empezó a crujir. De inmediato, una larguísima lengua de *ckelar* abrasó el tronco, que se estremeció desde la base. Mauricio sintió el movimiento del árbol que se sacudió como un animal herido y percibió el olor a quemado que comenzó a llegarle desde abajo. Al inclinar la cabeza, pudo ver la pequeña columna de humo negro que comenzaba a alzarse hacia el cielo, donde un enorme cóndor continuaba volando en círculos.

—¡Socorro! —gritó Mauricio con poca fuerza, pero sólo la arena del desierto lo escuchó.

Sé que estas aispuría, Liq'cau. *Acércate,* Laatchir Lari.

Rayén afiló sus ojos carroñeros y aumentó la fuerza de su aleteo. Estaba cerca. Podía sentirlo en el latido de su *tchitack* de odio. El bombeo frenético de su propia sangre le advertía que aquella forastera, ahora convertida en uno de ellos, se aproximaba veloz a su encuentro.

Miró el horizonte: apreció sólo un intenso azul en la parte alta cortado por una recta y horizontal línea oscura que separaba el cielo de las sedientas arenas del desierto. Nada más.

¿Dónde estaba la intrusa? Debía acabar con ella lo antes posible; no podía permitir que esa insolente de cabellos rojos lo pusiera todo en peligro. "La leyenda en la que *Baltchar Kejepe* será derrotada por la *Liq'cau Musa Lari*", habría repetido siempre el Decapitador hasta el mismo día de su muerte. Y ahora ella, Rayén, su hija, era la encargada de continuar defendiendo a su estirpe. Ángela había sido muy hábil al utilizar aquellas semillas para ponerse a su misma altura y poder. Sin embargo, hiciera lo que hiciera, esa desgraciada iba a perder. *Baltchar Kejepe* no iba a ser derrotada jamás por *Liq'cau Musa Lari* ni por nadie que osara desafiarla.

—¡Alguien ayúdeme, socorro! —se volvió a escuchar la voz desesperada de Mauricio al ver que las llamas comenzaban a trepar como alimañas hambrientas por el tronco.

Rayén graznó de gusto. El muchacho iba a *mulsitur* en cosa de minutos, sin que nadie pudiera evitarlo. ¡Su propio Wanamey! ¡El árbol de la vida convertido en una gigantesca hoguera de muerte! ¡Bienvenido a su peor *mocke'yatur*!

De pronto, un duro golpe en su costado derecho sacó al cóndor de su ruta y la obligó a batir las alas con más fuerzas para evitar precipitarse a tierra.

Está aquí. Es ella. La Liq'cau Musa Lari.

El formidable cóndor giró su desplumado y angosto cuello y se encontró de frente con un pequeño pájaro de deslumbrante y rojo plumaje, que como un relámpago de fuego se le fue encima, y sin fallar ni un centímetro le clavó su pata cual dardo en uno de sus ojos.

Rayén graznó de dolor sacudiendo las dunas al igual que una inclemente marejada desordena la superficie del mar.

El *Tz'ikin* emprendió la retirada con el globo ocultar de su rival aún sujeto entre sus garras; el nervio óptico flameaba por la intensidad del vuelo, como un inútil y ensangrentado cordel.

"¡Mi hermano!", se aterró Ángela al verlo entre el humo que desprendía el árbol donde estaba atado. La alegría de haberlo encontrado vivo fue rápidamente superada por el pánico que le provocó verlo a punto de morir carbonizado. ¡No había viajar casi cuatro mil kilómetros sólo para ser testigo de sus últimos instantes de vida!

Se lanzó en picada hacia su *zahlí*, atravesando el humo y el calor que de pronto envolvió su cuerpo alado. En su trayecto, soltó el ojo de Rayén, que cayó sobre la arena y desde ahí pareció observar sus desesperadas maniobras. Mauricio se sorprendió al ver volar directo hacia él a la pequeña ave y luego cuando con urgencia empezó a picotear las cuerdas que ceñían sus brazos.

Mauricio suspendió sus gritos de auxilio y desesperación.

¿Un pájaro estaba tratando de ayudarlo?

El humo comenzó a ahogarlo, mientras el fuego rozaba la suela de sus zapatos. Pudo sentir la bocanada ardiente de las llamas que se aproximaban a su cuerpo. El calor a su alrededor aumentó varios grados, y su piel enrojeció ante el brusco y peligroso cambio de temperatura. La humareda se le metió por la garganta y nariz y le secó los pulmones. De inmediato empezó a tener dificultades para continuar respirando.

—¡Apúrate! —suplicó entre tosidos a aquella ave que pellizcaba el cordel que lo inmovilizaba.

Ensimismados en intentar salir pronto de ahí, ninguno de los dos hermanos vio venir el desbocado y herido *ckontor* que se lanzó sobre ellos. El golpe que el enfurecido cóndor dio contra la rama hizo crujir la madera, e inclinó aún más a Mauricio a las ya cercanas llamas. Antes de que el *Tz'ikin* pudiera reaccionar, el recio y ganchudo pico del cóndor lo atrapó con fiereza lanzándolo lejos del árbol.

Vas a mulsitur *muy* yabian. Ack'cka *no sé* pilapatur.

Y Rayén, indomable y peligrosa, apretó su *silactackil* hasta hacer saltar gotas de sangre del cuerpo de la pequeña ave que aleteó malherida entre sus mandíbulas.

10

Alcanzar la cumbre

Fabián cubrió sus ojos con su mano para poder levantar la cabeza y enfrentar el desolado paisaje que se alzaba frente a él. El sol rebotaba sobre las arenas del desierto como en la reluciente superficie de un espejo, duplicando la intensidad de sus rayos y el intenso calor que generaban. Un par de pasos más atrás, Carlos Ule hacía el vano esfuerzo de secar el sudor de su rostro, que goteaba a lo largo de su nariz y mejillas y hacía que se le pegara la ropa al cuerpo.

El muchacho se detuvo y frunció el ceño.

—¡Mira! —exclamó y señaló con el dedo hacia el frente.

El profesor siguió con la vista lo que Fabián le indicaba y se sorprendió al ver que desde el otro lado de la duna que estaban atravesando se alzaba una gruesa columna de humo.

—Parece que alguien encendió una fogata —reflexionó Carlos.

—¿Una fogata? ¡Eso es un incendio! —le respondió el joven.

Apenas terminó de hablar, Fabián se echó a correr en dirección a aquella fumarola oscura que le sirvió de faro en el mar de arena. El calor aumentó al tener que forzar su cuerpo a avanzar más rápido, pero no cesó en su sacrificio por terminar de escalar la loma que lo separaba del origen de ese humo. Algo en su interior le decía que se relacionaba con Ángela, quien se había perdido de vista en el cielo luego de su transformación, que seguramente trataba de guiarlos hacia ella. Sus zapatos se hundían en la arena reseca hasta los tobillos, y el ardor de sus plantas le debilitó las piernas. Pero no le importó. Apretó con fuerza los puños y aceleró el paso.

Se quitó la camisa y la amarró en torno a su cabeza, para tratar de protegerse de los rayos del sol que caían sobre él. Como buen habitante de Almahue, no estaba acostumbrado a temperaturas tan altas y su piel, algo pálida por el clima de la Patagonia, comenzaba a broncearse de manera dispareja, en manchones escarlata a lo largo de sus hombros, cuello y espalda.

Un poco más. Sólo un poco más para llegar a lo alto del montículo.

Con un grito de triunfo más parecido a un lamento de dolor, Fabián arribó a la cima de la duna. Desde ahí pudo ver en toda su extensión el nuevo tramo de desierto que se desplegó ante sus ojos, y en medio de la enorme planicie descubrió la monumental figura de un árbol, que de inmediato le recordó al cebil de la plaza de Almahue, que ardía presurosamente.

De repente, una mujer que pareció surgir desde el centro mismo de un tembloroso espejismo se le fue encima y lo lanzó de espaldas sobre la arena caliente que terminó de quemar su piel enrojecida. El ataque lo tomó por sorpresa y no le permitió reaccionar a tiempo. Confundido, sólo puedo ver los bruscos movimientos de las manos de la agresora frente a sus ojos, hasta que le enterró sus dedos en el pecho en un desesperado intento por herirlo y evitar que siguiera avanzando.

—¡¿Patricia?! —exclamó Fabián cuando consiguió despabilarse tras el impacto.

Como respuesta, observó un pestañeó más rápido de lo normal y un desafinado grito que agitó el cuerpo de Patricia.

—¡Socorro! ¡Aquí...! ¡Ayuda...! —escuchó Fabián por encima de los gruñidos de Patricia que continuaba presionándolo contra el suelo.

El joven alzó como pudo el cuello y orientó la mirada en busca del origen de aquella desesperada voz que clamaba por auxilio. Con horror descubrió a Mauricio en lo alto del árbol que consumía el fuego, con las llamas casi devorándolo.

¡Mauricio estaba vivo! ¡Ángela siempre había tenido razón!

Fabián trató de empujar a Patricia hacia un lado, para correr hacia el hermano de Ángela, pero ella pareció multiplicar el peso que ejercía sobre él. Fabián sintió que su espalda comenzaba a hundirse en la arena. ¿Qué pretendía hacer esa mujer? ¿Enterrarlo vivo?

—¡¿Tú...?! —oyó exclamar a Carlos cuando consiguió llegar a la cumbre de la duna y se perfiló a ayudar a su amigo.

Patricia se sorprendió al ver aparecer al segundo hombre. De un elástico salto, que la hizo erizarse entera como un enorme felino, soltó a su víctima y se lanzó encima del profesor, que perdió el equilibrio y rodó con ella ladera abajo. Fabián se levantó de un rápido movimiento, con el dolor de las laceraciones en su pecho, y sin pensarlo se echó a correr. A sus espaldas escuchó los destemplados gritos de Carlos que intentaba defenderse de los salvajes y mortales zarpazos de lo que fuera ese ser tan parecido a la amiga de Ángela, mientras lo animaba a continuar hacia el árbol.

Correr... Seguir corriendo. Hacer caso omiso a su sed y a su boca seca. Tratar de olvidar que la lengua se había convertido en un trozo de cartón bajo su paladar resquebrajado.

Correr un poco más para salvar al hermano de Ángela.

Y mientras se acercaba al tronco incandescente se preguntó con desesperación cómo treparía hasta lo alto y ayudaría a Mauricio.

Fue en ese momento que, como por milagro divino, descubrió la estilizada silueta de una garza aleteando sobre las arenas.

11

La batalla

La pantalla del *iPhone* se llenó con el rostro de Patricia. Lucía mucho más delgada y pálida de lo que Ángela la recordaba. "¿Cómo pudo bajar tanto de peso si apenas lleva dos semanas en Almahue?", alcanzó a pensar antes de que la sangre se le helara en el cuerpo al ver el contenido del video que reproducía su teléfono.

Cuando comenzó a verlo, Patricia abrió la boca y sus ojos quedaron marcados por dos profundas y oscuras ojeras. Era obvio que estaba muy nerviosa, quizá a punto de un ataque histérico. Temblaba. En dos ocasiones intentó hablar, pero la angustia y desesperación le bloqueaban las palabras. Ángela sintió la inminente amenaza de una desgracia en el pecho. El pasillo de la biblioteca, el campus, la universidad entera desaparecieron por completo: sólo podía mirar el video que mostraba a una Patricia irreconocible.

—¡Ángela, esto es horrible! ¡Horrible! —reprodujo la pequeña bocina del celular–. ¡Tienes que ayudarme! ¡Por favor! ¡Por favor...!

Patricia...

Su amiga...

¡Ven a salvarme, te lo ruego! ¡La culpa es de... es de... esp...!

Después de todo resultó cierto que antes de morir se podía ver, en sólo un segundo, todo el transcurso de la vida. Como una película a la que se le acelera la velocidad, Ángela pudo apreciar con toda claridad la sucesión de hechos que la llevaron hasta encontrarse, en ese preciso instante, a punto de perder la batalla.

"¿Dónde estoy?", se dijo al verse de pronto en mitad de una oscuridad tan insondable como perturbadora.

Entonces se descubrió a punto de soplar las trece velas de su pastel de cumpleaños, el mismo día que conoció a su mejor amiga.

¿Patricia...? ¿Todavía eres mi mejor amiga?

¿Y tú, mamá...? ¿Por qué tienes ese rostro tan triste?

Pero su madre nunca respondió. Sólo bajó la vista y se alejó con resignación, entregándose al negro absoluto que se tragó su cuerpo sin dejar rastro. Al girar la cabeza para no verla desaparecer, Ángela se encontró en su cuarto, recostada sobre su cama. Aprovechó para deslizar su mano por la suavidad de sus sábanas de infancia, aquellas que tenían dibujos de globos multicolores y nubes rosadas, y que tantas noches albergaron sus sueños de niña.

Al volver a abrir los ojos, se encontró ante el desorden lila de la buganvilia enroscada en la reja del jardín de su casa en Santiago. Inspiró profundo y se llenó los pulmones con el inconfundible aroma de la tierra recién regada.

"¿Dónde estoy?", volvió a preguntarse.

El magnetismo de sus ojos oscuros como dos aceitunas. El cabello que le caía en mechones sobre los ojos. Sus labios siempre tibios. Su sonrisa de dientes perfectos.

Volvió a oler la intensa bocanada a madera ahumada, a bosque mojado por la lluvia, a cielo cubierto de nubes, que siempre anunciaba la llegada de su anatomía.

"No voy a dejar que nada malo te pase, mi amor".

¡Fabián...!

De pronto, un despiadado dolor la trajo de vuelta a aquel nebuloso estado donde sus recuerdos se confundían en una misma y simultánea imagen. Sintió aumentar una presión sobre su cuerpo. Fue entonces que logró identificar el filoso borde del pico del cóndor tratando de partir su cuerpo.

El presente volvió con un graznido de suplicio.

Iba a morir. Era un hecho.

Alcanzó a pensar en el destino de su hermano. En el dolor de su madre cuando se enterara que sus dos hijos habían perdido la vida en un viaje de pesadilla. En la ausencia de las manos tibias de Fabián avanzando por su piel, provocando un alborotado despertar de sensaciones.

Sus *ackius* se tiñeron aún más de rojo con los goterones de sangre que brotaron de la herida.

Rayén ascendió con su víctima aún más. El quejido por el dolor provocado por la cuenca vacía se mezcló con la risotada triunfal por haber conseguido atrapar a la forastera. Era suya. Le iba a hacer pagar por sus atrevimientos.

Había vencido a la *Liq'cau Musa Lari*. ¡Deseaba que el planeta entero estallara en aplausos por su arrojo y maestría!

No permitiría que nadie desafiara la maldición a la que condenó a todo un pueblo.

Nadie podía amar con la misma intensidad con que ella había adorado a Ernesto Schmied. Si había una pasión que las futuras generaciones recordarían, esa sería la que Ernesto y ella vivieron al amparo del bosque de Almahue.

¡Su amor debía ser inmortal!

El sol le dio de lleno e hizo estallar miles de puntos luminosos en la única pupila que aún conservaba. Con desconcierto, vio emerger desde el punto más intenso del resplandor la silueta de un ave que, como una delgada flecha blanca, surcó el cielo directo hacia ella.

¡*Maldita* gahlí liq'cau...!

La colisión de la garza contra el cóndor hizo que éste soltara el cuerpo de *Tz'ikin* y saliera despedido hacia delante. En segundos, un torbellino precipitó a Ángela en caída libre. Vio el cielo y el suelo cambiar de lugar una y otra vez, alternando el arriba y el abajo en una confusión que sólo aumentó el caos al interior de su cabeza. Abrió las alas con un enorme dolor que le nació desde lo más hondo de la herida que le atravesaba el cuerpo, en un último intento por estabilizar su vuelo.

"¡Fabián...!", pensó.

Sintió que la fuerza que la succionaba hacia el suelo disminuyó y pudo dar un par de aleteos para remontar altura. Quizá no todo estaba perdido. Intentó afinar la mirada, pero un velo brumoso se había apoderado de sus ojos. Tal vez iba a morir de todos modos, y estaba empezando a perder uno a uno los sentidos. Escuchó a lo lejos graznidos en una batalla de dos aves, una blanca y otra negra, que llenó de ecos el espacio que la rodeaba.

Rosa y Rayén retrocedieron luego de su violento enfrentamiento, y se prepararon para el siguiente choque. Las hermanas sabían que ya no había espacio para las dos. Desde que habían llegado al mundo aquella noche de luna llena supieron que su destino estaba escrito, y que una de ellas no iba a llegar al final del camino.

"El Sol y la Luna son los reyes de la bóveda celeste. Marte es el líder del batallón", recordó Rosa sus lecciones aprendidas al amparo de los gruesos muros de piedra del castillo. Para poder vencer a Rayén, no tenía más remedio que convertirse en Marte a pesar de haber buscado siempre ser más parecida a Venus y su coqueta inteligencia planetaria.

No alcanzó a terminar su reflexión cuando el cóndor acortó en un santiamén la distancia que las separaba y le lanzó un picotazo que dejó un corte en el nacimiento de una de sus alas. Al instante, las plumas que bordeaban la hendidura se tiñeron de rojo.

Aprende tu lección, querida gahlí liq'cau. Nadie puede vencerme.

Como respuesta, la garza recogió su largo y delgado cuello, y con un brusco movimiento hacia delante descargó un colosal picotazo contra la cabeza de su hermana, que la hizo perder la estabilidad y del cual tardó en reponerse.

Una es noche y otra es día,
una es bondad, la otra es ira.

La voz del juglar Abdul-Malik Quzmân regresó intacta desde aquella fiesta celebrada tantas centurias atrás en lo que fuera el patio de armas de la enorme fortificación donde ambas vivieron su infancia.

Les veo el alma asomada
tan distinta a las hermanas.

Rosa no permitió que el recuerdo minara su temple y resistencia en la lucha. Sin embargo, no pudo evitar volver a ver a su querido amigo Azabache quien, con una enorme y expectante sonrisa, le ofrecía el mejor regalo que alguien le obsequió nunca: una garza que se convirtió de inmediato en su mayor tesoro.

Siempre estarás vivo en mi corazón, Azabache. Donde quiera que estés.

Varios metros más abajo, Ángela supo que tenía sólo unos segundos para terminar su tarea. Mientras Rayén y Rosa continuaban su sanguinaria batalla, ella guió su vuelo hacia el árbol que ardía como una gigantesca antorcha. Vio que las llamas rodeaban el cuerpo de su hermano, mientras Fabián terminaba de correr hacia la base del tronco y gritaba a todo pulmón para tratar de llamar la atención de Mauricio. Ángela se lanzó una vez más sobre la soga que ataba los brazos del muchacho y en cuanto llegó a su lado continuó frenéticamente picoteando el cordel.

La rama crujió y se inclinó aún más hacia el incendio.

—¡Apúrate...! ¡Por favor apúrate! —gritó Mauricio al sentir que sus piernas eran alcanzadas por el fuego.

Fabián, justo bajo árbol, sacudió los brazos de lado a lado.

—¡Aquí estoy! —le gritó—. ¡No tengas miedo de caer!

El *Tz'ikin* siguió punzando las amarras. El furioso movimiento de su cabeza, hacia adelante y hacia atrás, hizo que la herida sangrara aún más.

El pantalón de Mauricio comenzó a arder y el joven sintió cómo la tela se pegaba a su piel, provocándole un dolor insoportable.

—¡Me quemo...! —vociferó—. ¡Me estoy quemando!

La rama volvió a crujir y se encorvó aún más.

Ángela redobló sus picotazos. La soga de pronto cedió su presión contra los brazos de su hermano y se soltó como una serpiente muerta que se desenrolla inerte del cuerpo de su víctima. Durante un segundo Mauricio se vio suspendido en el aire, ingrávido y liviano. Alcanzó a percibir la expresión de triunfo en los ojos de aquella ave que revoloteaba junto a su cabeza, antes de sentir el fragor que lo lanzó desde lo alto hacia la arena. El golpe final fue mitigado en parte por la rápida acción de Fabián, que lo recibió con ambos brazos extendidos y un grito de victoria.

Ahora tranquila, Ángela alzó la cabeza y vio el enmarañado nudo de plumas y graznidos que continuaba su lucha en las alturas.

Era hora de ponerle el punto final a la batalla.

No existía nadie más que pudiera completar su misión.

Con una idea en mente, redobló el batir de sus alas para aumentar la velocidad de su vuelo. Pasó junto a las dos hermanas, que parecían no ceder en su intento de terminar la una con la otra. La fragilidad de la garza contrastaba de manera brutal con la despiadada brutalidad del cóndor que, acostumbrado a despedazar cadáveres de un solo mordisco, parecía llevar la delantera. Alcanzó a percibir el ácido olor de la sangre y el lacerante sonido de la carne al abrirse por la violencia de los picotazos que daba.

Ángela ascendió hacia las nubes, tan alto que el abrazo blanquinegro de plumas se tornó pequeño y lejano.

Entonces entrecerró los ojos para afinar su precisión.

El elemento clave del Tz'ikin *es el fuego, por lo que se asocia al color rojo. Su valentía y vuelo preciso lo asemejan a una flecha en llamas que atraviesa el cielo.*

Recordó las palabras de Olegario Sarmiento, cuando leyó las características de su nahual. A pesar de que aquel evento había ocurrido sólo unos días atrás, le pareció que muchas vidas la separaban de ese instante.

Tu extraordinaria intuición te salvará de muchos problemas. Como el ave serás capaz de sobrevolar los conflictos y, por lo mismo, son muchos los que te temerán. Especialmente los que buscan hacer daño al resto de los hombres.

Era momento de demostrar que le hacía honor a aquella descripción.

Ángela buscó el punto débil de esa gigantesca ave recubierta de plumas negras y coronada por una encendida cresta. Entonces vio el cuello del ave, el único espacio donde la piel se veía expuesta.

Tu extraordinaria intuición...

A pesar del calvario en que se convirtió realizar aquel movimiento, se dispuso a descender con el pico por delante, para lo que plegó sus alas por completo, lo que le dio mayor velocidad a su caída. Y siguiendo tal cual la descripción de su nahual en aquel libro, el *Tz'ikin* surcó el aire como una vertiginosa flecha de fuego que en cuestión de un segundo acertó en el blanco: de un doloroso y rápido pinchazo, su pico atravesó la piel de Rayén y cercenó de un certero golpe la vena mayor que se escondía bajo el pellejo.

Al instante, el cóndor se sacudió como alcanzado por un rayo y soltó de entre sus garras a la garza que planeó azorada unos segundos antes de alejarse de su adversaria.

Rayén quiso gritar, pero la sangre había invadido por completo su cuello, inundando sus cuerdas vocales y pulmones con la misma rapidez con la que había dado un respiro. Cayó en picada, igual que un cometa que pierde su órbita y deja a su paso un desorientado rastro luminoso. Intentó sacudir sus alas, pero comenzaban a ser reemplazadas por dos brazos de mujer que precipitaron aún más su desplome. Su cuerpo vibraba mientras su cresta se desenrollaba dando paso a una abundante melena que se sacudía enérgicamente a la par de un rostro horrorizado.

Rayén se precipitó con violencia sobre la derruida copa del árbol que la recibió con su abrazo de infierno. Al instante, su cuerpo desapareció engullido por las llamas que se hicieron cargo de su fatal destino.

No hubo gritos, sólo el devorador sonido del fuego calcinando lo que fuera la mujer más indomable y salvaje de la que se tuviera memoria.

Y tanto en el cielo como en la tierra, se escuchó una monumental exhalación de alivio.

EPÍLOGO

Los viajes son los viajeros.
Lo que vemos no es lo que vemos, sino lo que somos.

Fernando Pessoa, *Libro del desasosiego*

1

El sonido del mundo

Al igual que todos los años anteriores, la mano de la muchacha depositó con gran respeto el ramo de flores silvestres junto a la cruz de madera pintada de blanco, que indicaba el lugar preciso donde descansaban los restos de Silvia Poblete. Luego de persignarse, dejó otro ramillete sobre la tumba de Egon Schmied ubicada exactamente junto a la de su madre.

Consciente de que la naturaleza también tenía algo que decir en ese día de evocaciones y aniversarios, permitió que el viento de la Patagonia, que silbaba al cruzar por las ramas de los árboles de tepa, fuera la mejor plegaria para honrar el recuerdo de aquellas dos personas tan importantes para la vida de Fabián.

Ángela se sentó en la tierra y cruzó las piernas, tal como hacía cuando se acomodaba en los pasillos de su universidad para conversar con sus amigos durante el escaso tiempo libre que les quedaba entre clases y estudio. Sus amigos... Se preguntó qué sería de ellos. Hacía ya tanto tiempo que no tenía contacto con aquel mundo que parecía tan lejano como sus días en Santiago.

Se quedó en silencio en medio del pequeño cementerio de Almahue. Absorta en el paisaje, que año tras año aprendía a conocer mejor, trató de identificar todos los sonidos que ya formaban parte de su rutina y de su hogar. De ese modo, reconoció el lejano y monótono chapoteo del agua del fiordo reventando contra la orilla del continente, hasta que desapareció bajo el bullicioso paso de una bandada de loros cachaña que alborotó la calma con sus aleteos verdiamarillos. También percibió el susurro de las hojas de los helechos al rozar las unas contra las otras, y el crujido de los altísimos pinos que servían de verde paredón al detener con sus agujas las abruptas y gélidas ventiscas que se levantaban cada tanto desde el mar.

Ángela sólo debía aguzar un poco más el oído para conseguir distinguir el ronroneo de las nubes al pasear sus vapores por encima del poblado, o notar el casi imperceptible trayecto de los gusanos al arrastrarse sobre el siempre húmedo forraje de la espesura. En noches de tormenta podía adivinar con varios segundos de anticipación la aparición de un relámpago y el instante exacto en que entraban las estaciones del año.

Nunca se había sentido tan completa formando parte del mundo.

Y nunca antes había sido tan feliz.

De pronto, una mano que trajo con ella el aroma de la madera ahumada y del bosque mojado por la lluvia, se posó en su hombro con delicadeza. Al girar, se encontró con la inconfundible sonrisa de Fabián quien la interrogó con la mirada: "¿Lista?"

—Necesito tres minutos más —contestó ella poniéndose de pie.

Rumbo a la salida del cementerio, se detuvo frente a otra tumba. Su semblante acusó el enorme dolor que le provocaba la culpa de saberse viva y que dos metros bajo tierra, al otro lado de aquella capa de hojas y musgo, el cuerpo de Carlos Ule ya formara parte de los minerales y organismos vegetales. Acomodó un último ramo de flores junto a la cruz donde se podía leer el nombre de su querido amigo. Le dedicó en silencio una plegaria en eterno agradecimiento por haberla ayudado a salvar a su hermano de las garras de Rayén. Sin él, sin su entusiasmo y energía, y sin su intrépida Biblioteca Móvil, no hubiera conseguido nunca reencontrarse con Mauricio, derrotar a Rayén y vencer la maldición.

Fabián la abrazó con fuerza en un intento por mitigar esa tristeza que ya comenzaba a asomarse a los ojos de su esposa.

—Vamos a casa, mi amor.

—Si yo hubiese podido evitarlo... —se lamentó Ángela.

—¡Nadie pudo! Y no te recrimines más por lo que sucedió en Lickan Muckar —la cortó él—. Carlos dio su vida por salvarme de Patricia, y los dos sabemos que lo hizo con toda su voluntad. Y yo se lo agradezco, de lo contrario...

Ángela no pudo evitar que la visión del profesor luchando cuerpo a cuerpo con una enloquecida Patricia, que lanzaba manotazos a diestra y siniestra con la fuerza de una pantera en celo, volviera a su mente. Aún transmutada en *Tz'ikin*, presenció desde las alturas el fatídico momento cuando, la que fuera su amiga de la infancia, sujetó con firmeza la cabeza de Carlos y, de una repentina torsión, le fracturó el cuello, que cayó desvanecido sobre su pecho. Luego de eso, la mujer había lanzado un ronco chillido que cubrió las laderas de las dunas, y se echó a correr hasta perderse en el horizonte convertida en una falsa aparición, una más de las tantas que poblaban el desierto.

Fabián le tomó la mano y la llevó con suavidad hacia la salida. Fue en ese momento que escucharon un sollozo infantil que venía aproximándose hacia ellos.

—¡Mamá...! —lo oyeron quejarse.

Un niño de cuatro años irrumpió en el lugar y corrió a abrazarse a las piernas de Ángela. El desorden de su cabello dejó un rastro rojizo en el ambiente antes de frenar en seco y extenderle una de sus manos donde se apreciaban un par de arañazos aún cubiertos de tierra.

—¿Qué te pasó, Carlitos? —preguntó ella y se inclinó junto a su hijo.

—¡Me caí, me duele mucho! —se lamentó entre pucheros y sollozos.

—Es sólo un rasguño. Vamos a pedirle a Rosa que nos dé un par de hojas de mirto y tallos de olivo. Te voy a preparar una medicina casera que te va a quitar esa herida rapidísimo.

Fabián se acercó a ambos y acarició la mejilla del niño, en un intento por secarle un par de lágrimas.

—¿Quieres que te lleve en mis hombros de regreso a casa? —ofreció.

No alcanzó a terminar de formular la pregunta, cuando Carlos Caicheo Gálvez ya había dado un enorme brinco para quedar colgado de los brazos de su padre. Con un nuevo impulso trepó hasta su cuello, pasó una pierna para cada lado, y desde su posición de vigía se fue mirando el horizonte.

—Mamá, cuéntame el cuento de la mujer que puede escuchar todos los ruidos del mundo —pidió el niño bien sujeto a las orejas de Fabián.

—¿Otra vez?

—Sí. Me gusta mucho. Esa mujer se parece a ti —dijo.

Ángela y Fabián cruzaron una mirada cargada de amor y complicidad, y emprendieron la marcha.

En un par de horas, un nuevo y frío atardecer cargado de violetas e intensos anaranjados iba a llegar a la zona, desplegando sombras y forzando a los habitantes de Almahue a resguardarse en sus casas y a alimentar el fuego de sus chimeneas. Rosa y Elvira prepararían una suculenta cena para conmemorar un aniversario más del terremoto que asoló al pueblo y que marcó el inicio de un nuevo comienzo. Más tarde se comunicarían por teléfono con Cecilia y Mauricio en la capital, después de que las comunicaciones se habían normalizado luego de remover el esqueleto del enorme y seco cebil de la plaza.

"Todo tiene una razón de ser", reflexionó Ángela, y se quedó observando la sonrisa de su hijo sentado sobre los hombros de Fabián.

—¡Mamá, y el cuento! —pidió el niño con entusiasmo.

Entonces ella respiró hondo, y buscó en su memoria el inicio de la historia.

—El teléfono alcanzó a sonar sólo unos instantes antes de que la mano de la mujer lo apagara —dijo con su voz cargada de intención—. Avergonzada por romper el silencio de la biblioteca de la universidad, se apresuró a abrir su mochila para guardar el aparato. Pero en ese instante, la muchacha se dio cuenta de que no era una llamada la que había entrado a su celular: era un mensaje de su amiga...

Glosario kunza-español

Ack' cka' ya: yo, yo soy
Ackiu: pluma de ave
Aispuría: cerca
Baltchar: malo
Batchckatur: escuchar
Ckapin: sol
Ckatchayá: de la
Ckausama: vida
Ckelar: fuego
Ckontor: cóndor
Ckotch: la o las
Gahlí liq'cau: hermana
Harckte: arena
Homatur: quemar
Kejepe: amor
Laatchir: pájaro

Lari: rojo
Lickan: pueblo
Liq'cau: mujer
Luckanatur: mover
Mitchi: gato, gata
Mocke' yatur: pesadilla
Muckar: muerto
Mulsitur: morir
Musa: cabello
Mustupá: arriba
Tchitack: corazón
Tmainatur: arder con llamaradas
Nanni ckota: piernas
Picku: pronto
Pilapatur: perder
Silactackil: quijada
Yabian: lentamente
Yali: árbol
Zahlí: hermano

Índice

Primera parte

Segunda parte

Tercera parte

Epílogo

La historia comienza aquí:

A veces es necesario llegar al fin del mundo para encontrar el amor y la amistad verdadera.

Esta obra se terminó de imprimir en enero de 2014
en los talleres de Litográfica Ingramex, S.A. de C.V.
Centeno 162-1, Col. Granjas Esmeralda,
C.P. 09810, México, D.F.